纏綿的狗尾草

男性的另一種現實
另一種青春

魯鳴 ——— 著

「我們生活在一個有開始但沒有結束的故事構成的世界裡。」

——伊塔洛‧卡爾維諾

前言

1.

《纏綿的狗尾草》的靈感，來自我的故鄉廣西柳州市的一個真實故事。

我在柳州長大，在那裡生活了十九年。上大學後一直到出國留學前，我經常回柳州探親，還為《柳州晚報》寫過專欄。寫這部小說，是一次心理上的故鄉之旅。我把小說背景放在了柳州。整個寫作過程，我的時空穿梭在故鄉中。

這部小說不是一般通俗的愛情故事。我更願意從非學術意義上稱它為男性心理分析小說。

就愛情心理而言，幾乎每個人都有過暗戀。要把這種心理貫穿於一部長篇小說之中，不是一件容易的事。這部小說的構思，我把立足點放在心理描述上，挖掘人性的多面，把重點放在男主角過於內向性格和對自己長相的自卑由此產生人際互動障礙，而不是暗戀本身。這樣一來，把變化多端、不可名狀、難以界說的暗戀心理特別是潛意識用故事表現出來，就成了這部長篇小說的艱巨任務。

寫完初稿，正天亮。我在山裡鄉舍。我問自己，我為什麼要寫這樣一部小說。題材好。非常有挑戰性。最主要的是我想寫一個失敗者。這年頭，關於成功者的故事到處都是。我沒必要再去添一本。而失敗的教訓，往往比成功更具有力量，更讓人刻骨銘心。而我內心裡要寫獨特的東西。一如我第一部長篇《背道而馳》

的故事情節和男性心理有關，這部小說亦是如此。

2.

　　我們總強調獨立思考，事實上社會所約俗的群體行為，絕大多數是反獨立思考的。在愛情和婚姻問題上，同樣如此。高富帥和顏值，已成為這個時代愛情的耀眼標誌，融入人們最時尚的漢語新詞裡，充斥著我們的網路和言談。

　　我們每個人都在好壞之間，在正常和反常之間。人的心理都有不正常的時候。在正常日子裡的反常心理和異常生活中的正常心理，構成了人類正態分佈下的個人軌跡。每一種情感，一旦走向極端走入反面，都會變成毒品。我把韋鋼這個「壞人」當作「好人」來寫，把他暗戀心理中的反常放在正態言行分佈中。所謂反常，乃是言行結果超越了人們意志所預料的影響而起了負面作用或結果。本能欲望以反常方式被啟動後，一旦涉及到他人就有可能對他人或社會產生惡果，不是傷害了自己，就是傷害了別人，而這種啟動會在很多正常人身上出現。小說結尾，韋鋼「對自己無論從生理上還是從心理上都感到很噁心」。這種噁心，是老百姓如今在飯桌上抱怨社會問題和八卦時常用的詞語，也是對讀者閱讀心理的挑戰。

　　法國哲學家布朗肖說：「寫作就是發現異己，把思想中的那個不認識的自己挖掘出來。」這個「自己」，不局限在某個人本身，而是人類。在這個手機時代裡，人類的確對自己迷惑。在這部小說裡，一直暗戀著莫莉香的韋鋼，自始至終都處在對自己的迷惑之中。這是當下世界很多人的困境。

　　罪，不是對於善惡觀念的抽象思辨，而是與生存中的個人緊密相關的欲望與事實，是人生的真相，是青少年成長過程中面對的挑戰。與其說這部小說是一部關於罪的小說，不如說是關於青

少年成長的一部青春小說。

在今天這樣競爭非常激烈而容易讓人焦慮的社會裡，人們在手機掌控下過日子，以輻射多元形式給人傳遞著不安穩和破碎的資訊。這種不安穩和破碎，使人對自己對世界呈現出不確定的意義。本書的暗戀故事，反映了這種不確定性在當代人焦慮中的心理活動。如果讀者能夠透過故事看到這一點，那麼這部小說的文學和社會心理學意義就不僅僅是不可思議的一場暗戀了。

魯鳴
2016 年 5 月 26 日完成初稿
2023 年 2 月 6 日完成第 12c 稿

目次
Contents

第一章

1.

莫莉香，我暗戀了十六年的這位美女，死了！

她全裸躺在床上，身體還未冰涼。「她死了？我把她掐死了！」我自言自語，兩眼瞪著她的屍體，無法相信我做了這件事，把自己狂愛的這位超級美女給掐死了。

火熱的盛夏之夜。廣西柳州市。魚峰山下解放小區 13 號樓四層 404 號公寓。我打開床頭燈，拿起放在床頭櫃的近視眼鏡戴起來，身不由己伸出手去摸摸莫莉香的臉。她的身體還有一點熱度，皮膚黏黏的，想必是她死前出了汗。我的手向莫莉香的乳房和下半身移動著，發現自己身不由己又膨脹了起來。

再次從莫莉香的身上滾動下來，我傻乎乎地愣在那裡，盯著手上極薄的透明手套，彷彿自己隨著她的死而死去了，停止了思想。

莫莉香毫無表情的臉上、白嫩臂膀和光滑的大腿上，靜靜地緩慢地滲出令我內心寒栗的東西。我說不出那確切是什麼，彷彿是冬天的孤寂和荒蕪的草，是正在生長的冷酷。我的手腳發僵，如同被釘在十字架上，我無法挪動自己，毛骨悚然地盯著莫莉香。她光彩奪目的額頭上，掛著一縷小男生般的鬢髮，臉上灰白，已不紅的嘴唇微微地張著。

不知過了多久，我如同從死亡中復活過來。我眨眨眼睛，眼前的一切都不真實，倒是很像我常常看到的電影場面。我深深吸了一口氣，聞到她的秀髮散發出幽香，看到她那輪廓纖巧的耳朵。

我腦子空白，恍恍惚惚走出臥室到客廳，把客廳燈打開，又走到廚房，傻乎乎地看著每個房間裡的家具物品，想要整個地瞭解我暗戀了這麼多年這個女人的隱私。牆上的漂亮裝飾，散發著冰涼氣息，我感覺不到盛夏的炎熱。每看完一個房間，我就會站

在那裡發愣好一會，直到看夠了才離開。我彷彿置身在自己的公寓裡，似曾相識。這情景，讓我深信自己暗戀她這麼多年一定是上帝安排的，命中註定。否則，怎麼可能連公寓也如此相似。

我走到浴室，跨進浴缸，麻木地打開洗澡水龍噴頭。水很熱，我無心調整溫度。水滾燙地嘩嘩打在我的身上，宛若火辣辣的鞭子在抽打我。我感到了異樣的痛，機械地哭了起來。

我哭自己太無能，等了這麼多年才把這個女人弄到手。我哭自己掐死了莫莉香。

所有的窗關著。一切靜止了，除了空調裡出來的風吹拂著藍花點點的白色窗簾。整個公寓裡蔓延著難以言語的曖昧。月黑風高。這世界，沒人聽到我的哭聲，只有水龍噴頭裡沖出來的水聲陪伴著我。

我把水關了。這公寓大樓如此靜謐，我能聽見自己心跳。這清晰的心跳，讓我恐懼起來。走到窗臺，我把窗簾拉開一角朝外看去。外面是灼熱的黑暗世界。不遠的魚峰山，在月光、星星和霓虹燈照耀之下，就像我海歸前在美國看的那場電影《鋼鐵俠》裡的巨人，虎視眈眈要捉拿我歸案。我聽到警車從公寓旁馬路上呼嘯而過。

要報警自首嗎？自己的名字和照片將以邪惡被揭露在柳州日報、柳州晚報和廣西日報甚至全國報刊電視上，迅速在各大網站刊登，在微博和微信上轉發——一個留學海歸者強姦美女，而這美女被暗戀了十六年！這個極具新聞價值的兇殺案一定馬上會在媒體頭版頭條上出現。一想到這點，我堅定地對自己說：不，我不能去自首！

我腦子整個亂了，企圖讓自己鎮定起來，可做不到。我再次走回莫莉香的臥室裡，來回踱步。我把地上散亂的莫莉香的睡衣和胸罩拿起來。衣服上帶有她的體香。我狂聞一陣，很爽。

我打量著這位驚艷美女的臥室。這臥室和我的臥室一模一

樣，很大很寬敞。這款公寓專為單身貴族打造，兩臥一廳的面積被建成了一臥一廳，臥室和客廳都比通常的一臥一廳大很多。莫莉香的床是國王尺寸，也叫外貿床。很少有人單身用這尺寸的床。她要這麼大的床！她要用身體在這床上做外貿啊。沒有這麼大的床怎麼行。

「這婊子太會享受了！」

床左邊是很大的衣櫃。我好奇地打開它。天呀，有多少衣服啊！光是連衣裙，就有一大排。我拿起匕首，「嘩」地猛一刀，好幾件裙子無力地垂落在地闆上。衣架晃來晃去，其中兩個「乒」掉在地闆上，在寂靜深夜裡，聲音顯得格外地響，把我嚇了一跳。

我打開床頭櫃，裡面亂七八糟。我用力一拉，把上面一層抽屜給拉了出來。我趕緊接住，不再讓它掉在地闆上，否則驚醒樓下人。我瞥了一眼，抽屜裡有一包避孕套。尼瑪的，這女人下半身夠拼的，每天都不閒。我氣鼓鼓地回頭轉望著床上不再呼吸的莫莉香，「你這下再也沒法牛逼了。」

床頭櫃上有一盒香菸。自從去美國留學後，我就戒菸了。現在，我卻很想抽一支。我情不自禁地拿起香菸盒。找不到打火機，我又走到廚房，點燃煤氣爐，從香菸盒裡面抽出一根湊過去，點著了。我狠狠地猛吸了一口，把四年沒抽菸的歷史都回補過來，彷彿吸進了莫莉香一身的芳香。我口鼻裡冒出的菸，一圈圈地往上昇，轉眼之間就沒了，可那菸味卻依然還在。隨著我一口一口地吸，那味道越來越濃。我把最後一口吸完，把菸頭掐滅了，小心翼翼地放進自己簡易包裡的小塑膠垃圾袋裡。

我回到莫莉香的臥室，想在床旁梳粧檯前的椅子上坐下來。我沒坐穩，屁股落在地上。我索性坐在地上，彷彿要和這世界耍賴。

也許是香菸作用，我好受些了，木呆呆地注視著莫莉香。

2.

昨晚，我拎著兩菜一湯的盒飯，匆匆往住處趕。太陽早已下山，暮色惆悵地籠罩著整個天空，它變得幽藍。一對鴿子飛掠過小區草地上空。被路旁樹林削去一部分的月亮衝破樹梢線，半明半暗。地面上昇起一層薄霧，不知是不是霧霾。很悶熱。我有點透不過氣，站直了身子，眺望遠方。天氣有了變化。突然，刮起了一陣大風，空氣中響起一陣悶雷的聲音，公寓大門前那棵高大的鬆樹隨之搖曳起來。

我迅速地刷卡，進入公寓小區。我住的這棟樓和莫莉香那棟樓並列，都在第四層同一號碼。我租來的這套公寓是 11 號樓四層 404 室。這棟大樓南北並列的都是單數。莫莉香是 13 號樓四層 404 室。我的客廳和臥室的後窗正對著她客廳和臥室的前窗。

我心不在焉拿出鑰匙開門。公寓裡很灰暗，我開了燈，把盒飯放在靠著客廳窗口的飯桌，坐下來卻不想吃飯，發呆了許久。桌子另一頭的空椅子，孤零零地像一位只剩下骨架子的瘦老頭。

突然，我想起了什麼，衝到臥室，迅速拿起窗檯前書桌上我非常喜歡的那副萊卡望遠鏡。那一刹，我變得很興奮，好像聞到了比盒飯香甜不知多少倍的美味佳餚。我迫不及待地掀開窗簾一角，用望遠鏡對準了對面莫莉香的公寓。我把窺視不僅當作瞭解莫莉香生活的途徑，更把它視作由她演出的真人秀節目。每次從望遠鏡裡窺視到莫莉香的身影，我宛如與她在一起，我的身體湧滿了激流。

窗外下起了陣雨，一會兒就停了。悶熱變成陰沉沉而潮溼。一隻放浪形骸的蒼蠅在溢滿果香的空氣中，嗡嗡地叫著，撞在流著雨滴的窗玻璃上，一命嗚呼，難看的身體在雨中從玻璃窗上滑落下來。

這次像往常看到的一樣，我的鏡頭中出現的是男女兩個人，而不是前不久看到的她和三個男人的 4P。由於雨，我不得不關上了窗。模糊中，貌美豐滿的莫莉香正和那人瘋狂擁吻。我沸騰如火，止不住地興奮。彷彿那個男人就是我。我進入角色，喘著粗氣，右手拿著望遠鏡。正要看個過癮，對方似乎知道我正在偷窺，把窗簾拉起來了。

　　「臥槽！老子一定要把你搞到手！」我想像著那窗簾背後那對狗男狗女正在熱火朝天地滾床單，咬牙切齒憤怒地罵道。

　　對面熄了燈。雨停了。夜，清澈無雲，瀰漫著懶散的情緒和沉重的期待。我肚子餓了。回到客廳，慢騰騰吃著盒飯，怎麼吃都覺得這飯沒味道，儘管買的是自己最喜歡的酸菜辣魚、竹筍炒肉絲和菠菜雞湯。這湯，我平時也愛喝，可今天就是不對勁。往常我偷窺莫莉香後，無論是欣賞她一個人，還是目睹她和別人啪啪啪，總能使我食欲大增，吃得很多。可是，這兩次偷窺後，我不但沒有食欲，反而厭食，看到碗盤裡的肉都會聯想到莫莉香的裸體和乳房，有想吐的感覺。

　　我打開電視，邊吃邊看了起來。眼前畫面總是和莫莉香剛才的情景重疊起來。我感到厭憎，把桌上的剩飯剩菜倒進了垃圾桶，想閉眼睡一會，把手機裡鬧鐘設置在明天凌晨 1：45 分，就上床了。可怎麼也睡不著。這幾天，我每晚都夢到莫莉香和男人纏綿的場景。昨晚居然夢見自己也參與其中滾床單，醒來讓我沮喪萬分和憤怒。

　　自從看到她和三個男人的 4P，我的心理底線被突破了，開始厭惡和極度嫉妒這女人。我腦子裡有個堅定的聲音對我說：今晚所要做的事，就是要得到她，教訓她。這個念頭溜入我的腦海，乾淨俐落，像一把刀的利刃。萬一她不從，那只能強行了。我不能再等了！根據我對她這麼久的偷窺，我知道她不留男人過夜。男人和她幹完後都離開。那麼，等到凌晨兩點她一個人睡著時我

才開始行動。

　　我從床上爬起來，把準備好的繩子和匕首拿出來。我不會用匕首行兇，那樣太殘忍了，我下不了手。莫莉香是我暗戀了十六年的美女啊！我只是想用它來嚇唬她，逼她就範。

　　我穿上一雙從未穿過的新鞋。這鞋比自己的腳大兩碼，我從來沒穿過這種類型的鞋，是我特意為今晚行動買的。我把一雙棉手套剪了，塞進鞋頭裡，這樣穿起來正好。我想好了，等事情辦完後，我把這雙新鞋扔掉，即使別人發現腳印，也不會猜測我。

　　我從抽屜裡拿出一副超薄透明膠手套，這是我在藥店買的，質量超好，日本生產的，戴在手上就像沒戴一樣。這樣，我帶著它們辦事，就不會留下指紋。我在同家藥店裡還買了同樣超薄的日本 Sagami 安全套，為的是事成後不在莫莉香身上留下精液，要不警方可從中獲取我的 DNA。此外，我在超市買了強力漂白水，用來沖洗安全套和作案工具，消除痕跡。這是我在網上查到的辦法。DNA 在漂白水沖洗後，不可能被查出來。最後，我拿了一瓶小的清潔劑。

　　我像哥倫布計劃美洲大陸出徵般詳密地籌劃今晚的行動。我腦子裡一再聽到一個清楚聲音，這聲音指揮我如何去準備。我花了一番腦筋，上網查了又查。既然要幹，就盡量幹得萬無一失。我為自己的精心策劃感到滿意，彷彿自己就是英國故事片裡的那個 James Bond，特工 007。這個聯想剛一浮出腦海，我深深嘆氣：自己之所以在情場和職場上一直不成功，就是沒有男人魅力。自己長得不帥，性格內向木訥，有社恐症，只要是正式場合人多的地方，我就會焦慮緊張（在美國留學期間，我去看過心理醫生和精神病醫生）。假如我哪怕有 James Bond 一丁點魅力，人生就可能繁花似錦。這一生已命定，不可能改變。與其窩囊廢地活著，不如這次按心願獲得到想要的，這樣才對得起自己。

　　「滴，滴，滴。」手機裡發出提醒。一看，凌晨 1：45 分。

我擔心，萬一事情洩露，公安局可根據我手機定向功能而追蹤自己在何處和去什麼地方。我立即把手機關掉了。

我把所有準備好的東西放進一個簡易小背包裡。走到床頭櫃，拿出一顆比偉哥更有效的袋鼠超強精膠囊，到廚房用杯子倒了一點水，把它吞了下去。

臨出門前，我看了一眼牆上一張自己在紐約自由女神下的留影，環視沒幾件家具的客廳，猶如出遠門打仗前不知生死要再看一眼自己的家。我對著牆上那個我從美國帶回來的十字架默禱：上帝，原諒我，我是個無法解脫的罪人，我死後只能下地獄。

我的目光，最後落在床頭櫃上和窗臺上的兩盆狗尾草。我一搬進這公寓，就把它們從網上買來了。記得那天，從農村來柳州打工的快遞員送來時用壯族口音很重的柳州話好奇地問我：「你幹嘛買這兩盆草？這種草在我們農村到處都是，一點都不值錢。我們把它叫狗尾草。」我沒告訴這快遞小哥，這狗尾草也叫美人草，象徵著暗戀。現在，這兩盆草正開著花。可是，這種象徵意義對我而言已結束了。

凌晨 2 點正。我走出公寓。天空黑漆漆，向我發出不安而有力的召喚。這召喚，讓我感覺自己正朝著命運賦予我的方向，去執行我一生中最重要的任務。大地因為深夜，此刻顯得很安靜。黑暗，正穿過我的皮膚，進入我的內心。

我走到莫莉香居住的那棟 13 號公寓樓。在一層樓，我戴上手套從樓梯口外沿著水泥欄桿攀爬進四層樓她家的陽台。進入房間後，藉助公寓外面的月光和從衛生間通往臥室過道牆上亮著的壁燈，我看到莫莉香果然一個人在臥室裡已熟睡。玻璃窗給了她一個逆光的背景。景象很虛幻，月亮碎光和壁燈微光使牆上裝飾格外模糊不清，若隱若現。這唯一光源，使得我平時用望遠鏡所看到的臥室變得面目全非，鬼氣森森。我想停下來好好琢磨一下，可時間刻不容緩。

我躡手躡腳摸過去，站在莫莉香面前好一會。她睡得很香。我看清了，她穿著一件剛過膝蓋的馬筒式連褲睡衣，頭髮全散開著，宛如一朵大大的黑色玫瑰，靜止在枕頭上。我屏息靜聽著她均勻連綿的呼吸聲和從她鼻嘴裡呼出的氣息。她的聲音和氣息如此神祕而清晰，像柳江岸邊夜裡不再用力拍打的安謐浪花。窗外街上來往車輛傳來嘈雜聲響，她的呼吸聲卻是這般輕柔，輕柔到了彷彿只存下一絲脈息，如同一個熟睡的嬰兒。她的頭向左側睡，嘴微微張開，兩手舉在頭髮左右兩側，人向下趴著，睡衣褲右側露出白花花的大腿部，讓我呼吸加重。

　　我清晰地吸吮到了女人身上散發出的一股沁人心脾的清香，很溫馨，含著野草花瓣的香味，淡淡的，悠悠的，卻是肆意地向我飄撲著。我心裡微微一顫，迫不及待拿出繩子捆綁她的雙手。莫莉香被驚醒了。還沒等她叫喊，我一把扯過枕巾使勁塞進她的嘴巴，在她身上重重地壓下去，一種虐待的快感立馬漂浮起來。

　　我一直不介意莫莉香離過婚做過土豪情人有過很多男人，可此刻想到眼前這個女人曾經被許多男人的身體這樣壓過，我心裡生起了對她的忿恨。我狠狠地折磨她，在進出她身體的同時使勁扯拉搓她那豐滿的胸部，恨不得把那對乳房揉碎。「你知不知道，我從見到你的第一面就很⋯⋯愛你，想讓你做我的老婆，可你卻不懂我的心！」

　　莫莉香想說話。我拽下她嘴裡的枕巾。她說話不像平時，沒有上次我在小區門口攔截時她的那副霸氣，相反柔若無骨：「韋鋼，你留學時，我不是很想跟你結婚到美國去嗎？你知道，不怪我，美國領事館把我拒簽了⋯⋯。」

　　「少囉嗦！你、真⋯⋯願意嫁給我，不至於我今天⋯⋯」我使勁地啪啪啪，兩手抓住她的頭髮。

　　莫莉香苦苦哀求：「你既然很愛我，幹嘛要這樣對待我。你把我弄痛了。放開我吧，你不需要用繩子捆綁我。我會配合你，

讓你舒舒服服的。」

莫莉香沒想到，她的話是點燃了我的強力火藥，把我氣炸了。我不但沒有心軟，反而更瘋狂。

莫莉香使出吃奶力氣，叫喊起來：「救命……」。我雙手立刻緊緊掐出她的喉嚨。

莫莉香拚命掙扎，兩條腿用力地蹬，頭左右來回晃動。我慌了，絕不能讓她叫出聲來，否則夜深人靜讓鄰居們聽到就麻煩了。沒想到這女人力氣這麼大。我使勁，再使勁……。莫莉香不再反抗了。我把枕巾又塞進她嘴裡。

我隨心所欲，把這十六年的暗戀和怨恨都釋放了。我對她說：「老子夠本了。」話說完，我突然發現她沒有任何反應，身體絲毫不動。我馬上在床上坐起來，用雙手捧住她的臉搖她，沒動靜。把手放在她嘴上，她沒有任何呼吸。我慌亂了，趴在她雙乳之間聽不到她的心跳。

我立刻打開床頭燈。床頭櫃上的鏡子顯現出我本就蒼白的臉蛋和髒兮兮的近視眼鏡，照出我努力遏抑驚慌的樣子。我看見了自己暗戀十六年的女人——

莫莉香，死了！

3.

我意識到自己淋浴完後一直還光著身子。我像機器人一樣毫無感覺地把衣服穿上。所有時空凝固了。外面世界與我無關。

我回到莫莉香的臥室，看到了丟在一旁的匕首，心裡說不出是啥滋味。我事先沒想到如果她反抗的話就掐死她，倒是想到過萬一迫不得已就用匕首嚇唬她。我發愣了好一會後，慶幸沒用匕首傷害她。否則，血淋淋的，太噁心，我會受不了而瘋掉的。

我愣在那裡站了很久，我不停地看著莫莉香光裸的屍體發呆。

我發現，我內心其實是多麼希望她活著，希望她做我的老婆，做我的女皇。我對自己失手掐死了她而深深地嘆了口氣，垂下頭來。

突然，莫莉香猛地站了起來，向我撲過來。我抬起頭嚇得大呼：「你……還活著！」。我雙腳一軟，癱倒在地上。搓搓眼睛再仔細一看，莫莉香依然躺在床上像個睡美人。

自己神經太緊張了！她不會再活了。我走過去慢慢地蹲下來，再次盯著莫莉香。

目睹著她姣好有致的身材，我搖搖頭，不敢相信自己的眼睛。這女人真美！五官精緻，皮膚雪白光滑，曲線超棒。她躺在床上，宛如大龍潭湖不期而至飛來的一隻天鵝恍然入眠，靜靜地供我觀賞。我從床的這一邊走到另一邊換個角度，把她翻過來，用被子和枕頭頂在她身後，讓她側身面對自己。這樣看她，就像在博物館裡欣賞一幅油畫。她豐滿圓滑，恰如西方油畫中的睡美人，臀部凸起，線條就像天鵝的頸項柔軟彎曲伸展。她的臉色蒼白如紙，反而讓我覺得她更美，沒有了活著時那股騷氣，顯得純真潔白。這是我生命裡見到過的最美的臉。我懷著超出尋常的愛，興趣盎然地看著她這樣睡眠，猶如在流連忘返的湖邊觀賞著一動不動的美麗天鵝，宛如一朵芬芳撲鼻的茉莉花只為我開放，沒人跟我競爭了，沒有高富帥的男人來採摘她了。

我很想給她拍幾張照片留作紀念。打開手機啟動了電，哢嚓哢嚓。拍完後，我打開手機相冊來看看拍得怎麼樣。剛看了第一張，我突然心裡恐慌。不！不能留下任何痕跡，萬一被人懷疑，這幾張照片就成了證據。我趕緊把這幾張照片全都刪除了，再次把手機斷了電。

我情不自禁又抽泣起來。自己真的很愛這女人。我為她的死而傷心。我對她所有的恨來自愛。愛得太久太久，愛得無獲無奈，生出恨來，生出嫉妒。暗戀十六年後，我終於得到她了。這最初的得到，也是最後的得到。這個事實，使得暗戀的終結成為可能。

我默默地注視著莉莉香，愛恨交織，淚水仍止不住湧出眼眶。我知道，這是從內心裡拿掉依依不捨的東西。

我給莉莉香穿上睡衣，最後看了她一眼，情不自禁地在她嘴上和額頭吻了一下：「別了，超級美女。我暗戀了十六年的女神！」

我從簡易背包裡掏出一瓶準備好的漂白水把吻過之處都清洗了一遍，把洗澡時站過浴缸的地方也用漂白水擦了一遍，把用過的安全套、匕首和繩子放進簡易背包裡。確認自己從進這公寓到此刻一直沒脫下透明膠手套，沒留下任何手的痕跡，我才再次回頭注視莉莉香一眼，只見她凝脂似的臉蛋這時變了樣，彷彿一瓶蜜糖被攪過似的，嘴角有點腫翹了起來。我來不及多想，快速逃離了公寓。

與莉莉香公寓裡涼意頻頻相反，外面的世界在黑夜裡卻如同爐子上正燒著的蒸籠，讓我感覺到夜裡的柳州今晚比白天還熱，蒸了一個白天的熱氣到了晚上開鍋似的直冒泡。我沒有直接回公寓，而是朝魚峰路走去。這條街黑透了。一盞盞路燈昏昏欲睡。馬路兩旁的樹被風一吹，影子來回擺動。天空裡充滿了燥熱，包圍著整個城市，讓人窒息。我走到屏山大道和魚峰路交叉處樹叢旁，附近有一個公廁。我前幾天來此實地查看過。

我走進這公廁，一個人都沒有。公廁後面有一個很大垃圾集裝箱。四處無人。我把那雙新鞋脫下，從包裡拿出一雙涼鞋換上，把安全套、超薄透明膠手套、繩子和新鞋以及塞在裡面的棉手套都扔在地上，用漂白水洗了一遍，用匕首把它們一起割得細碎，散亂地埋在臭烘烘的垃圾裡。

4.

馬路上，偶有汽車奔馳而過。人行道上，沒有人的蹤影。所有店鋪都關著門，而且都有鐵門，鐵條牢牢地把保護著窗戶。這

些門窗在五顏六色的霓虹燈照耀下，顯眼而又荒誕。這個世界，在黑夜裡是一個令人動盪不安的寂靜怪物。

我不知不覺走到柳江邊，轉頭左右很小心地看了又看，確定週圍無人，在一棵大樹相對隱蔽處，我把匕首和那瓶漂白水從背包裡拿出，用漂白水把匕首清洗一遍，把那已空了的瓶子灌滿江水，蓋上瓶塞，把它們一起扔進江裡。它們沉進水裡時發出的聲音，在告訴我：暗戀已被葬入江底。

我從背包裡拿出一直還沒用過那小瓶清潔劑，在手上倒了清潔劑使勁地搓揉了好一會，放在江水裡洗乾淨後，把瓶裡剩下的清潔劑全倒在手裡，又使勁地搓揉了一遍。這下我放心了，把手放在鼻子下聞了一下。還好，非常細微一點點漂白水味道，別人在我身邊聞不到。

我拿出手機看一眼。5：22分。

天未亮透，整個大地處在朦朧狀態。遠遠眺望，柳江兩岸霓虹燈宛如兩條細細的長龍，在黑暗裡閃爍著迷人景色，籠罩著極其神祕的氣氛，耐人尋味。我心裡有點發毛，明明知道神祕只是我的感覺而已，可它卻像空氣一樣包圍著我。我覺得身背後有人在跟蹤自己。可往後看，什麼人都沒有。

我在江邊坐坐躺躺，心神不定，迷迷糊糊地睡著了。

很快我就醒了。有人在江邊巡邏，穿著制服黑壓壓的警察和便衣偵查人員。好幾條半頭人高的軍犬汪汪地大聲叫喊，它們的舌頭血淋淋，好像剛剛咬過人，而它們的鼻子和嘴同時呼呼地發出響亮的呼吸聲，如臨大敵。

我腦子裡全都是漿糊，完全懵了。我被嚇壞了！心亂如麻，疲憊不堪，路邊燈光倒影在光亮的地面上，讓我撲朔迷離。如果警察發現了莫莉香，會不會懷疑是我幹的？我那麼細心，連洗澡抽香菸點火都戴著透明膠手套，不會留下蛛絲馬跡。我不斷給自己打氣，彷彿吃定心丸。

5.

　　回住處的路上，回想自己在莫莉香公寓裡的情景，我感到身上陰魂附體，心裡七上八下，有一種恐懼。這種恐懼不僅是因為莫莉香的死，而且我很害怕自己處在精神異常的狀態中。

　　走到公寓大樓旁，一輛轎車開過來，停在對面莫莉香那棟樓大門前。前門打開，從駕駛室走出一個中年帥哥，他打開車後排門，裡面走出一個大美女。帥哥伸出右手扶住美女，他抱著美女吻了又吻，留戀不捨。

　　我定睛一看，完全傻了。這大美女很像莫莉香。我怎麼也不相信自己的眼睛。用非常快的速度把眼鏡脫下，拿起長袖 T 恤擦了擦眼鏡又迅速戴上。這美女真的太像莫莉香。她穿著一件淺藍幾乎接近白色的低胸露背連衣裙，但髮型是短髮，露出了脖子，更加性感！

　　天完全亮了。我懷疑自己看錯。難道莫莉香有一個跟她長得一模一樣攣生姐妹？不，不可能。我從未聽說過。初中我們在一個班裡讀書，同學們不可能不說起。還沒等我弄明白，那美女向中年帥哥揮手告別。她沒意識我正站在她對面公寓門口。也許，她看到了我卻裝作沒認出。我轉過身，盯著她迷人的背影，猶豫了一下，情不自禁歇斯底裡拚命地大喊了一聲：「莫莉香，你還活著？」

　　這一叫喊太大聲了，把我這十六年來暗戀中積壓的愛恨全釋放出來了。

第二章

1.

　　我發現自己像一個紙糊的人，無力地躺在我的床上，而不是在公寓大樓旁。

　　我剛才在做夢嗎？如此清晰的細節場景，是夢與幻覺糾結在一起？我又閉眼想了很久，不敢睜開眼睛，竭力挖掘回憶的深井。我真希望我沒去過莫莉香的公寓，真希望所有都只是一場夢而已。如果是幻覺，那就證明自己精神又出了問題。在美國留學時有過幻覺的經歷再次浮現在我腦海裡，心裡恐慌起來。我開始研究自己的夢和幻覺，像是在研究不知病因的一個病人。我想分清哪些是夢，哪些是我的幻覺，哪些是真實發生過的。可它們都交錯在一起。在回憶中，它們都是我眼前的過去時態。我彷彿屬於另一個時間的很多斷片，彷彿這些斷片都發生在另一段人生的另一個人身上。我身邊仍是微茫的不可捉摸的空虛。我聽到了空虛的風在呼嘯，我只是虛空中的存在，我感受到這個存在，無邊的寂寞如磐石一般壓了下來。我不能動，沉重僵滯如屍體。我的意識旋繞於天空，不能自由地飛翔，一切如死一般腐敗。

　　我雙手摸摸自己的胸口，聽得見心跳得很快。我慢慢睜開了雙眼，抖抖索索地把床頭燈打開了，盯住天花闆和臥室的窗戶以及床頭櫃上的眼鏡，看了好幾遍，千真萬確。我在床上！我頓時高興爬起來，戴上眼鏡到客廳裡打量了一番，又進衛生間和廚房，再回到臥室，仔仔細細看了半天。我懵了一會清醒了：我沒有國王床，沒有那掛滿裙子的衣櫃和那些衣架，床頭櫃上也沒有香菸！突然之間，我想自己的記憶是否會出錯呢？

　　我頭很痛，一切都模稜兩可，就像坐在電影螢幕背後觀看電影，所有場面都是反方向的，既真實又虛幻。剛才的高興，一會兒就沒了。

我走到窗邊，拉開窗簾，扶住書桌邊的一張椅子坐了下來。會不會這些細節把我往常的實際行為和念頭，與幻覺錯亂起來？我甚至懷疑自己是否去過莫莉香的公寓——如果是夢，其中細節都太卯真實了！如果不是個夢，不是幻覺，一切都是現在完成時，那麼事情一旦被發現，我會徹底完蛋，會被判處死刑。

　　這一定是我這十六年暗戀莫莉香而不能向她撒狗糧的緣故，最好地詮釋了我這些年的心理和看到她與三個男人 4P 後我心裡發生變化的積澱。我不由自主站起來，渾身無力地抖索，只好又坐下來。我的目光正好停留在面前書桌的抽屜。我很想打開抽屜，又害怕打開它們。

　　猶豫了很久，我終於拉開了抽屜。左邊那個抽屜：那對超薄日本手套不見了。右邊最下面那個抽屜：我在農集市裡買回來的那把匕首也不在。

　　我一下子慌亂了。我去了莫莉香公寓！恐慌中，我飛快起身往浴室跑去。不料，我拌了一個跟頭，重重地摔在地上，竟然緩不過氣來，只好慢慢地爬起扶著牆走進浴室。

　　我神思恍惚。不知過了多久，我終於明白自己要尋找什麼。我最後打開了浴室櫃。那瓶漂白水不在！而那清潔劑原來有兩瓶，現在只有一瓶。

　　我一拐一撇地走到客廳門裡放鞋處。那雙大兩號的新鞋子不翼而飛！

　　我腦子像一顆大石頭一樣很重，壓得我透不過氣了。我索性就地又坐下來，背靠牆不停嘆氣。

　　一切都已昭然若揭。

2.

　　在人性裡，任何事情都是可能的，別測試人性。在我個人經

驗和我們所在的世界，都證明了這一點。

　　我內心裡有個黑洞。我從來也沒告訴過別人，包括我的父母和我唯一好友王力成。我曾很長時間不知道它是什麼。直到我在美國留學時患了焦慮症，我才知道它的存在。我能強烈地感受到它，可並不明白它，不知道該如何定義描述它。然而，這個黑洞從未離我而去，總是深藏在我內心深處，等待著機會要把我吞沒，讓我常常置身於一片巨大黑暗的虛空之中，有一種如墜深淵的感覺。我非常容易陷入這個黑洞，很快地迷失。這個黑洞，使得我去了莫莉香那裡，因她反抗叫喊而失手掐死了她。

　　如果這事被發現，我一定會指控為謀殺者。然而，在現實生活中，我也是被謀殺者。十六年來，我對莫莉香的暗戀一直在毒害著我，只是我沒意識到。我是暗戀的祭物，亦是獻祭者。這種暗戀是劇毒的毒品，一旦上癮，沒有解藥。它一直在謀殺我。唯一擺脫這種毒品的辦法，就是斷除毒品的來源。

　　只有這無望的暗戀被廢黜，我生命中的其它部分才能被顯現。我由恐慌變成了如釋負重，有一種被解脫出來的感覺，把我從暗戀裡解放出來。我發現自己不再擁有那種暗戀的感覺，我脫離了這苦海，再也沒有了念思這個驚艷美女的夢幻，得到了救贖。

　　夢是人精神最好的心理闡釋。我天亮前做的那個夢：走回我的公寓路上看到在那個太像莫莉香的美女在公寓門口，我對她大喊「你還活著」，是我內心現在的真實願望──我希望莫莉香活著，她因我給她的教訓從此改邪歸正。

　　想到在莫莉香公寓看到我自己的門牌號碼，想到在密謀去她公寓前自己腦子裡一直對我說話的聲音和天空對我的召喚，想到似曾相識的公寓和洗澡間，我漸漸理清了思緒：暗戀，成了我的一場生命過程，讓我產生很多幻覺，去幹了那件傻事卻未意識到自己在幻覺中，真實情形和幻覺交織在一起，讓我做了許多相關的夢。

我走進自己的故事之中，把這一切來龍去脈做了分析。我像是作為一個旁觀者體驗別人的生活。隨著情節推展，莫莉香的身子浮沉在我的幻覺、真實和夢的交錯之中，彷彿一覺醒來我一時不知自己到底在夢裡還是在夢外。

　　我走到窗邊仰望天空，閉著眼輕輕地禱告：「上帝，原諒我那麼壞。請寬恕我吧。我掐死莫莉香，絕對不是有心的。我長得難看，性格內向言辭木訥。我想改變自己，但無能為力。你把這個超級美女一再推入到我的命運中。我走上這條路，是不得已而為之。如果我只是內向但長得帥，沒事，自有人來搭理我，帥可以增添我的自信。如果我只是醜但性格活潑外向，臉皮厚，也有救，人緣可彌補，讓我內心強大。我既醜又內向，沒救了。當然，如果我是土豪，是富二代，即使我再醜再內向，這些都可能不是大問題。所謂問題，就是窮而不能改變。主啊，不要讓這個世界只關注在帥哥美女身上。在這個顏值時代，他／她們已經活得夠滋潤的了，而性格外向活躍懂得張揚的人內心多半強大。請讓這個世界多關愛一下性格木訥而又長相不好的人吧……。」

　　這是我向上帝禱告時間最長的一次。我最後說了些什麼，我都忘了。禱告完畢，我渾身都是汗。這時我才發現自己穿的都是昨晚的衣服！我連外衣外褲都沒脫，腳上還穿著涼鞋！恍恍惚惚間，我終於想起來了：早上回住處路上我快撐不住了，內心恐慌和極度疲倦像兩條繩子勒在脖子上，我呼吸困難，艱難地回到我的公寓，倒在床上。

　　我一身難受，背心和內褲都有些溼了。我脫下衣褲，衝進浴室很快地洗了個澡。走到廚房，我一眼看到桌子上有喝掉半瓶的一瓶磨坊城堡乾紅酒，蓋子都沒蓋上。原來我上床前喝了這酒！想必當時我擔心自己睡不著或給自己壯膽。

　　我看了一眼手機，已經是下午四點多了。

　　我肚子餓極了，一連吃了兩個香蕉，還覺得餓。打開冰箱，

裡面沒有一樣東西是現成可以吃的。我穿好衣服，在鎖門那一刻，我不由己地抬頭看了一下我的門牌號碼：11-404。

天氣異常。魚峰山完全被白茫茫的霧籠罩著，很難分清那霧是天氣造成的還是空氣被污染後的霧霾，或是兩者混合。樓下街道，行人像幽靈一般隱隱約約穿過霧中。他們在白茫茫裡彷彿是固定物一樣。我腦子裡全是莫莉香躺在床上裸體的身影。那些似真似幻的細節，在這行人和車輛移動的霧中，穿過我的腦海不斷地呈現。我再也不可能愛她了。一旦很清楚地意識到這點，風景和嘈雜聲都彷彿歸於零，彷彿萬籟俱寂。

3.

俗話說，三十而立。我已二十八歲，沒有工作，沒有老婆。我很清楚，就算我過兩天飛往廣州去讀博士，最終能拿到那學位，我這一生也難以真正幸福。我內心想像的世界，我的感受方式，我的整個存在，與現實世界處於尖銳而嚴重的衝突中。

我相信，人成為受精卵的那一刻，上帝就開始了精密設計。他是偉大的做工考究的密碼程式設計師，他製作了每個人一生的設計，人生程式都被他設置在一個人身體裡的 DNA 上了。當人開始在娘肚子裡生長，上帝的程式就已啟動，難以更改。所以，基督徒和天主教徒都把上帝稱為「主」，意思就是上帝做主。

翻看我慘痛的過去，不住自問，是否在那個遙遠春天連綿不斷的雨水裡，我生命的罅隙就已經開始。

1990 年 2 月 13 日，一個從早到晚連綿不斷的陰雨天，我出生在柳州市鋼鐵廠職工醫院。父母都沒考上大學。老爸在鋼鐵廠當司機，老媽在一家幼兒園當老師。他倆希望我長大後上大學有出息，給我取名叫「文輝」，即有文化知識的人才能輝煌。他倆一直到現在還叫我這名字。可我不喜歡它。我已夠內向了，再配

上這樣一個文縐縐的名字，更顯得中二。

　　我上小學時，同學中有些爸爸媽媽下海經商致富。他們要麼沒有高學歷，即使有高學歷也是學習不好的；要麼就是當官的，有權利使用，有人巴結。越有文化知識的人，越有可能是賺不了錢的書呆子。只有商和官，才能真正輝煌，才能有錢有勢。官商結合，所向披靡。

　　我老爸後來辭職經商做鋼材生意，發了點財，買了房，我們家擺脫了窮日子。

　　上初中之前那個暑假，我把名字改為「鋼」，有三重意思。一是我媽在鋼鐵廠職工醫院生下我，二是我們家靠鋼材翻了身，三是希望我自己能像鋼鐵那樣堅強，去改變自己的內向木訥，在社交言語上能有長進。可是，命裡註定的東西，個人自己很難改變。如果說這「鋼」字有和我個性吻合的部分，那就是我做事比一般同齡人大膽。然而在社交方面，我依然如故，極為內向。我寡言少語，即便開口也經常結結巴巴，彷彿心不甘情不願地從嘴裡硬擠出來的。

　　今天，我仍然是那個文輝，學歷越高越沒用，我既做不了官又不適合經商。

4.

　　我的暗戀，得從我讀初一那年九月說起。

　　當時我剛進柳州市九中。開學好幾天了，班主任帶了一個剛從東北轉學來的女孩。看著這女孩，我驚呆了，怦然心動。她太美了！一頭烏黑頭髮，兩根可愛的辮子上紮著淺綠色的蝴蝶結，瓜子臉白裡透紅，她的眼睛很明亮，挺直鼻子上還滲出了細細汗珠。我眼睛因為迷上了讀小說和打遊戲而近視，還沒戴眼鏡，被照顧坐在第一排。我能聽到她的呼吸。我的目光，停留在她那隨

著呼吸而起伏的胸脯上。我內心深處有一樣東西在顫抖，在有所活動，漂浮上來，好似有人從神祕的柳江底打撈起貴重的珍寶。我不知道那是什麼，只覺得它在慢慢昇起，我感到它遇到阻力，我聽到它浮昇時一路發出汨汨聲響，心中起了一陣騷動，像是一隻松鼠跑進綠絨絨的草地，像是一隻蜻蜓在晨旭落到窗戶上。

「這位是莫莉香同學。她父母從東北調到柳州。從今天起，她便是我們班上的一員。大家歡迎。」班主任帶著大家鼓掌後，把她安排在最後一排坐，因為她已發育，個子相當高。

「莫莉香」。我頓時在心裡默默地念叨了好幾遍。這是一個多麼香氣四溢的名字。我在那一瞬間愛戀上了這三個字。它散發著我說不出來的迷人味道，宛若永恆不息的古典香料沁透了我的身體，與我血肉交融。

那是一個艷陽高照的晴天，在我的生命裡具有裡程碑意義。莫莉香是燦爛無比的朝霞，豁然照亮了無趣單調的我，成了我前進的燈塔。這一天，我重生了。

從這天起，我再也沒有停止過對莫莉香的暗戀。我知道，她和我之間有著天地之別，彷彿隔著一個盛大海洋。我關注她，追蹤她的消息，點點滴滴。她父母來學校開過家長會，我見過。她父親是柳州人，當兵去了東北，做了軍官，娶了一個高大的東北妞，莫莉香轉學到我們學校那年，乃是他復員回家鄉。她的長相和身材大多從她母親那裡遺傳來的，皮膚很白，不像我們柳州人膚色普遍較黑。她的眼眶像他父親，往裡凹，因而她的臉有點洋氣。因為長在北方，她能說一口好聽的普通話。這無疑給她漂亮外表上增添了吸引力。

上課時，我不可能回頭去看最後一排的她。下課後，我總是尋找她的影子，追逐她的聲音。每次看到她，我會臉紅，怦然心動，趕緊把目光躲開。只要聽到她的聲音，我會立刻專心致誌，全神貫注地聽她說每句話每個字。哪怕只是這樣卑微地暗戀她，

我感到很幸福。

　　上初三開始，我已戴瓶底似的近視眼鏡，眼睛小，兩條不濃不黑的眉毛，嘴扁而大，小個子（現在我才 1 米 64）。這一切讓我即使學習成績再好也擺脫不了在莫莉香面前的自卑。初中期間，我和她沒說過一句話。第一次和她開口說話，竟然是初中畢業最後那一天。

　　當時，我考上了重點學校的二中，她被非重點的三中所錄取。我決定畢業分別前要跟她說說話，想相互留個電話號碼。

　　我設計了好幾種方案如何向她開口：

　　（1）假裝不小心撞碰上她；

　　（2）問她借筆用一下；

　　（3）跟著她上公交車，坐在她身邊，說：「是你呀。你好！」。

　　這些方案，看起來很平常俗套。可是對於性格內向木訥而長相不帥的一個初中生來說，卻很難賦予行動。

　　初中畢業分別的那天，每個畢業生得到一本畢業紀念冊。很多同學都正在紀念冊上互相簽名。我臨時決定不採用任何以上方案，而是拿我的紀念冊去請莫莉香簽名。我想逮住一個機會，她一個人時才上去叫她簽名，以便可多說兩句話。可就是沒有這樣的機會，總是有別的同學在她身邊。

　　中午在學校餐廳吃飯，我聽到她那帶著東北口音的柳州方言和爽朗的笑聲。我的眼光老追隨著她，弄得和我坐在一起的同班同學王力成都察覺了。「你喜歡她？」他問我。我的臉唰地紅了。他看著不遠的莫莉香，說：「她太漂亮了！這麼活躍。」言下之意，我哪裡 hold 住她。

　　王力成的話刺激了我，我一下子變成了另一個人，放下正在吃的飯菜，拿起紀念冊，翻到有莫莉香照片的那一頁，就朝她走去。這個舉動，令王力成和我自己都大吃一驚。

「大……美女，可以請你簽名嗎？」我把紀念冊遞給莫莉香，直愣愣看著她。我喘不過氣來，恨不得把千頭萬緒變成一句話「我愛你」，可在大眾光庭之下我絕不可能說得出口，我額頭上佈滿了汗。

　　她沒想到我會叫她簽名，有點吃驚，但轉眼眉飛色舞，如同她是電影大明星而我是她的鐵桿粉絲。「可以啊。」她放下手中的碗筷，接過紀念冊，拿起一支筆就簽了。我看著她精緻五官，心裡真想把她捧在手裡含在嘴中。坐在她旁邊的幾個女同學，都看著我。她們把我當作怪物一樣，盯得我很難受，臉上發燙。

　　莫莉香把紀念冊還給我。我們目光對視著。她的眼眸太美了，是我看見過的最清亮的湖水，一種猶如夢境般的的美妙感覺頓時讓我心跳加速。我的喉結緊張抽搐著，嘴裡乾澀，原來想跟她多說兩句話和要電話號碼的念頭早就忘得雲消菸散，我說了謝謝，慌亂地立刻掉頭就走。她坐在那裡的身子像是一道白色閃電，在我眼前飛快地飄過了，卻在我腦海裡永不消失。

　　這個美麗高傲的女孩讓我膽怯。我知道她對我並沒什麼好印象。唯一能夠支撐我自信的是我在全年級初中畢業考試中居第二名。如果內心連這點自信都蕩然無存的話，那天我是沒有膽量跑到她面前去叫她簽名的。

　　儘管那天簽名時間很短，可這麼近距離地面對面注視我暗戀的女神，讓我刻骨銘心。以後很長一段日子裡，我對她的性幻想大都是以那天作為場景的。冬天，她在我腦海裡是我最喜歡的一身緊裹牛仔褲和緊身羽絨衣以及那深棕色的高跟皮靴。春天，她是一朵玫瑰花，紅色單肩包斜挎在她淺綠色外套上。夏天，我每次躺在床上就會想，她明天會穿哪條裙子，是那件白色的連衣裙還是藍色牛仔短裙，她因為熱把衣服脫了躺在床上，撫摸她那極為誘人的身體。秋天，她是一棵彩色楓樹，每天都七彩繽紛，讓我眼花繚亂，她漫不經心站在校園裡某個角落而我目不轉睛，遠

遠地欣賞她……。

有時候，我嘲笑自己如此傻逼，如此屌絲。可是，這種自嘲轉眼間消失，我再次又活在對她的想像中。對她的渴望，則是在我獨自夜深人靜的時候，我自娛其樂，很滿足。

高中期間，我的學習成績一落千丈。我越來越意識到我的個性和長相在社會上很難生存得好，學得再好也只能是螺絲釘，而我又沒法改變我的個性和長相。現在中國大學生多如牛毛，大學畢業就是失業，除非你特別拔尖或你父母能幫你找到僱主，否則按照現在的說法你必須有專業知識以外很強的軟能力。書呆子已不吃香了。要會說，會吹牛，會銷售自己，這比什麼都管用！陳景潤時代一去不複返了。無論幹什麼，不會展示推銷自己，讀再多的書也沒用，最多只能給別人賣命，獲取生活費。我倒霉就在這一點。我天生內向，從小就木訥，不願和陌生人說話，當眾言說能力極差。這樣的人成功率極小。

小時候，老爸老媽忙賺錢，顧不上我，把我扔在奶奶家。奶奶是麻將摳，整天打麻將，要麼中午晚飯甚至兩三天都吃同樣的飯菜，要麼去她家樓底下的小餐館去吃。她常把我帶到她的麻友家，讓我自己玩，而她沉溺於麻將的輸贏中。

奶奶病死後，我媽開始自己在家管我，她總想彌補小時候不能照看我的過錯，對我幾乎百依百順。我明白這一點，我想要什麼她都滿足我，反正老爸從不過問。可我對父母沒什麼感情，和他們幾乎沒什麼話可說。我每天在自己房間裡網上玩遊戲，玩膩了就讀網路小說。我父母想盡各種辦法，企圖改變我的過於內向和網癮以及遊戲控，可無濟於事，無奈地放棄了一切努力。

讀高中那三年裡，我把很多時間泡在網上打遊戲讀武俠小說和看電影。學習上，只要及格就行。我都不知道自己當時是怎麼混日子的。

時間過得真快。一晃三年就過去了。

可我從未了斷對莫莉香的暗戀。這三年裡，我和莫莉香沒見過面。我沒法聯繫上她。我一度曾想從初中同學王力成那裡打聽她的電話號碼。他是我唯一的朋友，我們同班了三年。但這小子也沒搞到她的電話號碼，因為她換了手機號碼。然而，這沒法阻擋我對她的暗戀。我經常拿起手機，在自己的房間裡，在柳江畔的江濱公園裡，在我想她時的一個角落，對著手機屏幕上我從她初中畢業照翻拍下來的頭像，和她說話。「莫莉香，你在哪？不管你在哪裡，我愛你……」。我想像著和她見面，練習我該如何和她對話。「很高興見到你，莫莉香！這些年你好嗎？……」。

　　越是沒有她的消息，越是渴望見到她，哪怕像在初中時不說一句話不交往，只要能見到她或聽到她的聲音。我對她的暗戀日益劇增，強烈到了偏執狂的程度。我打飛機，都以她為想像中的情人，叫喊她的名字。起初，我希望自己能從這種暗戀裡解脫出來，但我無法自拔。日子一天天過去，這種暗戀成了我生命中很重要的部分，成了我的生活習慣。沒有它，我的生命黯然無光。我變得依賴它，不但不希望從暗戀中解脫出來，反而為越來越陷進去而高興。我的青春期以暗戀方式而活著。

　　有一次，我實在太想見到她，下午就逃課跑到三中大門口，守株待兔地坐在一棵樹底下，希望在放學的學生中看到她。我從下午三點多一直坐到六點，都沒發現她的身影，非常洩氣。我意識到，在不知她是否早走或晚走的情況下，以這種方式想要從幾千名放學走出校園的學生中見到她，無疑是大海撈針！從這以後，我把對她的暗戀完全沉迷在性幻想之中。這和吸毒一樣，上了癮很難退下來。它以神祕莫測的方式深入我的生活，我無處躲避，也無法擺脫。

　　這種暗戀禁錮了我。我神魂顛倒，稀裡糊塗，日子常常在對莫莉香的幻覺中度過。這是我內心的祕密。我帶著這個祕密讀完了高中，又帶著這個祕密進入大學。

我高考成績不理想，只能進了校址在柳州的廣西科技大學。大學四年，我全都在混日子，課程只要懂了就行，能對付及格便可以了。尤其是從二年級到畢業，我在大學附近自己租房子住，除了上課，獨往獨來。週末和平時有空我都泡在網上，如同我對莫莉香的暗戀，成了一種毒癮。上網主要就是兩件事，讀武俠小說和打遊戲。我是地地道道的網民，絕對的遊戲控。

　　我讀了很多網路小說，深夜有時也讀，故把眼睛弄得越來越近視了。到了高中，我沉溺在線閱讀。金庸的十五部小說，除了《鴛鴦刀》之外，我都讀了。至於遊戲，當時的「三國」、MUD、浩成自主佔線和「街霸」，我都玩得昏天暗地，有時真的是廢寢忘食，連續玩七、八個小時甚至通宵達旦，尤其是週末，早上睡到中午才起，打電話訂餐送到我住處，吃完後就開始玩，餓了就吃點零食，有時玩到快半夜或下半夜才想起來吃正餐。能訂到夜宵是最好不過的，訂不到就煮方便麵。從人一到大四，網上遊戲越來越多，越來越高級，越來越有意思，我的網癮就越大，欲罷不能。我知道，這種網癮是心理有病，我以本能在抵抗它，卻屢屢失敗。這是很多獨生子女的心理問題。我斷定，我們這些伴隨著網路長大的 90 後以及以後的人類，絕大多數幹不了什麼大事，我們被互聯網給毀了。只有那些少數毅力特別頑強並且聰明過人可以控制自己網癮的佼佼者，才有出息。剩下者不是傻瓜，就是吃瓜的朝陽群眾，能混上一口飯吃就算卓越了。

　　我從自己身上看到了眾眾芸生的未來。用這幾年流行的話來說，時光就是用來虛度的。所謂平常心和放下，是絕對的阿 Q。這年代，沒有阿 Q 精神，你就自己找死吧。

5.

　　性，是生命最神祕的東西。青春期男孩，對自己的那寶貝

都會好奇。我對它的好奇始終懷揣著尊敬。至於是不是人們說的「生殖器崇拜」，我不知道。我的寶貝很帥很強，它是我身體中唯一美的部分。它在某種程度上彌補了我對臉相不好的內心遺憾。準確地說，它是我的小寵物，溫順乖巧可愛。我經常愛撫它。看著它膨脹起來，越來越堅硬，我心裡很滿足。它超出我的理解能力，有一種深邃動人的美，我無法用大腦解讀。它是上帝賜予的神器。我觀察它的顏色，它的柔軟質感，它勃起的長度。握在手裡，它奇異極了。這世界上，沒有別的東西比它更神奇的了。

青春等於荷爾蒙。性荷爾蒙積累到一定程度，欲望來襲，很像網癮。如果性欲來了，沒有任何人在旁，我就是失去理智的瘋子。這時，身體內彷彿有一種東西變了質，由不得我控制。如果內心空虛，性欲會來得更快更頻繁。寂寞時，釋放性欲成了發洩空虛的一種方式。

所以人要盡可能群居，在一起活動。為了這，我上高中和大學期間有時故意到網吧去玩遊戲。雖然大多數情況下也是一人自己玩或網上的人玩，但有別人在的氣場是不一樣的，至少我在玩的過程中感覺到別人的存在。我仍然孤獨，但在那裡我不感到內心寂寞。

無論是獨處，還是外出，我常常情不自禁想起莫莉香，在手機裡觀賞她的頭像，發呆，自言自語。更多的時候，我幻想和她在一起，手把手越過柳江，到海邊去，在那涼爽而不炎熱的遠方散步，讓風吹起她飄逸的美髮，吹起她的衣裙。

現在回想起來，對莫莉香的暗戀成為我整個冰冷的青春歲月裡任何其它浪漫韻事的障礙，使後者幾乎成為零記錄。

大學畢業的那個暑假，從廣西師範大學畢業的王力成終於幫我打聽到了莫莉香的下落。她沒考上大學，被工貿商城僱用了，在那裡做營業員。王力成沒有打聽到她的電話號碼，也不知她在商城裡具體哪個商店。

我欣喜若狂。我一定能找到她。我相信，她一定更漂亮更性感了。我好歹上了大學，比她高一檔次，有希望跟她套近乎。一想到這一點，我挺高興。

當晚，我迫不及待去了工貿商城，邁開大步，像一個為尋找伴侶而奔跑的公馬。商城很大，是一個巨大萬花筒，五彩繽紛，商品琳瑯滿目。我不知她在哪家店工作，便從一樓開始找到最高層，幾乎每個商店每個角落，我都一一看了，仍然沒有見到她的身影。很累。我極其失望，腦子完全瓦特了。

即使這樣想，第二天上午一大早我又跑去商城找她。我家在我進二中前就從躍進路搬到了江濱路，離工貿商城走路只有十分鐘。我想，她很可能上白班，所以昨晚沒見到她。

果然，我在一樓看見了莫莉香。她在一家化妝品店工作。天啊，她太性感了！比在初中時更妖艷迷人。她上身穿著一件白襯衫，豐滿乳房把襯衫頂得要撐開了，領子下第二顆扣子都沒扣；頭髮盤在腦後，使她膚色白雪似的臉蛋和頸部更加顯眼；下身是一條藍色裙子在膝蓋之上，腳上是一雙銀色涼鞋，沒有襪子。她這一身是工作服。別的女營業員都和她一樣打扮。但她高挑的身材使得她穿工作服也那麼好看，其他美女相形遜色。

我心跳得厲害，完全呆住了，不敢前去和她打招呼。她是女神！我害怕她認出我，走到離她遠一點的一個角落看著她。我在那裡站了至少一個小時以上，卻沒有勇氣走過去和她說話。人來人往，不少男人和帥哥被她姿色折服，故意和她搭訕。有些小夥子，請她左挑右挑香水，拖延時間和她聊天。我聽見她的笑聲。她那所向披靡的魅力，足使男人動心。這正加劇了我對她的著迷。與此同時，我認為自己上過大學而條件比她優越的想法被徹底打垮。站在那裡，我目睹一場場活生生的挑逗戲：多少男人想得到她，其中一定不乏出色的大學生甚至研究生。在我的眼裡，她的一舉一動都成了對別人的某種暗示。

我腳步沉重，幾乎挪著腳向商場門口走去。與其說腳步沉重，不如說是心裡沉重。這比我找不到工作的打擊還要大。我感到空虛，空虛得連整個商場和商場所有的人都不存在了。我太慫逼了，太沒啥卵用！她像白雲那樣美麗輕柔，而我是沉重不堪的原木。她那麼性感撩人可愛，而我卻如此束手無策。

　　晚上睡覺前，我腦子裡不斷地出現莫莉香的影子。她的那件白襯衫，成了白色天花板的一面旗幟，在我頭頂上飄來飄去，彷彿她從天花闆上走下來，和我在一起……我盯著天花闆，反覆地對自己說：暗戀也很好嘛，讓自己無趣的生活多了一個美好的欲望。可是每次說完這話，另一個聲音又響起：別去看莫莉香了，這不是自我折磨嗎？既然無望，何必念思。

　　我知道，自己對莫莉香的暗戀是無望的感情。可是我腦子不聽使喚，總是忍不住經常進工貿商場去瞄一眼，看莫莉香在不在上班。如果她在，我會找個角落盯住她看。好在是一樓，人山人海，顧客川流不息，她沒法注意到我。

　　我鼓不起勇氣跟她打個招呼，心裡有難言的焦慮。它折磨我，使我晚上睡不好覺，在床上翻來覆去，一旦睡著總是夢到她。有人說，夢是靈魂裡發出的具有引導性的話語。我被暗戀的美夢引導進了死胡同。暗戀的思緒像毒液與烈火，會讓我即使在平靜中也會處於莫名的危險邊緣。

　　有一天深夜，太想她，我實在睡不著，只好爬起來。我不顧外面悶熱，推開窗戶，想讓真實世界的熱浪把我從暗戀裡弄醒。可是，無濟於事。暗戀是毒品，它侵入了我的大腦細胞和身體。那時我不懂什麼是焦慮症。現在回過頭去看，我恐怕就是那個時候開始有了焦慮症，只是我不知而已。我走到陽台，把自己完全置身在悶熱的空氣之中，只穿內褲衩裸露在黑暗裡。彼一時，我內心其實明白這個女神級的美女對於我來說永遠只可能是一個美好的夢，可我仍希望夢繼續下去，反正我也就這樣了，別說莫莉

香，一般女生都不會看上我，與其一無所有，不如有個夢。此一時，我心裡挺絕望，恨不得從陽臺上跳下去算了，但沒這勇氣。的確，我這樣的人活著沒多大意思。站在黑夜裡，我恐懼，身體不能自主地顫抖起來。我害怕會在一個瞬間把握不住自己而掉下樓去，趕緊回到臥室裡。

絕望和夢的交錯中，我恨自己的軟弱無能。面對整個其他的大千世界，我感到羞怯和惴惴不安。窗外悶熱再次湧進來，我只好把窗關了。正要拉起窗簾，我看到玻璃窗裡燈光反射的自己。我脫掉褲衩，搓揉起來。只有這樣，能給我一點慰籍，給我一點實在的生命快樂。

白天我就像被霜打的茄子一樣沒精打彩。但我又控制不住自己，兩三天沒見到她，我就瘋狂地想念莫莉香，跑去商城尋找她的影子。這樣的日子，在柳州的炎熱夏天裡延續，我像發高燒患了病，身不由己。我對找工作失去了興趣。我知道，在我找到正式工作之前，莫莉香和我沒有任何在一起的可能性。可我仍一而再三地去站在離她櫃檯不遠的地方看她，如同觀賞一朵昂貴極美的茉莉花，能聞到它的香味，目睹它的迷人，只看不能觸摸，不需要開口說話，更不能採摘。

隨後，我被一家電腦公司試用三個月。我常常加班，想被轉成正式僱員。每個星期最多去看她一次。幾乎都在週末。有時她不在那兒上班（估計她正好週末輪休），我兩三個星期才見到她一面。每次我都不讓她看到我，在擁擠人群裡瞄她一眼也好。就這樣，我也滿足了。她是我的汽油，我是頹廢無趣而汽油即將被耗盡的一輛汽車，見到她，我就加了油，又朝前開動起來。

我在網上找到工貿商場的網站。在化妝品商店的職工欄目，看到了莫莉香的工作照。我把它複製到我的手機上作為封面，取代了那張初中畢業照。我對它百看不厭，每天至少欣賞十幾次。每次凝視她的照片，如同遇見了她，彷彿一次遙遠的相遇，彷彿

我們的關係因此有了轉機，又進了一步。

　　我想，只要我有了一份體面的正式工作，我就可以去跟她打招呼。看在老同學份上，或許她會答應我，和我出去玩玩。不幸的是，三個月試用期滿後，我沒有得到正式聘書。我永遠不會忘記，那是十月底的一天，人事處管理試用人員的一位美女，把我叫到人事處。「韋鋼，很遺憾！今天是你的試用期最後一天。你這人很難溝通，太內向了。這對你將來職業發展會有負面影響。」我的心一下子涼了半截！後面的話不用說，我沒戲。

　　我感覺當頭被敲了一棒。太內向不是我的錯，是我的天性，是基因決定的。難道就因為天性剝奪我就職的權利和機會！我做夢也想讓自己外向一些，可這由不了我自己。如果我是一個帥氣十足的小鮮肉，那麼長相就能幫上大忙。可我內外交迫！我看到了我的痛苦未來。我沉默不語。我知道，說了也沒用。誰管你的天性？現在職場裡大多數工作都需要團體合作，能和別人很好溝通是非常重要的。想到這，眼前這位美女的話簡直是對我職場的判刑，是對我未來職業的詛咒。我心裡有一股恨。我恨自己的內向，恨這世界的不公，也恨這個美女這樣說我！

　　她看我不吭聲，不知是要為了證明我的不合格還是為了幫助我，她追問我：「你好像精力不夠充沛，你這麼年輕，怎麼可能呢？是不是晚上很晚睡覺？打遊戲？上網？」她都問在點子上。我的確晚上幾乎天天上網打遊戲，經常一打上癮就把時間給忘了。有時候，明明知道該睡覺了，但遊戲沒結束，便控制不住自己，接著打。

　　我不知是該承認還是否認，反正不留用我，說什麼都沒意義。我繼續沉默。她無可奈何，伸出手向我告別。

　　我萬分沮喪地離開了那家公司。這意味著我沒法吸引莫莉香。一個沒有工作的男人，就算是大學畢業生又怎麼樣？況且這年頭大學生已不值錢了，北大碩士博士畢業都不一定能找到工

作。我越想越失望。

　　去這家電腦公司之前，我在一家電腦商店幹了一天銷售臨時工。當天，老闆就叫我走人了，「你這人沒法做銷售，絕對不行。」我本來並不生氣，因為我深知自己幹不了賣東西這活兒，只是想要經歷。不過，那家夥話都沒第二句，在他眼裡多和我說一句話都是浪費他的時間。他沒等我說任何話，轉身離開走進他的辦公室把門關上，好像我會乞求他把我留下。他的這個舉動很傷我。難道我太內向就不值得尊重？我意識到，像我這樣木訥內向長相不行的人，連做人的自尊都比別人低三分。

　　靠！

纏綿的狗尾草——男性的另一種現實另一種青春

第三章

1.

　　不能擺脫的暗戀，有著宿命的味道。這樣愛一個人，很易墜入深淵，難以停止下墜。暗戀，是一顆悲愴的孤獨子彈，打中的是暗戀者自己的那顆承擔著單相思負重的內心。暗戀，無法與對方分享情感，渴慕但難以告知，思念難以揮去，無法互動，獨自品味愉悅和煎熬。

　　我就這樣愛著莫莉香。有時像冬天裡燃燒的火炭，讓我整個身心都佈滿了溫暖，有時像仰望高山頂部的冰雪，遠遠觀賞，很美很興奮卻能感到刺骨冰冷。

　　那家電腦公司沒聘我為正式僱員後，我從網上發了很多次履歷表去申請，但大都石沉大海毫無音訊。好不容易有過兩次面試機會。每次見面，對方都要死盯住我看好一會，那目光明明白白在說：「哇，你這麼醜啊！」我一看到這樣的目光，心裡涼了半截，本來就內向的我說話更加語無倫次，結結巴巴。雖然對方沒直說，還沒等到面試結束，我心裡明白：對方嫌我長得太難看，性格太內向。

　　我很清楚：只要我沒工作，就算和莫莉香打招呼也沒用，她肯定不會被我吸引。我心裡很苦。晚上睡覺，莫莉香常常在我的夢中出現。早上，醒來第一件事就是想莫莉香，腦子裡散不去她的影子，總是伴隨著晨勃。我起初以為這是沉湎於暗戀的結果，殊不知年輕人血氣方剛，由於膀胱尿存刺激而普遍有晨勃。我常身不由己，擼動自己，盪漾在怒放的快感之中。可是，興奮後換來的是沮喪。我對自慰本身沒有任何負面想法，而是我對自己僅僅停留在暗戀之中的無能為力，開始感到悲哀了。

　　這種悲哀，不知不覺讓我本來就很內向的個性更加封閉。我沒法和任何人談暗戀的問題。去和誰談呢？只能換來嘲笑和流言

蜚語。再說，即使能談，又去找誰聊呢？我不可能和王力成細聊內心深處的這種悲哀，儘管王立成知道我暗戀莫莉香。

　　最近的東西可能離內心最遠，最遠的地方則是自己的內心。我困惑，為什麼性欲會這樣來訴求自己，讓我瘋狂不顧一切地打飛機。很多次，我注視著挺直的那寶貝，感到莫名好奇。我沉浸在不可言喻的無語狀態中，常常失控，感覺自己的肉體蔓延開來，走出家門，走出校門，走到任何一個我可打飛機的隱蔽之處。

　　我學會了在自慰中用不斷叫喚和用嘴深呼吸，讓自己很興奮。我身體裡最內在的那種快感，讓我抑制不住地衝動。我盡量使興奮和快樂延續下去，讓它們停留在那裡，超過慣常的時間。有時，我會盯著身體裡流出的液體，想像著人從它到固體的神奇演變，想像著莫莉香就在其中被這種演變包圍著追逐著。

　　我收集成人電影。我邊看碟片邊打飛機。為了擔心父母聽到影片中的聲音，我總是關起白己房間的門戴著耳機。有一次，我忘了自己正戴著耳機，高潮之際呻吟大聲了一些，沒察覺，被父母在我的房間外聽到了。老媽向老爸眨眨眼，老爸心領神會，在我臥室外敲門：「文輝，你怎麼啦？」

　　父母喜歡叫我小時候的名字。

　　「沒什麼！看電影。」我緊張起來，忙穿起褲子，關掉片子，隨便換上另一部普通電影。

　　這以後，我很希望自己能搬出去。可是沒有工作，我沒有藉口提出讓家裡出錢為我租房，越想越覺得自己窩囊。

　　世界上的人和事，都互相關聯。只是有時自己沒意識到罷了。成人電影俗不可耐，除了欲望洶湧澎湃烈火燒身時需要它們火上澆油，我實在不喜歡它們。人為什麼會需要自己不喜歡的東西呢？生活就是這樣，人接受自己不喜歡的東西來滿足欲望，就像有些人對吃飯不感興趣，嫌麻煩，但必須吃，而且吃的時候有滿足感。這樣一想，我又心安理得了。好在不管我看什麼成人電

影，我總是以手機封面上莫莉香頭像作為性幻想的腳本。

2.

　　我覺得自己什麼都不擁有。如果說擁有什麼，那是散不去的寂寞感。我相信，一直到我老到死，我都會擁有這種心態。我有時想想，生不如死。有一次，我有自殺的強烈衝動，忍不住用刀片在左手腕上割了一刀，很痛，我像被蜜蜂狠狠刺了一下似地縮手，血順著藍幽幽的刀片溜成一條鋒利的紅線，把我嚇得要死。我趕緊把刀片扔進垃圾桶，使勁按出傷口，大叫老媽來救我。

　　老媽聽到我叫，趕緊跑來。「你怎麼回事？」

　　「我刮鬍子時拿起刀時不小心劃破了手腕。」我痛得眼淚掉了下來。

　　老媽很懷疑我並不是刮鬍子時割破的，但也顧不上說我什麼，嘴裡嘟嘟囔囔，馬上找來家裡急救藥品替我包紮，然後把我送到醫院急診讓醫生檢查一遍，打了防止感染的針，才放心。

　　有過這次經歷後，我意識到自殺萬一死不成，那可慘了，搞個殘廢不能自理而終生受苦。我徹底打消了自殺念頭。

　　老媽被這事給真的嚇壞了。她不好直說，但心裡挺明白。她給我買了電動刮鬍刀，是那種不用薄刀片而用帶有保護殼的旋轉刀片，不會割到皮膚。自從這件事發生後，她寧願對我有求必應。

　　我看出了老媽的心理。不能因為自己沒工作就不花錢。將來遺產肯定是我的，雖然富不到哪裡去，但一個人生活沒問題。幹嘛要虧待自己呢。上個月買一件降價到 5225 塊人民幣的阿瑪尼大衣，我沒有猶豫。父母卻很心疼。他們自己花錢還是比較省的，家裡名牌東西很少。

　　老爸忙，平時不管我。老媽負責給我錢花。在她看來，這個兒子只要不出事不吸毒不賭不違法，其他都無所謂，錢是小事。

反正，養孩子就是砸錢。

可是，即使一身上上下下都是名牌，又怎麼樣呢？一個男人沒有職業，簡直就沒臉做人。一想到這點，我很沮喪。本來像我們這樣做生意的家庭，找點事情做應該是無難處的。可我實在不是做生意的料。為這事，老爸和我進行了一次很徹底的交談。

「文輝，如果你一直找不到工作，怎麼辦？」

「沒想過。」

「什麼叫沒想過？你以為老子賺錢容易讓你花一輩子呀！」

「那你要⋯⋯我怎麼辦？」

「你不是經商的料子。做生意要嘴會說，要有很好的人脈關係，哪怕讓你到我的辦公室裡做秘書，你都不行。做看門保安，也不會有人要你，你不健壯又矮瘦，一副書呆子模樣。」

老爸這幾句話，很傷我的自尊。我無語。老爸說的是大實話，而大實話最傷人的自尊，因為無法爭辯，太無奈。真相，常常是令人痛苦的。

我看著老爸，心裡很悲傷。父母雙方家庭祖祖輩輩裡，都沒人上過大學，我是第一個大學生，卻落得這樣一個淒慘結局，連工作都找不到。

老爸意識到自己把話說得太重了。他從口袋裡掏出一包香菸，從裡掏出一根點燃，邊抽邊說：「這樣吧，你把英語弄弄，出國留學去吧。我們家這點錢還是有的。我願意掏。」

老爸還是愛我的，我畢竟是他的兒子。想到這，我心裡好受多了。我也想到過出國留學，只是還沒心思仔細去做計劃。既然老爸現在主動提出，那是最好不過的了。

我出國後可以誘惑莫莉香跟我結婚而作為妻子到美國去。美國！這會對她有吸引力。一想到這，我頓時忘記了剛才的悲傷。有錢就是好。對於窮人，問題只會帶來更多問題。錢可解決很多問題。換句話來說，窮人的問題都是問題，富人的問題並不一定

都是問題。

3.

　　我在英文補習學校報了名。反正沒工作，我報了四門課，聽說讀寫同時進行。我不笨，只是大學時整天泡在網上讀小說玩遊戲，在學習成績上只求及格。現在，為了得到莫莉香，我要好好搞英語！出國會是我的唯一亮點，可把莫莉香吸引住。像她這樣的極品美女，富二代們都爭相巴結，僅僅有錢肯定輪不到我這樣不帥不高大又內向的人，我家遠談不上是土豪，我自己與土豪們的富二代相比，還相差十萬八千里。

　　暗戀的動力真大。我真沒想到自己會這麼刻苦努力。從開始搞外語到被美國大學研究生院錄取，我花了一年半的時間，其中在補習班讀了整整一年的英語。這一年半裡，我的英語突飛猛進，對話沒問題，聽力解決了，寫能對付，最大問題是我的口音。我在柳州生活了二十幾年，平時都說柳州方言，連看書默讀都不例外。我地地道道的柳州方言不僅影響了我的普通話，而且嚴重影響了我的英語口語。我沒法發好 z、c、s 和 zhi、chi、shi 尤其是 R 和 L 的區別。英文補習學校的加拿大口語老師為了我的「rose」（玫瑰）的發音，給我開了小灶，專門輔導，我還是不能發好它。老師講的和示範的，我都懂，也聽得明白，可就是不行。偶爾一次發對了音，下次又不行了。這讓我很氣餒。直到有一天我在柳侯公園碰到一個會說中文的美國遊客對我說：「這沒什麼，我說中文不也有很多口音嗎？你不覺得口音也是一種美嗎？」這才讓我終於釋懷。

　　我第二次托福考得不錯，589 分；GRE 考得一般。通過網上，我找了一個仲介，對方把我大學成績弄得都是 90 分以上。當我拿到仲介寄來的成績單，完全被蒙呆了：這成績單和廣西科技大

學頒發的成績單一模一樣，居然還有鋼印！

2014 年 4 月底，我拿到了紐約默西學院的碩士研究生錄取通知書。那一天，難得的晴空。在這之前，柳州一直小雨，淅淅瀝瀝，停了又下，下了又停，有時雨細得似有似無，有時卻零亂飄撒，彷彿是野狗身上掉下來的毛，讓我厭煩，很壓抑。可是，那一天上帝安排得挺好，天空明朗，雲消雨散。走到柳江邊，順著江堤開心地走著，我心裡陽光燦爛。

想著莫莉香，走著走著，我發現自己已走到柳江大橋下。我開心地走上橋頭。這是柳州很舊的一座橋，1968 年就建造了。柳州被稱為「橋的城市」和「活的橋梁博物館」，擁有十九座大橋，還要建造五座，是中國擁有最多江上大橋的城市。這座被稱為「二橋」的柳江大橋就不稀罕了，可它畢竟在市中心。雖然如今出國留學多如牛毛，我心裡希望自己到美國留學這本身能成為一座橋，讓我逾越障礙而把莫莉香引向自己的懷抱。

柳江很美！它 U 形繞城淌漾，一陣陣漪漣在太陽照耀下反射著金光，有些刺眼，卻格外壯觀，宛如抖動的綢緞，把眼亮瞎了。兩岸樹蔭順著江彎彎曲曲，就像彩緞的綠色花邊。寬闊江面讓世界回到空曠，與天空連接在一起。岸邊青草地散發著潮溼氣息。江風吹來，從我身旁穿過，發出聲響，讓我尋找不到適當的詞來形容這種舒暢的感覺。對岸的馬鞍山一片青綠，想必長滿了樹。它輝映在江面上，讓青綠色江水有了一大塊更青綠色的倒影，幾乎已近墨色，看起來像一個吸引人的黑色巧克力奶油大蛋糕。

看著波光粼粼的江水，我浮想聯翩，意識到人的心情其實很多時候是由裡往外，心情好了，風光才更美。那天，陽光對我特別慷慨。它毫無障礙地照耀在我的皮膚和頭頂上，穿越我日益粗硬的鬍茬和漸長漸顯的喉結，直接射入我的心房，加速我的血液。我用手機拍照功能看了看自己：太陽在我的眼鏡片上反射出光芒，而近視眼鏡讓我有一種知識分子的範兒。

我很想見到莫莉香，心裡非常興奮。在準備出國上英語學校這期間，我見過莫莉香好多次，每次都不讓她看到我，在人群中注視著她，沒敢和她打招呼。我對她的暗戀日臻居增。我看著手機封面上從網上複製的莫莉香的照片，總覺得不過癮，常常從手機裡再找出我掃描她在初中畢業冊裡的照片，看了又看，自言自語：「莫莉香，我愛你。你知道嗎？你……」。我不知道這世界上那些長得不帥而性格極內向的人是不是也都和我一樣。這種時候，我可憐自己。這麼可能不自憐呢？像我這樣的男人要得到自己喜歡的女人太難了！

　　還好，命運現在給我一個絕好的機會。莫莉香會被去美國的誘惑力所征服的，況且是去紐約！我越想越激動，快步朝離橋頭不遠的工貿商城走去。

4.

　　我能聽到自己的心跳，發現雙腳特別輕，走如飛鳥。我跨進工貿商場的大門。乓！我和迎面來的人撞了個懷。「你眼睛瞎了嗎？！」被撞者大叫起來。

　　啊，這人正是莫莉香！

　　起初，她並沒有認出我。我的眼鏡被撞掉在地上。我蹲下來撿眼鏡。

　　莫莉香瞧著我不戴眼鏡的狼狽相，氣也就消了：「你這個近視眼！」

　　「莫……莉香！」

　　「韋鋼！」

　　當我戴上眼鏡，我們兩人同時叫出了對方的名字。

　　我右手扶扶眼鏡：「對不起。不……好意思。」我全身緊張得像一根被拉緊的繩子。

莫莉香盯著我：「你這個怪人！不戴眼鏡，我真的認不出你來。你一對眼睛不轉動似的，直愣愣的，嚇人」。她大大方方地朝我笑著，很難說沒有調情挑逗的意味。這倒不是因為站在她面前的是我，而是這種意味一經在她身上出現，就成了優雅迷人的天然氣質的一部分。

　　莫莉香說話大大咧咧，很率直。今天撞上我，她太意外。自初中畢業後她就沒見過我這個怪人。王立成告訴我，「怪人」是她和同學談論我時對我的稱呼。沒想到七年後以這樣相撞方式見面。我今天的確也很怪，戴上眼鏡後興奮得手都不知往哪裡放，一會兒搓手，一會兒把手放在我自己背後，既像個做錯事的小孩子，又像老態龍鐘的小老頭。

　　我盯著莫莉香，一陣溼漉漉的芬芳氣息湧入我的呼吸。她那永遠不會衰朽的面部上，具有極為耀眼幾乎是妖艷的一種美色。她那從臉脖下到無領裙子在豐滿乳房上方露出的那部分，與她散發襲人的溫暖香氣十分和諧。我的臉發燙，身子著火似的，腦門一片汗溼，頭上冒著熱氣，嘴巴乾渴極了。

　　「你好嗎？學霸！」她的這句問話和其略帶沙啞的好聽的普通話嗓音，彷彿是一塊看不見的抹布，抹去了我倆自初中畢業後沒再見過面的時光裂痕，給了我向她約會的勇氣。我不能再錯過這機會。我深知在自作多情，不懂如何掌控措辭尺度，不懂如何把對話帶入高潮迭起的序幕裡。自慚形穢的我，在她面前墜入一個適宜仰視她的角度。

　　我的心狂跳起來，囁囁嚅嚅地說道。「你有時間嗎？老同學這麼多年沒見面，我們到……對面星巴克喝杯咖啡吧？」費了很大的勁，我把話剛說完，眼光落在莫莉香的左手上。她的無名指上有一顆非常漂亮的戒指！

　　我臉色大變。「你……結……婚了？！」我結結巴巴問，很不情願說出這句話。

「是，剛結。幹嘛這樣大驚小怪。男大當婚，女大當嫁。」莫莉香說完，狡點地笑著，露出兩排潔白如玉的牙齒。她低下頭陶醉地看著戒指，用右手去撥動它。

我立刻無語，臉色很難堪。我發覺自己被一種自己不能控制的力量突然鎖住了。那戒指是一枚炸彈，瞬間把我內心美好的希望被炸了個稀巴爛。難道命運真的這樣作弄人嗎？我像石頭一樣僵立在那裡，連呼吸幾乎都停止了。

莫莉香看到我的臉色突然三百六十度轉變，感到奇怪：「你這人這麼怪？剛才還喜氣洋洋晴空萬裡如此興奮，怎麼突然烏雲滿面？怎麼回事？」她的目光裡別有含意地盯著我。我太失望，想找幾句話說，可又想不出來。她也不知說什麼好。這種沉默在我們之間像一層塑膠薄膜，真實，透明，但是廉價得平庸。

我仍然說不出話來。我很想罵自己一句來解氣，可嘴怎麼也開不了口。很奇怪，以前我雖有不說話，不能說或不想說或不知如何說，但從來沒有像今天這樣身不由己，全身僵住，嘴被膠布牢牢地黏住似的。我很想說「自從我認識你那一天起，我就喜歡上了你。這些年我一直在暗戀你。」可是嘴怎麼也打不開。我拚命想換一種思維對莫莉香說「祝你幸福」，全身卻抖嗦起來，身體變得稀薄空虛開始彎斜，像是意識到自己做了什麼錯事以及由這種錯事所引起的責備，極度尷尬。我一動不動，似乎身體一動就會立刻暈倒在地上。

莫莉香看著我如此窘境，她也有點尷尬。她顯然想離開，多餘地把肩膀上的包拉了一拉，說：「你沒事吧？我走了。」她一臉茫然對我顯示出莫名其妙的情緒，又好像看出了我的心思，走下商城門口的臺階。這時候她回頭了一下，朝我微笑著。工貿商城大招牌燈光鋒利地直照她的臉上，冷颼颼而有嫵媚，讓我兩眼模糊發酸。

我意識到自己擺脫不了困境，很生自己的氣。我不知如何向

莫莉香解釋我的暗戀，更不懂為什麼會發生這種突發語言表達障礙。我想，對於她來說，我是微不足道的。這造成了我的幾乎穿透時空的悲哀。我只好扭頭向商城裡走去。

5.

我在商城裡一樓毫無目的地躑躅了一圈，非常失落地走回柳江邊街頭。初中畢業後分開這麼久，我一直暗戀莫莉香，今天終於碰到了機會和她說話，可以用美國向她誘惑，沒想到她卻結婚了！

剛才即便向莫莉香解釋自己的沮喪心理，也沒用。這麼多年的暗戀，在對方婚後去表達，自己會更顯得是一個蠢貨。想到這，我有點慶幸自己當時突發語言障礙而說不出話來，否則那是一個多麼彆腳的場面，我會完全失去自尊。

我坐在柳江邊一張椅子上發呆。這一帶樹木蔥鬱，濃蔭團團簇簇，把岸邊水面映得碧綠。江中央的水卻藍得透亮，近似淡紫，彷彿塗上了一層彩釉。仔細一看，水面上疏疏落落地點綴著藍草莓一樣的蓮花，花冠紅得發紫，花瓣邊緣呈白色，任流水載浮載沉。不知不覺，已近黃昏。西天一大簾雲彩，掩住了落日，把江面化成了暗藍色，低壓的雲夾著迷濛的夜景，寂靜如畫，依稀可見。江對岸天空殘留淡淡晚霞，遠遠望去，風景依舊輪廓清晰，可是色調已消失殆盡。坐了好一會兒，我聽得江面船梢布蓬上悉悉索索嗓泣起來。我不但不覺得眼前的風景美，反而發現暮色中的柳江顯得很窄，對岸的山在雲霧裡也不能被辨認得完整。悲哀情緒，被美其名曰愛情的懦弱無奈堵截在心頭，我渴望一個宣洩口，心裡難受得無法忍受。莫莉香手上的戒指，已把我內心深處炸得稀巴爛。我的心需要整合，我的身體需要發洩，需要找女人來釋放自己的稀巴爛！

我在手機上上網搜索有關資訊，確定了一個叫「溫柔妹妹」的服務，我立刻坐出租車趕到那裡。這是一個美容按摩店。我顧不上環顧四週，說了我在網上約定的「妹妹」的名字。穿得很露的一個女孩走了出來。「你是剛才網上約的吧？我就是溫柔妹妹。」她笑容可掬，但顯得有些做作。我在櫃檯把錢交了後，就跟著這女孩進入一個房間。女孩剛坐在床邊對我微笑說：「你想怎麼服務？」，我一把將女孩推倒在床上。「脫！」這一吼叫從我胸腔裡湧上喉結，如浪噴出。

　　走出店，天氣有了變化。刮起了一陣大風，空氣中響起一陣悶雷的聲音，柳江邊美麗的紫荊樹隨之搖曳起來，花落滿地。雨點打在我裸露的雙臂上。我攔截住一輛出租車回家。坐在車裡，我一點都快樂不起來。車窗外，天空是黑的。不期而遇的傾盆大雨瘋狂地從天而降，好像夜空有一個大漏洞。兇猛的雨點砸在出租車的玻璃窗上，發出很脆很大的聲音。

　　司機從鏡子裡看到我悶悶不樂，「小夥子，你怎麼了？」

　　這一問，觸動了我的神經，我哭了起來，極為傷心。哭，是我的回答，是我此刻能向這世界說話的唯一方式。只有這哭，放肆地哭，才能讓我不至於瘋掉，不至於窒息。內心深處的暗戀，在我體內有千萬種聲音。這些聲音組成了一支怒吼的野狼隊，它們在說話，在我體內跑動，我是無法防備的犧牲品。這哭，讓我此時此刻暫時逃離了這些野狼。

6.

　　那天晚上半夜三更我成了雙胞胎，我的孿生兄弟韋鐵，他高大帥氣十足能說會道，數落我，說我是傻逼，即使莫莉香結婚了又何妨，照常追，她會離婚跟我去美國。他痛罵我，把我罵得狗血淋頭，他大聲訓斥我：「阿鋼，你這個狗屁！癲仔！縮仔！」。

我憤怒無奈地重複他的話罵自己：「癲仔！縮仔！」。

癲仔，縮仔，在柳州話裡就是神經病和傻瓜的意思。我被這大聲訓斥和自己的叫罵聲給驚醒了。這是我第一次在夢中大喊大叫。醒來後，我坐起來，靠在床頭。望著臥室裡幾盞小燈，我覺得自己真是個癲仔，縮仔。

老爸老媽被我的大聲叫喊嚇得要死，以為發生了什麼事，有盜賊入室。老媽爬起來，走到我的臥室外，敲敲我的門：「文輝，你怎麼了？沒事吧？」起初我不想回答，可她不聽到我回答就不罷休。我只好說：「沒事。說夢話。」

從那以後，大叫夢話成了我生命的一部分。我幾乎每夜剛入睡都會大叫夢話，把自己驚醒。老爸老媽也就習以為常了。還好，每次我被夢中自己的叫喊聲驚醒後，很快又入睡了，不影響我整夜的休息。

為此，我專門到醫院做了檢查，在醫院裡睡了一晚上，醫生給我大腦和身上接上各種線路，拍下錄像和各種腦圖，結果也沒查出什麼問題。

第四章

1.

老爸極相信「8」這個數字。明明 1000 條鋼管的生意，老爸只要 888 條。他認為是「8」這個數字給他生意帶來了好運。因而，他給我訂的飛機票，就選擇了 8 月 18 日這一天。他相信，這個日子會給我帶來命運的轉變。在他看來，去美國留學這本身已是我命運轉往正方向的開始。

然而，這一次他錯了。

我仍毫無運氣。在北京轉機時就棋開不順。本來，從北京到紐約的班機是下午 1 點起飛，那天到了 7 點才起飛。上飛機前不覺得餓，起飛後我肚子卻餓得要死，晚飯到 8 點多鐘才送來。我吃完後，肚子很不舒服，睡不著。

班機從北京到紐約一直在夜裡飛，讓我感到很不吉利，彷彿身處沒完沒了的黑暗地獄。我打開機窗，望著明月在雲層中穿過，那雲朵就像一個個奇形怪狀的動物。我半張著嘴，看著月兒鑽進了一隻大母狗，又從後面鑽了出來，生下了一隻小狗……。我睡不著，腦子東想西想。

臨走前天，我和王力成通了電話。他幫我打聽了，莫莉香的老公是我們初中同學于洪斌。那小子只是中專畢業，但長得高大帥，也是北方人，其父和莫莉香父親過去是軍隊戰友。按理說，於家不是很富裕，他學歷沒我高，但高大帥是他的的本錢。今天這個世界，男人高富帥三樣，你至少得有一樣才能吸引人。這三樣，我都沒有。儘管我老爸的錢養活我沒問題，但我只能算是啃老族，我們家還沒富到千萬上億元。如今中國，幾百萬元根本不能算富翁。北京上海一套公寓就值千萬元甚至上億。當然，於父當官，是市裡某局副局長，在柳州這種三線城市裡，這官已很大了，肥水很多。于洪斌本人在市委裡給當官的開轎車，肯定也有

很多好處撈。莫莉香嫁給這家夥順理成章。

我心裡很鬱悶很難受。從得知莫莉香結婚的消息後到離開柳州飛去紐約的這段時間裡，我一直都不開心。父母不知真相，自然不理解。老媽幾乎每天問我：「馬上就要去美國了，怎麼反而不開心了？」我沒法跟她說實話。否則，她一定會說我太沒出息了，老爸看在眼裡，不動聲色，他知道我一定有心事，卻採取不問的方式。

最後一天上飛機場前，我們在家裡吃告別的早餐，老媽從外面買來我最喜歡的兩種早餐：豆漿油條和螺螄粉。

「你吃豆漿油條還是吃螺螄粉？」老爸問我。

沒等我回答，老媽搶著說：「兩樣都吃一點吧，到了美國這兩樣都難吃到了，起碼螺螄粉是吃不到了！」

那一刻，我眼淚差點湧現出來。我為自己想用出國來吸引莫莉香的念頭落空而憂傷，讓我覺得去美國本身失去了重大意義。

老爸終於開了口，「我看你這幾天悶悶不樂。本不想問你。現在你馬上要走了，看你憂傷成這樣，我不得不問。你到底怎麼了？」

我暗戀莫莉香在心底，沒人訴說太久了！此刻在父母面前，我終於忍不住說了出來。我被自己的暗戀所感動。

父母一開始什麼都沒說。他們一方面很吃驚，另一方面欣慰我願意讓他們知道我的隱私和痛苦。老爸一改他過去急躁不耐煩的說話方式，緩緩地說：「先把早飯吃完。吃玩我們再談吧。」

我的心情因為把暗戀的憂傷說出來了，反倒一下輕鬆了。太可笑。我和莫莉香之間什麼都沒發生過，僅僅因為我們是初中同學而我在那個青春都還未綻放的年齡裡迷上了她，竟然能持續如此久長。暗戀有這樣強大令人不可琢磨的力量，就像吸毒者的毒癮長期蟄伏在我的體內。這讓我驚嘆不已。

吃完早飯，老媽端上香氣十足的土耳其咖啡，每人一杯。

老爸吹了吹冒氣的咖啡，喝了一口，放下杯子，語重心長：「文輝，你們現在年輕人，我和你媽都不是很懂。今天這世界就像這咖啡，很香，但裡面來龍去脈大家並不知道很清楚，只知道不放糖會很苦。不過有些人就喜歡這苦味而不加糖。你愛那女孩，並且暗戀這些年，聽起來美好動人。不過，你並不瞭解她，而且人家顯然對你從來沒有這意思，對嗎？你與其說是愛她，不如說喜歡她的美麗容貌和率性活潑的性格，不如說不肯放下對異性的夢想。這夢想，更多的是性幻想。爸爸可能說的不對。但我也像你這樣年輕過。我敢保證，如果你有一天真的愛上了一個也愛你的女孩，你百分之百地會把這暗戀忘記掉。」

聽到老爸說的最後一句話，我突然陷入了迷亂，衝動地叫了起來：「不可能有女孩愛我！不可能！我長得太醜了！我太內向了！」這些話就像不可阻攔的炮彈發射完後，我憤怒如海，不可遏制。我站起來往我的房間衝進去，客廳桌上的咖啡被打翻了，杯子滾下桌子，只聽見碎裂聲，我顧不上這些，進了我的房間便把門鎖住。

「我早就跟你說過，這孩子有心理問題。」老媽輕聲對老爸抱怨，但我聽得見。老爸大聲喝斥她，「誰沒有心理問題！你沒有嗎？都是你他媽的不會教育孩子，他才成為這樣的！」

老媽很生氣，也叫了起來。「放屁！子不教，父之過。你整天就知道賺錢，文輝長了這麼大，這些年你和他有過多少次溝通，陪過他玩過幾次？你以為錢就能改變一切嗎？」

「可我不賺錢你們吃什麼？你們能活得這麼輕鬆嘛？他生來就內向長得醜，這不是他的錯。關鍵你從小把他寵壞了，要什麼給什麼，不教育他一切要靠自己吃苦獲得。」

「你說得容易。你不是不知道，我努力過。但他動不動就威脅要死，還割過手腕。你不害怕，我害怕。」

老爸重重地嘆了口氣。「別說了！他在裡面可能都聽到了。」

2.

聽完父母的爭論，我反而冷靜下來了。我意識到，自己剛才的衝動是我心理癥結所在。也只有在父母面前，我才可能暴露自己的這種癥結。王立成知道我暗戀莫莉香，但我還從未跟他談我內心深處這方面的心理活動。

那次割手腕以後，我再也沒有想到自殺。人都有兩面性。我有很膽大的一面，卻也有很膽小的地方。那次割腕讓我害怕自殺過程而不是結果。我經常跟老媽提到死，只是威脅，只是對自己生命無果無趣的厭倦。

咚，咚，咚。老爸敲門。他叫我去機場了。

我們拿起行李走出公寓大樓。上車前，老爸把手中的菸頭扔在地上，用右腳使勁地對它踩了踩，坐進駕駛座位。發動車前，他轉過頭來對坐在後座的我一字一句地說，「文輝，我跟你說，到了美國可以交美國女朋友，好的壞的，沒關係，就當經歷。你這麼年輕，別老被自己的內向和長相不行而搞得那麼悲觀。路是人走出來的，戀愛也是如此。喜歡就追，追不上就換方向，不就是人生嘛？只要活著，還怕沒女人？聽我一句話，不管做什麼事，一旦不成，別介意，全當人生走了一遭。我和你媽當年沒考上大學多苦呀，我們都很想找到一份好工作，可是人生很多時候不是我們自己控制的，我們很清楚這一點。那時，沒考上大學簡直是低人三等，但我們挺會自己找樂的，在我們被動的生命裡尋找主動，而不是悲哀。」

老爸的話，讓我很意外。他從來沒有跟我講過如此哲理的話。一定是我剛才的衝動讓他看到了我內心的痛，觸發了他的神經。像我這樣的人還想找美國女朋友？真是癩蛤蟆要吃天鵝肉，癡心妄想。

「老爸，你成了哲學家了。說別人容易，輪到自己做就難了。我何嚐不想找樂要經歷。」

老爸不再企圖說服我。他很明白，人的命運其實是沒法完全說得清的。如果能說得清，那意味著我們能夠把握命運的規律，那麼眾人都可以複製命運，都可以成為幸運達人。

把行李托運後，我們仨坐在候機室裡沒有太多的話要說。老媽一再囑咐我：「路上要小心，把錢和護照都放在貼身腰錢袋裡。」如果是平時，我一定嫌她囉嗦，但我保持沉默。我不想再製造不悅。沉默，有時是最好的武器。

「從柳州飛往北京的 1860 航班現在開始登機。」廣播響起，老爸看著我，伸出雙手拍拍我的肩膀：「走吧。一路順風！」他的聲音語氣裡透露出無奈和對我的失望。

3.

告別父母，我飛往北京，第二天轉機去紐約。在北京那晚，我在旅館的酒吧裡喝酒打遊戲機，直到凌晨 4 點才回房間去睡。

我和一位美國女孩上了床，她金髮藍眼，一對直挺挺的乳房簡直就是巨波霸，她全身美白袒露在我面前。突然，她的兩個乳房裡衝出兩顆炸彈。「啊，你是恐怖分子！」我大喊一聲，話未落音，一聲巨響把我震耳而醒。我第一反應是看一看自己是否受傷了。

昨晚睡前我把手機鬧鐘定時了。我抓起床頭櫃上的手機，確認剛才把我鬧醒的是它，而不是可以把我炸得渾身傷痕累累遍地血跡的炸彈。恐懼和慶幸感，把我徹底清醒了。趕緊在手機上看了一眼，上午 11 點了。我收拾東西，打的到首都機場。

一路上，因為沒睡夠，我昏沉沉。到機場時，我又睡著了。出租司機把我叫醒。我挺不開心。他把我的行李從後車倉裡拿出

來。看到我行李上都寫有美國的 USA 地址，他問我：「是去美國留學？」。我下意識地點點頭。他大聲嚷嚷起來：「你這人有毛病。別人到國外留學都嗨得翻天了。你怎麼了，把你叫醒，你還不高興！」

「我……就是有毛病！高興不高興，管你屁事！到目的地你叫醒我，這是你……的工作，我付錢！」我把錢扔給他，頭也不回地拉著行李就走。我聽見他在我背後罵罵咧咧。如果我身上有刀，真想他媽的捅他一刀。但我知道我不能找任何麻煩，我現在當務之急是趕上航班。

整個機場人海如流，人一進去，就像一個透明的蝦消失了。沒想到，剛進機場沒多久，就聽到我的航班遲飛 3 小時。早知道如此，我沒必要這麼趕。

最後，七折騰八折騰，飛機下午 7 點才起飛。正好是日落時分，萬物黯淡下來，彷彿有一面鏡子活生生地將陽光吸走，外面世界嵌入黑黢黢的暗影。不知為啥，我心裡有不安寧。看著飛機在夕陽落下的最後一抹晚霞裡向高空衝上去。我有些恐懼起來。飛機推遲了竟六個小時起飛，是不是因為飛機有什麼問題？修好了再走後不會再出問題吧？人還沒到美國就粉身碎骨了，那就太不划算太倒楣了！可能是恐懼，我肚子胃腸道有些不舒服，中午在機場沒好好吃。我以前打遊戲而常誤了吃飯時間，從來沒有疼的感覺。

飛機一直在黑暗中飛行。夜空如海。整個機艙關了燈，只有吃飯時間才開燈。我想去了那首著名的流行歌《白天不懂夜裡的黑》。我非常不喜歡黑暗，我從小就開著燈睡覺，要在音樂聲中入睡。小時候，家裡窮，父母特為這事心疼電費。我們買了自己的公寓後，我的臥室裡裝了各種各樣的燈。我睡時就關掉大燈，開著一些小燈。

紐約和中國時差十二小時，我到美國推遲了六個小時，也就

是說我到紐約是當地時間晚上 8 點多。見鬼了。晚上到一個陌生國家，多不方便！如果莫莉香和我在一起多好。她潑辣嫵媚，什麼事都不怕，敢說敢幹。

4.

飛機像一頭疲憊的野獸，載著我似夢非夢，抵達了紐約。我在座位上被突然閃亮的燈光弄得很刺眼。我從機窗往外看，甘迺迪機場的破舊讓我意外。這又是不吉祥的一個前兆。

出了海關，整個過道沒有什麼裝飾。建築過於老套，佈局結構非常不方便。服務人員態度也很一般，有些甚至板著面孔，說話很不耐煩，好像教訓人似的。與我的想像差得太遠了，與紐約這個國際大都市地位太不相稱。我心裡嘀咕，選擇來紐約地區上大學是不是錯了。

上來和我打招呼想讓我坐他們的出租車的人，英語還沒有我好。其中兩個長得特可怕，就像我在電視裡看到的「911」劫機恐怖分子，我哪敢坐他們的車子！（後來，在紐約待了一段時間後知道紐約很多出租車司機都是巴基斯坦和印度人，也就習慣了）。

我坐的出租車，是我在默西學院網上預先約好的。接我的司機是一位非常年輕很朝氣蓬勃的美國大學生，課餘時間打工賺錢。他很熱情，滿臉微笑，一口整齊白牙放肆地閃亮著，讓我感覺他笑的時候一臉都是牙，挾帶著近似誇張的自信。他拿著寫有我名字「Gang Wei」的牌子叫我，和我握手。他長得很結實，幫我拿行李時伸出的胳膊至少是我的三倍！寬肩大胸在他 T 衫包裹下顯示著他的肌肉。太精神了，那酷勁，就像電影明星。

我說，「對不起，飛機晚點這麼久，讓你久等了。」

「沒有，沒有。我剛到半小時。我來之前查了網，知道航班

在北京起飛晚了六小時。」他一邊說，一邊打量著我。

坐在他的車子裡和他聊天，我能感覺到他的氣場。在柳州，外國人不多。以前在大學和英語補習班也有美國老師，在著名景點和街上也偶爾碰到過老外，但這麼近距離和一位美國小夥子坐在一輛車裡談天說地，我是第一次。

我很驚訝很高興，我能聽得懂他說的英文。當然，他說得比較慢，擔心我聽不懂。從機場到默西學院，路上一個多小時，他很會找話題，無論是舉止言行，還是臉上表情，都很得體，氣質不凡。他其實才大二啊。他不停地聊，時不時問我些中國的情況，使我比較放得開。他說好多句，我才說一句。

我想，如果美國年輕人大多都像他這樣，那無疑整體上中國人很難和美國人抗爭未來。年輕人畢竟是一個國家的潛在股和資本。這以後，我碰到很多像他那樣的美國小夥子姑娘，證實和堅定了我這一想法。

這件事對我是個心理震盪，我意識到像我這樣的中國小夥子根本不可能交美國女朋友，門都沒有！國民素質差距沒有幾代人的努力，很難改變。

第五章

1.

我在美國留學的日子，不算差。學校所在地威郡是美國最富有的縣之一，離紐約城裡開車四十五分鐘。學費，雜用費，住吃穿行，每年學生至少需要五萬美元以上。

默西學院是很小的私立大學，座落在著名哈德森河畔，河對面是與天相連的巨大懸崖，美如仙境，非常壯觀，被稱為「天堂懸崖」。看到哈德森河，我覺得很親切。在我心裡，這就是美國的柳江。它閃耀著光芒的浪花，在河流中點點發亮。河水靠近岸邊的地方呈藍色，就像大片大片的藍寶石聚在一起，在陽光下宛若一塊流動的彩色大玻璃。

到了學校後，我才知道哈德森河在曼哈頓進入太平洋，對它多了一份敬意。我常常一個人在江邊坐很久，在那裡發呆，想莫莉香。美國的白天是中國的黑夜。我很自然地會想像她這時在床上幹嘛，是她自己獨享良宵還是與人共眠。一天下午下課後，莫莉香影子又溜進了我的腦海裡。我的身體像一條無處游動的魚，可憐地老是處在渴望鑽進河水裡。我實在憋不住，跑到空無一人的哈德森河岸邊放肆，焦灼地叫著莫莉香的名字擼自己，興奮地呻吟著，壓根兒沒想到這時一個美國男生已走到江邊，聽到了我的呻吟，停下步子站在離我背後很近之處看著我。

等到我從書包裡找手紙時，轉身一抬頭看到那男生，窘迫得無地自容，恨不得跳下哈德森河裡躲到水底下。我面對江面坐著，努力裝著啥也沒有發生過。沒想到，那男生走過來和我打招呼，也顯得和我一樣若無其事。我心慌意亂，沒搭理他，看都沒看清楚他的臉，站起來扭頭走了。從此以後，我再也不敢在江邊放肆了。

我買了一輛二手車，吉普的 Wrangler 牌，花了兩萬八美元。

這輛吉普雖然已有兩年歷史了，但只被開了一萬多英裡，是校園裡一個退休老教授賣出來的。我看到它，立刻毫不猶豫地買下。這車看上去簡直跟新的一樣，原價要三萬七千美元。我來美前從網上就得知，在美國買有錢老人的車最划算，因為他們不開遠路，有錢保養車。沒想到，還真讓我撞上了。這車好極了，車身地盤高，四輪驅動，開起來很爽。所有的車裡，我最喜歡吉普這個牌子，很有個性，尤其是兩面有帆布頂棚，很酷，而不是像其它牌子的車看起來都很相似，千篇一律。

我膽子很大，還沒拿上美國駕照就自個開了。我在國內有駕照，開過車。去考證前，我聽說在紐約考駕照很難，好幾個中國人都考了好幾次才考上。沒想到，我第一次就考過了。

無駕照者必須有駕照的人陪著開車，我不能自己開車去考場，萬不得已，請美國同學阿妮塔陪我去。去考之前我告訴她，我沒美國駕照竟買了車白個開，她大聲叫了起來：「你瘋了？你沒有駕駛證居然自個開了這麼多天！你膽子太大了！萬一被警察發現了，你不但被罰款，很可能永遠都拿不到駕駛證！」她不想陪我去，可她有求於我。她和我同上一門數學邏輯很強的電腦程式課，她需要我的幫助。

我在去考駕照之前，對任何人都沒提起這件事，大家理所當然以為我已有美國駕照。這件事，讓我認識到美國人頭腦單純，不管別人的事。要是在中國，人們會懷疑，早就問了。

通過路考後，面對阿妮塔，我得意地舉起當場發的臨時駕照：「我不是有了嗎？」

拿過我的駕照一看，阿妮塔又叫了起來：「什麼？你和我同年的！不可能！你看起來至少比我小十歲。我還以為你上大學上得早。」

我是二月出生，她是五月出生。我比她大三個月！她可看起來比我老多了。東方人真比實際年齡看起來要年輕得多。阿妮塔

大學讀的是圖書館學專業，畢業後在紐約一家為圖書館和書店編寫電腦程式的公司裡工作了兩年，為加強電腦專業知識和昇職加薪，她來讀電腦碩士。她是丹麥移民和德國移民的後裔，一頭褐色髮蓬亂，身材高挑，相貌一般，屬於那種長得不算漂亮但也不難看的大眾相，皮膚很白，身材很豐滿。她對我最吸引的地方，是她的脖子。

我不明白為什麼人們一說女人性感，都是衝著乳房和臀部而言。其實，女人有一個漂亮的脖子同樣很性感。乳房和臀部再漂亮，平時不可能露著。脖子卻一年四季都可裸露。即使在寒冬，在美國室內，美國人普遍裸露脖子。這一點我在柳州時沒體會，因為柳州是亞熱帶，冬天沒暖氣，有些人在室內穿高領上衣，看不到脖子。到了美國，我才發現美國女人幾乎沒人穿高領，天冷出門戴上圍巾。校園裡更沒有女孩穿高領。秋天早晚天有些涼，我要穿上夾克，可美國姑娘們一到教室和實驗室裡就脫下外套，只穿短袖衫甚至無袖衫。我很納悶，這是不是美國人食物裡營養和生活習慣與我們中國人不一樣而造成的。

阿妮塔實驗室裡的座位在我前面。每次阿妮塔背朝我在用電腦，我只要一抬頭，就會盯住她的脖子看。白白嫩嫩，有一些茸茸短髮彎曲地生長，就像被縮小了很多倍的春天路邊小草，吸引著我。這讓我想起了西方早期油畫裡的女人。我很想走過去用手輕輕地撫摸一下她的脖子。

我知道，這是不可能的事，只能想入非非而已。在美國，男女成人兩廂情願，幹什麼都可以。可是如果單方出手，不管碰哪裡，被告性騷亂是要惹禍的，甚至被吃官司。

明知不可能，我內心還是很想交個美國女朋友。我掂量了一下，整個計算機系研究生只有三個女生，除了阿妮塔，另外兩個是印度姑娘，而本科生除了亞裔女孩，居然一個其他種族的美國女孩子都沒有！我沒有機會和勇氣去搭訕其它系的美國女孩子。

她們活力四射和野性十足，我望塵莫及。跟阿妮塔，更沒可能。別的且不說，我個子比阿妮塔矮好大一截！

　　死了這條心吧，我對自己說。

2.

　　我有個英文名字「Henry」，在國內時補習英文時就用它了。我第一次去見我的指導教授曼爾時，他就數落了我一通：「你的名字不是很好聽嗎？為什麼要起個英文名字呢？」

　　「為了方便。」

　　「方便？這是我們美國人懶。你的名字是你的文化認同和符號，你幹嘛不用它而要用一個這麼俗裡俗氣的英文名字！」

　　曼爾教授這麼一說，我不敢告訴他：中國年輕男女很多人都有英文名字，連一出生的嬰兒有些都有英文名字！有一個英國女孩在網上給中國國內嬰兒起英文名字，還賺了不少錢呢。

　　這以後，在曼爾教授面前，我不再用 Henry。在別人面前我仍常用它。在我的想像裡，Henry（亨利）應該是貴族紳士，即使沉默寡言，也挺酷。可用了兩個月，我就不再用它了。不管是署名還是介紹自己，我都用拼音 Gang。促使我這樣做，起因主要是阿妮塔。

　　阿妮塔和我有兩門課是共同的，其中一門電腦程式設計課裡面要求有數學知識。和絕大多數美國年輕人一樣，阿妮塔數學基礎差。她常來找我幫忙。我在國內學的數學，對付這門課綽綽有餘。一開始，我很熱情，有問必答。但次數太多了，我有些不耐煩了。我嘴上沒說，可心裡嘀咕：你盡找我幫忙，沒我，你這門課都過不了，可你總不能沒回報吧。

　　上次阿妮塔陪我去考駕照回來後，我請她在一家韓國餐館吃了頓飯，一作為謝謝，二是慶祝自己拿到執照。我發現，阿妮塔

數學、地理和國際知識特差。她居然都不知道印度尼西亞和澳大利亞是島國，這太過分了。我簡直都不敢相信。而阿妮塔問我有什麼體育愛好和藝術興趣，我竟答不出一個。我當時唯一愛好是玩電子遊戲，這既不算體育也不是藝術，最多算智商活動。飯吃到後半截，兩人沒話可談，很無聊。分手時，阿妮塔主動象徵性擁抱了我。這種擁抱沒有任何溫暖，反而有說不出的淡漠。

　　這以後，我們兩人無論上課或在電腦實驗室碰到，都是阿妮塔主動地和我打招呼，客套兩句有關天氣和校園生活的話。我心裡很清楚，如果不是她需要我幫忙，她說不定見面最多說一聲「Hi」。

　　感恩節前那個禮拜二，我們兩人都在電腦實驗室裡。阿妮塔跑來找我，問我程式裡有關開方的數學問題。在這之前，她已看得出來我對她老來問已不耐煩了。可是，她實在走投無路。這門課任課教授已回家過節了。即使不回家，這位教授也回答不了有些數學問題。剛上這門課時，她曾找過這教授解答數學問題。教授說：「我不負責解決數學問題，我的這門課是教你如何把程式編得漂亮。」整個計算機系就是從復旦大學數學系畢業的趙教授能解答任何跟電腦程式有關的數學問題。可她去他辦公室沒找到他，其秘書告訴她，趙教授在另一個分校上課，明天不來，後天就是感恩節，要到下星期才回來。

　　這下把阿妮塔搞得很緊張。這個程式本來已晚了，是上禮拜五就要交的。那位任課教授允許她在感恩節回家前把它在網上交了，這樣下星期一他一來學校就可拿到。因為所有程式必須在下星期一下午進入系統檢驗。而她飛回父母家密執根州的機票早就訂好了，是第二天即這星期三中午的。星期四是感恩節，她不可能推遲再晚回去。

　　百般無奈下，她只好問我。我一看是開方的問題，就嘲諷她，「你……這麼回事？開方是初中數學課上的，最基本的知識

之一。你都是碩士研究生了！」

阿妮塔不覺得有什麼丟臉，她笑得很坦然，「你現在領教了吧，我們美國人數學有多差！」

我看看她，搖搖頭，不可思議：「我就納悶，美國人數學頭腦普遍如此不開竅，美國怎麼可能會在科學研究領先獲得這麼多諾貝爾獎？」

阿妮塔同樣搖搖頭。「我怎麼知道。不是我傻。你去問一百位美國人，九十九位回答是不知道。」說完，她哈哈大笑不止。

我以前在國內老聽說過美國人數學差。百聞不如一見。來美後，我才真正體會到美國學生的數理化科學知識有多麼糟糕。系裡組織過研究生去給本科生開講座，我發現學生們問的幾乎全是特簡單的問題，甚至還有小數點和分數的疑惑。有一次我跟趙教授談起這事，趙教授說，他大孩子都初二了，還在學四則運算！他披露，自己之所以在這個學院作為唯一華人的老師這麼快就被提拔為終身教授就是因為他的數學在系裡是最好的，甚至跟本院數學系教授比，不差上下。其實他不過是本科在復旦數學系畢業，在美國讀的是電腦博士。我得出結論：美國之所以在科研上名列前矛乃是有大量人才從移民裡湧現，補缺了美國人普遍數理化科學知識的低下。不過，趙教授告訴我，美國本土也有對數理化科學很專注很出色的人才，只是極少罷了。這些人才都是屬於天才型的學霸，對科學很感興趣，通常得到最好的關注和培養。

我真沒想到自己在美國居然是數學尖子，棒棒噠，心裡不免有點得意。系裡老師學生都有刻板印象：中國學生數學好。阿妮塔到處對別人說，亨利的數學很好。別人乍一聽我的英文名字，還以為我是本土出生的美國華裔，阿妮塔總要接著解釋：「他是中國來的留學生，亨利是他的英文名。」我得知後，意識到其實中國名字比我英文名字有價值有優勢，人們只要一看「Gang Wei」，就可猜出我是中國人而不是美國土生土長的華人，自然

會認為我智商高聰明數學好。

　　面對阿妮塔對開方的不解，我不願意費神給她解釋。「講了，你也弄不懂。」

　　阿妮塔又著急起來，「亨利，那我怎麼辦呢？」

　　「別叫我亨利。現在我只用我的中國名字。」有這個英文名字，我現在感到不光彩似的。我瞥了阿妮塔一眼。顯然，我目光裡散發著瞧不起她的眼神。我盯著她，這麼高高大大的一個女研究生連開方都不懂！突然，我腦海裡湧現出一個壞念頭。我為這念頭而心跳加速起來，有點害羞。我深怕阿妮塔看出我的念頭。

　　我轉身離開阿妮塔。走到實驗室門口，我回過頭對她說：「對不起。我不是不願告訴你。的確是跟你講了，你也不懂。我現在必須回宿舍。」

3.

　　我回到宿舍。打電話到附近中餐館訂了晚飯。等待中，我打開QQ。初中老同學王力成發來了短信，他和莫莉香連上了QQ，從她相冊上複製了兩張她的照片給我。

　　這女人總是如此迷人。看到照片，我不禁脫口而出讚美：「真漂亮！」莫莉香這樣的女孩真是我很少見的。她有一種騷勁但又讓人感到她很透明很有親和力。我說不出該如何形容她。她大眼睛雙眼皮，瓜子臉，鼻子也挺，櫻桃嘴，皮膚白，絕對不比中國電影明星們裡鞏俐和章子怡們差。如果她生活在大城市，生活在藝術家庭，可能全然是另一個人了！

　　我連上了莫莉香的QQ，想要問她：「你高中畢業時怎麼沒想到考藝術院校呢？」正要把這句話打在手機上，門外有人敲門。

　　來人是阿妮塔。她背著裝有電腦的書包，兩眼盯著我，她的目光裡好像顯露出她知道我的壞念頭。這是她第二次到我宿舍

來。上次她來宿舍樓裡找另一個美國同學碰到我，進來聊了幾分鐘。此刻，看到阿妮塔出現在門口，我沒有意外。我知道她不得不來。我一句話也沒說，把頭扭一下朝屋裡擺一擺，意思是請她進來。

阿妮塔臉上露出笑容，頭髮披散開很凌亂，外套沒扣，裡面上衣胸口開得很低，最上面的兩顆扣子也沒扣，露出了乳房之間的深壑。我從沒見過她如此性感。顯然，她有備而來。她打量了我的房間，最後在房間裡靠床的書桌面前唯一的椅子上坐了下來，脫下外套不知往哪兒放。

我指指床。阿妮塔把外套扔在床上，裡面上衣袖子和肩背後是帶網眼的，露出白色的皮膚。起先在電腦實驗室裡，她穿的不是這上衣。她一定來我這裡之前去她宿舍換過衣服了。換上這種帶網眼的衣服，不就是要引誘我探究她的衣服裡面嘛。我的目光掃到了她那對被藍色牛仔褲包得緊緊的大腿，彷彿那被包裹的肉體隨時要往外蹦出來，露出誇張的曲線。

阿尼塔注視著我：「我忘了你的中文名字。對不起。」

我沒吭聲，欲望在身體裡內戰。每根神經，每根血管，都蔓延著春藥似的內戰，在身體的每一處。

阿妮塔見我沉默，眼淚嘩嘩流了下來。「我只有求你幫忙了。你明白我的困境。」一邊說她一邊把手提電腦從書包裡拿出來。

我發現自己所見到的大多數美國人，面部表情很豐富，口頭表達能力普遍比較強。阿妮塔剛才還笑的，轉眼哭了，沒有表演痕跡，顯得如此自然。美國人他媽的大都可以當演員！我心裡罵道。

我保持沉默，走到床邊坐下，伸出手把書桌上自己的手提電腦拿過來，將裡面帶有阿妮塔想知道的開方問題的程式調出來。

這時，我才開口說話：「我的中文名字是鋼。G、a、n、g。」我的眼光身不由己地落在她的脖子上，慢慢地移到她豐滿凸顯的

乳房上。

　　阿妮塔毫不介意我這樣看著她，反為她自己的吸引力感到驕傲。「我知道你想要什麼。沒想到你是這樣一個壞孩子。我想，你可能太孤獨了嗎？」

　　「是。」

　　阿妮塔站起來，把我擁在懷裡。我的腦袋貼在她肉感的腰間。我內心寂寞正在她的溫暖懷裡緩緩消退，像水被海綿吸收那樣。柔軟慢慢流進來，雪花一樣輕盈。我感覺到她胸部的熱度以及她身體給予的慰藉。我用右手把眼鏡摘了，從床頭櫃抽屜裡拿出一個安全套。我們倒在床上。

　　我們的身體在香水味和汗味中相遇了，發瘋地糾纏在一起。我試圖用舌頭和牙齒撕開橫亘在我們之間那層無形的薄膜，但我很清楚我和她彼此的靈魂和軀體是不相連的。她閉著眼。我倒是很希望她這時睜開眼睛，因為我想近距離仔細打量她眼睛的顏色。眼睛的顏色總是隨著光線而會有微妙變化。我想知道她眼睛的顏色到底是綠色還是藍色。可她始終沒有睜開眼睛。我想，是不是我太難看，她不想如此近地目睹我。她的嘴巴真大！我們深吻時，她的嘴吞沒了我整個嘴。嘴是臉上很微妙的部位。她的嘴不但性感而且有一種驕傲的東西，我很想抽她一巴掌。

　　我們兩人剛開始啪啪啪，門外響起了敲門聲。我嚇了一跳。難道有人知道或盯梢？我看了阿妮塔一眼。她倒挺鎮定，抓起身邊的床被往自己身上一裹，眼睛眨眨，還笑了起來。我無奈戴上眼鏡，穿上褲子。

　　「誰呀？」

　　「先生，你打電話訂的飯菜。」

　　我這時才想起自己為了打炮忘了訂外賣這事，只好對阿妮塔說：「對不起，我忘了！剛才一回來就訂了晚飯。」我拿起錢包走到門口，從快遞小哥手裡接過裝有飯菜的袋子，把錢付了：「不

用找零了，算是小費。」便迫不及待地把門關了。

「看來我還有中國飯吃啊！」阿妮塔說這話時，臉上露出詭秘微笑。

我們打完炮後，阿妮塔站起來穿衣服。我默默走到自己的電腦前，把那段有數學開方的程式附在郵件上，從電子信箱裡寄給了她。我穿上衣褲，一邊繫皮帶，一邊對阿妮塔說：「我……已經把那段有……有開方的程式用電……子郵件寄……寄給你了。」我說得很結巴，好像犯了錯誤不好意思。

阿妮塔打開她的電腦，在信箱裡點擊了我的郵件，確認了那附件是那個程式。「謝謝！這下我可安心回家探望我父母了。」

我把快遞小哥送來的糖醋魚和黃花菜酸辣湯各分成兩份，遞了一份給阿妮塔。她迫不及待地咬了一口糖醋魚，高聲喊起來：「太好吃了！太好吃了！」我瞟了她一眼，心裡嘀咕：你他媽剛才叫床都沒這麼大聲！我們兩人很快狼吞虎嚥地吃了個精光。我正準備燒點水泡茶，阿妮塔卻急著要離開。她給了我一個擁抱，旋風般地走了。

我心裡頓時空空的。兩人膚肌之親給我帶來的滿足，真的是夢一般，有點不真實似的。我極力回味剛才的情景，頗為得意。就一道帶有數學開方的電腦程式，居然能讓阿妮塔委身於我。顯然，阿妮塔理解我作為男人孤獨的生理需要，互相幫助。

我心裡希望她能留下來過夜。我知道這不可能，但至少她陪我說說話再走。可自己有什麼理由這樣要求她呢？自己不是很過分嗎？想到這裡，我心裡湧現出對阿妮塔的感謝，讓我在異國他鄉裡有了這樣一次膚肌親近。

如果阿妮塔真的留下陪我說說話，我恐怕也沒什麼話題跟她聊，最好是做聽眾。可是，沒有雙向互動，她一定乏味。與其如此，她立刻走掉，倒是避免了打炮後無聊的尷尬。

讓我開心的是，有了這第一次，就會有 N 次。因為阿妮塔

往後還需要我的幫忙，否則她很難拿到電腦碩士學位。

4.

阿妮塔走後，我重新查看QQ。莫莉香給我來信了！

「韋鋼，你好！

沒想到你這半天都放不出一個屁的啞巴小子居然混出國了！泡了美國妞了嗎？要泡嘞，不泡白不泡。否則你去美國不是太冤了嗎？早知道你這麼有出息，我當初應該死皮賴臉地勾引你，這樣就可以去美國了。咳，我這輩子沒戲了，就在中國過一天混一天吧。

老同學，莫莉香」

莫莉香好像知道我剛和阿妮塔打完炮！我開心地笑了。她的信，是很管用的興奮劑，一股暖流從我身上湧起。我頓時快樂起來，比剛才和阿妮塔親熱快樂多了，後者僅僅是生理滿足，而莫莉香的信以及信裡那些文字活龍活現，對我極具挑逗性，我能非常清晰地感受到內心裡對她有一種強烈的愛。

莫莉香的誘惑力太吸引我！對著她的迷人照片，我一如吃了迷魂的毒品和給力的偉哥，又堅硬了。這個驚艷女人是巫女，是導航器，我身不由己沉迷其中。我快樂得大叫起來，就像剛才阿妮塔咬了一口好吃的糖醋魚而身不由己地喊叫了起來。

我不理解自己。為何與阿妮塔打炮沒給我帶來如此暢快淋漓，而遠離隔洋的莫莉香僅憑文字和照片卻征服了我。生命本身就是迷，直到死，人都沒有真正解開它。這個謎，我沒法深究。暗戀和性欲的釋放，是互為的毒品和解藥。

我給莫莉香回信，「我在初中第一次見面就愛上了你。你是我心目中的女神，能喚起我沉睡的靈魂。」

莫莉香立刻回話。「哎喲，你咋不早對我這樣表白！？你可

是學霸啊！你這不是單相思嗎？單相思有鬼用，不結果子的。」
她在這句話後面打了幾個哈哈大笑的表情符號。「如果你當年勇
敢跟我說你愛我，我肯定屁顛屁顛地跟你了！現在太晚了。把這
種話留給美國妞吧。」

「愛一個人，永遠不晚！」把這句話發過去的那一瞬間，我
發現自己在這時刻成了詩人。這句話太有詩意了，太屌絲了。

「你這是什麼意思？難道我把我老公一腳踢了，你願意娶
我？」

「你敢離，我就敢娶！」

「真的？」

我為自己脫手而出的句子感到不可思議。莫莉香的這句問話
「真的？」讓我遲疑了一會才寫下：「當然。」

我仔細想想，沒什麼，她要真離了，春節回柳州就跟她結
婚。不就是領張結婚證嘛。然後就把她弄來美國陪讀。想到這，
我很開心。像我這樣悶騷寡言醜男，能有莫莉香這樣的老婆，我
太滿足了，那可真是癩蝦蟆吃上了天鵝肉。

那天晚上，要不是莫莉香有電話要接，我一定會跟她聊下
去。我發現自己網聊不錯，完全和現實裡的我與人溝通不一樣。
如果生活中我也能這樣調侃就好了。

這是我到美國睡得最舒服安穩的一夜。一覺醒來，都已是第
二天上午十點多了。

第六章

1.

　　我在美國過的第一個感恩節，是在當地華人教會裡過的。

　　我們系老師當中數學最好的趙教授，一個月前就邀請了我去華人教會。我起初不想去。但經不起趙教授一再邀請，我就答應了。說心裡話，我是為了吃感恩大餐，自己不用做飯，內心裡對教堂和華人教會也好奇。

　　美國社區最大特點之一就是教堂多。每個村莊每個鎮都有好幾個教堂。城市裡更多，每隔幾條街，就有一個教堂。默西學院所在地的小鎮就有四個教堂。每個我都去看過，平時冷冷清清，只是禮拜天有人在那做禮拜。

　　我弄明白了，美國每個地方之所以有好多教堂，是因為同一個宗教信仰有好幾個教派，而每個教派需要有自己的教堂。僅基督教有很多教派：路德，長老會，公理會，浸禮會，聖公會等，而每個教派裡又有正統保守派和自由派之分。一個禮拜天，我好奇特地去了離學校最近的教堂，整個教堂裡人坐得稀稀拉拉，大都是老頭老太，年輕人很少。這是個天主教堂，一問才知道天主教其實也是基督教，都信基督耶穌，只不過是天主教還敬拜聖母瑪利亞。國內譯成基督教的新教實際上是從天主教裡分離出來的。

　　趙教授是新教基督徒。他家離學校很近。為了方便，那天我開車到他家，然後我們一起坐他的車去教堂。他太太開車，同車還有他們兩個在上中學的女兒。一路上，趙教授講了他如何信上帝的經歷。具體他講什麼，現在我都忘了。不過，有一句話我一直記得很牢：「上帝的神性無處不在，不管我們相不相信神。」

　　這個教會成員幾乎都是國內來美留學後找到工作而定居的華人，還有些從中國剛到或正在美國讀書的年輕留學生。我很意外。在教會裡，趙教授逢人就介紹我。很多人都是博士，當醫生、

醫藥公司員工和在金融公司做事，都很熱情。我基本上是別人問一句答一句，沒有第二句話。

那天講道是從加州來的有名牧師楊大力，他 80 年代從大陸來美留學，拿到生物博士，相信上帝幾年後辭掉高薪去神學院讀書，如今是揚名全球的傳道人。那天，大家唱的讚美聖歌非常好聽，完全不是我在柳州去過的祠廟裡聽到的嗯嗯哼哼的音樂。我真的被讚美上帝的音樂感動了。更讓我意外的是，我居然在音樂裡流下了淚水，嘩嘩地不停。我自己都無法理解。楊牧師講完後說：「誰受感動，請舉手。」我舉了手。

和趙教授回來的路上，他說：「我看到你流淚，這是聖靈打動了你。」這時我才知道，教會裡說的感動是指願意接受上帝，做他的信徒。我相信有神存在，我被聖樂感動得掉淚就是神跡，我承認我是自私的罪人，但我的感動和相信恐怕很難改變我對欲望滿足和自由的追求。我絕不會加入任何教會，不會受洗。我做不到聖經裡的十誡。我是那種天生有問題有缺陷的人。

不過，我接受基督信仰裡原罪之說。原罪，乃是說每個人都有內在罪性，有自私自利的本性。我們受世俗誘惑，很容易犯任何動機上的罪，這內在罪性乃是人犯罪的根源。我們不是因為犯了罪才成為罪人，乃是因為我們是罪人，所以才犯罪。人總是自相矛盾，突然由善良變得極其殘酷，由純潔變得無比卑污，由迷人變得萬分可惡，都是原罪所致。人是變態動物。這個世界就是巨大瘋人院，人如果現在不是瘋子，便是被改良過的瘋子和潛在的瘋子。

第二天，教會牧師以及教會關懷組的一個女士給我打電話。我只好給他們直說，我昨天的確被感動了，願意接受相信上帝，但沒有任何別的意思，不願加入任何教會。

2.

　　我的原罪之一，是我對長相帥或能說會道者，有一種莫名嫉妒恨。如果對方既帥又會說，那真是拉仇恨，我內心對他的嫉妒和恨不只是雙倍的。

　　美國小夥子帥哥很多，大多是既帥又能說會道者。面對他們，我酸溜溜的，完全是打破了醋瓶子的感覺。有時見到美國帥哥，我會生氣，不知是生自己不帥的氣，還是生對方的氣，咬牙切齒。時間長了，更多地變成了冷漠。

　　有一次我去學校圖書館，坐在一張公用桌上查資料。一個美國學生坐我對面，我瞟了他一眼。他媽的，太帥，高鼻樑，大眼濃眉，典型的義大利後裔，是電影大明星那種範兒。我受不了，簡直是一根針在紮我心口。我自嘲：有必要嗎？人家與我無關。長得帥和我長得不帥一樣，都是爹媽給的，人家沒有招我惹我。可我的大腦就是不聽我使喚。我坐在那裡心神不安，真的有想掐架的衝動。我心裡很清楚，真的捏架，我哪裡打得過人家。可當他的目光與我交織那一刻，我的目光殺氣騰騰。

　　他繞過桌子走過來，輕輕地對我說：「Can I talk to you?」（我能和你說句話嗎？）。他把我請到可以說話的一個角落，「Why did you look at me like that? It seems that you really hate me? So wired!」（你為什麼那樣看著我？你好像非常仇恨我嗎？真奇怪！）。我再次冷淡地看了他一眼：「I do not know what you are talking about.」（我不明白你說什麼）。我沒等他反應，扭頭回到公用桌。他回到桌位，撿起他的書包就走了。

　　同樣的事發生好幾次。有一天，我坐在校園裡靠近哈德森河的長椅上。一個帥哥走過來，他坐下後我們互相看了對方一眼，結果他立刻站起來走了。

這些美國帥哥比我高大，為什麼要怕我？我想，是我對帥哥的目光裡這種不善的兇狠殺氣，使其遠離我。我並不想這樣。沒辦法。長相和個性本身就是宿命和迷，只有上帝知道。

有些人註定是要被毀滅和毀滅他人的。今天，我才覺得這話是多麼對呀！我過去沒意識到內心裡這種毀滅感，直到幾個月前發現莫莉香居然靠著風流男子過著高級妓女的奢華日子，我內心毀滅感洶湧澎拜，我才真正意識到，我對她的暗戀就是對我自己不擇不扣的毀滅。

莫莉香上次和我 QQ 不久，我們就斷了聯繫。她再也沒有跟我 QQ，我給她發去的郵件短信都被沒有回音。她的 QQ 空間，沒有任何更新。顯然她已停止用它。

兩個月後聽王力成說，她和老公離婚了，已做了一個超富大土豪的公開情人，但不是二奶不是小三。大土豪沒有老婆。他讓她搬進了他在柳州大龍潭風景區附近的別墅，給她買了一輛賓士車，但只有一個要求：不容許她和任何男人有單獨來往，包括手機和電腦都由大土豪提供，原來她自己的手機電腦統統不准用，徹底消掉內容後扔掉或送人。允許她有異性朋友，但必須大土豪在家時出面請到別墅來，或兩人同赴在外和朋友聚會。王力成的親戚也住在那別墅小區裡。有一次去親戚家，他在那小區裡碰到她，她打電話得到在家的大土豪同意後，邀請王力成去她家坐。那座別墅豪華得不得了，就像皇后的宮殿。

得到這消息，我非常失落。

上次和她在 QQ 聊的那幾句話，在我的腦海裡旋轉，不肯離去。會不會那晚給她打電話的人就是這位大土豪呢？尼瑪的，有錢就是霸道。否則，沒這人半路殺出來，說不定那晚我和她聊白了，事情早已成了，畢竟美國有誘惑力。

轉眼想想，她那晚之前肯定已和大土豪劈腿了，哪裡輪得到我。

3.

　　接下來的的幾個禮拜，我心緒非常不好。理智上，我完全想得通：莫莉香不屬於我。我們僅僅是初中同學。現在她已二次為妻了，雖然這一次她只是情人名份。可是，我腦子不聽欲望的使喚。我真的不明白自己為什麼會這樣。時不時打開手機，看她的照片。明明知道她的 QQ 空間處於死寂狀態，還是每天都去遛一趟，好像是向她報到：我來了，你在哪？

　　我的腦子裡一空閒下來，想到的就是她。常常想像她和大土豪劈腿的場景。越是這樣，我越不能自拔。這種想像，刺激我的興奮，讓我在沮喪裡得以振作下去。暗戀和肉欲交織在一起，同時成了我最親密的摯友和最致命的敵人。它們潛伏在我身體裡，滲透著我的靈魂，讓我時而傾盆大雨成為沼澤地，時而乾枯受損成為一片荒漠。

　　我想，人都是以愛的名義魅惑著自己。人性弱點和認識局限會使我們在愛欲面前，智商歸零，判斷全無，全盤淪陷。認識到這一點，讓我對愛很悲觀。我本來就是情商很低的人，遇到愛情只能是瘋子。這註定了我對莫莉香暗戀的結局。如果人在沒有準備好的情況下或在知性尚未成熟前與暗戀不期而遇，這人會變成跛足。我就是如此。

　　期末考試開始前的那天晚上，我從圖書館回宿舍。林蔭道上闃無一人。走在夜色中，想念莫莉香的思欲讓我難以抑制，突然在我的體內兇猛地循環。這時我的身旁，傳來窸窸窣窣的腳步。一個穿著冬裙的女生，從我左邊用手機在打電話快步走過。起初我並沒注意她，就像我通常不注意在我面前一閃而過的人影一樣。可當她超過我後，我渾身騷動，很想追上她。我看不清她的臉，可是從她說話的聲音中，我想像出她那張朝氣活力的臉龐和

青春勃發的肉體，走路姿勢和背影有點像莫莉香。我在黑暗中朝她走去，想伸出雙手去擁抱她。我情不自禁地放快了腳步。週圍靜得出奇。突然，狂風刮起，要下雪了，冷得我毛骨悚然。那女生大喊：「My goodness! It is snowing!（哇！下雪了！）」她飛快地跑起來了。我看著她的背影，佇立在黑暗裡，一下子清醒了。

　　我被剛才的念頭嚇壞了，呼吸急促。我擔心自己會不會再有這樣的時刻，被一時難以抑制的情欲打倒了。不行，這樣我的留學就全功盡棄了！寧願自己擼一把，消滅情欲，也不能發生這樣的醜聞。說不清是為了懲罰自己，還是要釋放剛才碰到那女孩的遇境衝動，我跑到一個沒人的大樓外牆角。地上已鋪上了一層白雪，在黑夜裡它們如此神祕。我對著紛紛灑灑白雪擼著自己，無比激昂，對著夜空大吼了一聲。雪地上，一隻鳥被我的吼叫驚嚇得飛起來，在黑沉沉暮色裡，它朝著對面的教學大樓盤旋而去。那情景，很像美國電影《烏鴉》開始的情景。

4.

　　很快，期末考試完放假了。我飛回柳州度假。

　　到家第二天，因時差關係，早上三點就醒了。天一亮透，我便一個人到江濱公園在柳江河堤散步，漫無經心。河堤下面傳來幾聲細碎的蟲鳴和青蛙的叫聲，樹上很快就有小鳥回應。

　　我在小攤上買了一份昨天的柳州晚報。影星歌星活色生香的粉紅故事，佔據了一個整版。這又讓我想起莫莉香。這女人搖曳多姿風情妖嬈，絕不比那些女影星歌星差。

　　太陽出來了。柳州的冬季，只要有太陽就很舒適，暖暖的。否則，陰沉沉的天氣有一股潮氣，即使溫度不低，人會感到很冷，尤其坐在房間裡不動，室內沒有暖氣。而走在太陽底下，身上就會有一股暖流。

這個時候，莫莉香若能出現和我走在一起，那該是多麼幸福！

一個老頭在河堤上來來回回走動，唱著廣西山歌的一個調子，緩慢而拖拉，似乎要把短促的人生拖長。有些人在河堤上跑步，只穿著運動短褲短袖 T 恤。我穿著皮夾克，身上有點熱，我脫下夾克在一張長椅上坐下來，看著慵懶的陽光發呆。想想自己為了這樣一個女人而日夜悶騷，太沒出息了。心裡發毛，我看看手機，六點了。估計王力成該起床了，我沒發短信，直接撥通了他的電話。「你有空嗎？我現在江濱公園河堤上瞎逛。」

電話響了好一陣。我剛想放下，王立成懶洋洋地開口了：「你神經病嗎？才六點。我還在做美夢呢。你跑到那兒逛什麼勁！你在那兒鍛鍊身體？」

「鍛鍊個屁！時差。睡不著。特無聊。過來吧，我請你吃早點。」

「不行。我趕到河堤，吃完早點再趕去上班，太遲了。我們晚上見吧。」他和我約下午六點見面。

我沒精打采吃完一碗螺螄粉，便回家。

回到家，老爸正要出門，「晚上有空嗎？帶你去一個飯局。」

「我已和王力成約了。」

「那就改天吧。」他匆匆離去。

晚上，王力成開車到了我們約好的名店「辣椒骨」飯館。這小子在他老爸公司做事，很神氣，西裝革履，帥氣十足。我早就聽我老爸說了，他老爸把公司交給他打理，他實際上是總裁了，雖然他老爸還掛著 CEO 頭銜。

我們在小包廂裡剛坐下沒喝上兩口酒，菜就上桌了。這麼快！我問王立成。原來他來之前就預定了這家店的名菜：辣椒骨。這家店是苗族人開的，最拿手的菜就是這道辣椒骨，生意好得不得了。如果預訂時就付款，店裡可在顧客上桌後十五分鐘把全部菜都端上來。當然顧客不來或不準時來，顧客自己負責，店裡已

把錢拿到了。「哇，這麼先進！我第一次聽到這種預訂付款而顧客來到就有菜吃的方法。」我讚不絕口。

王立成來這店吃過兩次。他給我介紹：「辣椒骨是將所殺的豬、牛、或其他野獸的骨頭舂爛，拌上乾辣椒粉、生薑、花椒、五香粉、酒、鹽等，置於壇內密封，經半月封存後或時間越久越好，吃得時候再加蔥蒜或某種素菜搭配熱一下，它味香而辣，可增進食欲，驅風禦寒，防治感冒……」，他沒說完，他的手機響了。他看看手機顯示的號碼，說：「對不起。我接一下電話。」他走出包廂。

他回來時，滿臉春風。「來，來，我們趕緊吃。吃完後，我還要去會另一個朋友。」

「我昨天就跟你約了。你幹嘛還約別人？」我很失望。他是我唯一能讓我開口聊大天的老同學。這樣急吼吼地吃，能聊什麼。

「很抱歉！剛決定的。」

「那就更不應該了。」

「這是難得一見的哥們。我們老同學，今天如果沒聊夠，明天接著聊。」

「我不是更難得一見嘛？千里迢迢從美國回來。」

「這哥們很可能就見這一面。」

「這又不是相親。什麼意思？很可能就這一面？既然如此，那你怎麼……這樣心花怒放？」

「跟你講不清。」

我向他打聽莫莉香的近況。他不知道詳情：「我現在和她沒有聯繫。她手機號碼換了，QQ 她也不用了。反正她不幹活，也有奢華生活。人這一生都是命定的，上帝早就安排好了。」

「你也信上帝？」

他看看我，聳聳肩膀，「信。沒法不信。像我這樣的人，憑什麼就比別人富有這麼多，如果不是我老爸，我跟所有其他老同

學一樣，大多數月薪一兩千元左右，最好的也就五千元。」

他說的的上帝，顯然不是趙教授去教堂崇拜唱聖歌讚美的那位耶穌基督。

我搖搖頭：「信仰上帝的前提是我們必須認識和承認自己是罪人。你怎麼可能會承認自己是罪人。」

「承認啊。怎麼不承認？我是知罪認罪不改。不是不想改，而是改不了。」

我們碰杯。我問王力成，「一定有很多女孩子追你吧！有女朋友了嗎？」

「讓我想一想。」

「有沒有女朋友還要想嗎？有就是有，沒有就是沒有。你搞什麼名堂？」

王力成臉上窘態，他泯了一口酒，「不瞞你說，是有很多女孩子追我。我現在和兩三個女孩有來往，我還沒有最後確定和誰確定戀愛關係。」

「難怪你要想一想！你要嫌多，分一個給我。」我跟他開玩笑。

我們沒聊多久，大概半個多小時，他的手機又響了。他看了一下，邊和我說話邊給對方回了短信。我看他實在坐不住心神不定，「你走吧，我看你都已經沒心思再喝下去了。」

「還是剛才那小子。我已短信他我會準時到。我們再聊一會。」

分手時，我們約好週末他開車帶我去玩。

5.

週六，天氣特別好，陽光給人非常溫暖的感覺。我只穿了一件棉毛衫都覺得熱。王力成穿著一身非常時尚的紫色緊身運動套

裝，袖子捲起來，很瀟灑。他這人有藝術細胞，會彈吉他跳舞，會畫點油畫，歌也唱得很好，前年他還飛到義大利米蘭歌劇節聽了好幾場歌劇。他是那種穿衣服很有品味的人。他以前經常指導我打扮，但我不聽他的。人長得難看，尤其是男人個矮，穿啥都不好看。

他帶著一個朋友來接我。「這是昨晚電話裡的那個哥們，李子強。這是我初中老同學韋鋼，在紐約留學，回來探親。」

我一看。操蛋！一個大帥哥。我向他點點頭，想說「你好」卻說不出口。王力成不知道我討厭帥哥。

這個姓李的小子伸出右手和我握手，我不情願地禮貌性握了一下就立刻鬆手，好像碰到瘟疫者似的：「昨晚就是你這小子電話，搞得王力成飯也不好好吃，急著要去見你。」

我轉頭對王力成：「阿成，你不是說這哥們難得一見。今天不是又見上了嗎？」看得出來，他有點後悔說出這姓李的小子就是昨晚他去見的那位。

他倆對望了一眼，笑了起來。

王力成很開心，「這是緣分。正好他今天有空，我就把他請來了。」

我們先去了馬鹿山公園的奇石城。我們三人對奇石都很喜歡。我是第一次來奇石城，很好奇。這裡展示的石頭，顛覆了我對石頭的印象。記得有一首歌中唱道：「有一個美麗的傳說，精美的石頭會唱歌！」這裡的石頭傳神入畫，把大自然創造的美麗展現在人們的眼前。我尤其喜歡廣西本地的三江石和新疆的丹雅石。那特別的質地細膩柔滑，造型比人工製作的還逼真。有些長得真的像食物，有想咬一口試試真假的衝動。

奇石城遊玩後，下午我們去柳城縣一家農莊玩。一路上，王力成喜氣洋洋地開車，說說笑笑。我坐在他旁邊，李子強在他身後的後座。有幾次，李會把手從王力成後背搭過去，放在其肩膀

上。下車後，兩人有時勾肩搭腰。這在中國很普遍，我壓根兒都沒往其它方面想。

我們去的這家農家樂，不是一般的農家樂，風景很美，著名的柳版草原就在那裡。我們玩得很開心。我喜歡那裡鄉間平和與寧靜、逐漸黯淡的晚霞、黑暗籠罩小河的景緻、以及岸上照在水面上的斑斑點點燈光。吃完晚飯，我們去了一家高級養身會所洗澡推拿。我們包了一間房，一邊享受一邊躺著聊天。我因為倒時差，加上玩累了，很快就睡著了。等我一覺醒來，服務員沒了，王力成跟李子強摟在一張床上。

這讓我有點狐疑了。我是不是剛醒看花眼了。我把近視眼鏡拿起來用枕巾擦了擦再戴上，沒錯，兩人是摟在一起，王力成的手還使勁抓在那姓李小子的屁股往他自己身上貼呢！這太出我意料之外。大跌我的眼鏡！完全出乎我多年對王力成的瞭解之外。太不可思議了。這事如果發生在別的任何人身上都與我無關，偏偏是王力成！我唯一的朋友。

「我操尼瑪的！你們兩個搞什麼名堂？」我猛一問，兩人發現我醒了，不好意思，趕緊鬆開了。

王立成是……彎男？

這怎麼可能呢？這簡直是一枚炸彈，讓我頓時失去了理智。我必須承認，我對彎男非常反感，我自己也說不上為什麼。如果非要找原因，可能是他們有的我沒有：性生活，愛，帥！

我一下子醒悟了。王力成昨晚吃飯接電話時開心和他說話，這一路上的親熱表現，都有了答案。

他們兩人都有點難堪。尤其是王力成，他不知如何向我解釋，「阿鋼，你倒時差睡得像死豬一樣。我們親熱胡鬧一下……。」說到這，他說不下去了，看我如何反應。

還用隱瞞裝逼嗎？這也太侮辱我的智商了。我再圖樣圖森破，也不至於這麼白癡啊！「別講了。你們倆……撒狗糧，這樣

滾床單，還解釋有什麼意義？」最後這句話，我是喊出來的，從我憋得難受的胸膛裡衝出來。他被我大聲質問給楞住了。我自己反而傻了，再也說不出話來。

王力成瞭解我的內向。他沒再吭聲。

我平時寡言少語，讓我對人對這世界多了一份沉思。但我對彎男和雙性戀這種事，沒法用腦來思考，百思不得其解。我盯著王力成，真想從他身上看出什麼破綻，看出答案來。他跟我沒什麼兩樣！我實在看不出他的外表言行有什麼不同。難道他褲衩裡那蛋蛋和寶貝，跟我不一樣？不可能。

面對著王力成，我頓時有一種陌生感。突如其來的發現，讓我不知所措，似乎從來我不認識他。接下來，我們三人在一起的時間總瀰漫裝腔作勢的氣息，讓我覺得連空氣都特虛偽曖昧。

返回市裡的路上，我一句話都沒說。為避免看到他倆的難堪，我乾脆讓姓李的這小子做前面駕駛員旁的副座上，我自己在後座躺下而睡。其實，我一刻都沒睡著。人呀人，怎麼會彎。

我在手機上網蒐索「彎男在中國」。嚇我一大跳！出現該詞條的中文鏈接居然有 123 萬條！我隨機地打開了幾條。中國有這麼多彎男！每個省每個城市幾乎都有他們的網站！我不知道美國彎男的情況，我從來不關心。但我此刻堅信，中國彎男一定比美國多，因為中國人口基數大呀。我打開一篇帖子。切，中國絕大多數彎男都是已婚的！這不是坑妻害家嗎？

王力成把我送到家門口。我連謝謝都沒說。看著他和那個姓李的小子在車裡遠去，我只有一個感覺：這世界真操蛋！當這句話在我腦子裡出現時，我情不自禁笑了起來：男人之間打炮不就是操蛋嗎？

6.

　　我人還沒進家門，我的手機響了。一看顯示，王力成打來的。我沒接。

　　老爸看我一臉困惑不高興，「怎麼了？」

　　我沒答話，回到自己的房間，一頭倒在沙發上。這個世界怎麼回事？我想有女朋友，沒有。王力成可以有很多女朋友，卻又要男人。法克！人類早晚要絕種。

　　手機又輕輕響了一聲，有短信進來。又是王力成這小子。

　　「你不接電話，我只好發短信。阿鋼，我必須向你坦白：我其實又彎又直。好幾次想跟你說，但我不知如何向你開口，不知怎樣讓你理解我。等你冷靜後，下次我們見面時我再跟你聊吧。看在老同學這麼多年的交情，千萬別把你今天看到的這事跟你老爸老媽子說。傳到我老爸那裡，我的一切都完蛋了。這裡不是美國，這種事不會被家人和社會接受的。即使在美國，有些家庭也難以接受。我會當面向你解釋的。切切！」

　　又彎又直？除了王立成，我本來就沒有其他朋友，很孤陋寡聞。我認識的人當中，從來沒聽說過誰是又彎又直者。當初在廣西科技大學，我倒是知道我們年級有幾個彎男，因為他們很出格，算是半公開的，其中兩個打扮得女裡女氣。我從來不理他們。

　　唯一的好友又彎又直，這對我一時打擊蠻大，太意外。王立成短信告訴了我之後，宛如一份遲到很久的通知，我深感奇怪。他是分別和男女劈腿，還是有機會的話同時和女生男生做這事？我接受不了這種想像。

　　王力成知道，我沒有人可說他這事。中學老同學中除了他，我和任何人都沒有來往。大學同學更是如此。我唯一有可能說，的確只有我老爸老媽。想到這，我反而可憐自己了。我除了他，

在這世上沒有一個朋友！哀傷啊！我怎麼這樣悲摧，這樣喪。

我不可能跟我老爸老媽子談這些。王力成做賊心虛。他不知道，我和我老爸老媽從來不談性。我要跟父母說這事，準把他們嚇壞了，一定會嘮叨個沒完，一定會不准我和王力成來往，肯定的。

這哪行啊！不管王力成怎樣，我是要和他一輩子做朋友的。

如果王力成老爸知道了，那還不氣死。王力成的母親已去世。他老爸娶了一個才 30 多歲的女人。那女人，我有一次在王立成父親家裡見到過，起初我還以為是王立成的女朋友，很會來事。我想，她巴不得老公和王立成斷交關係了，將來她好獨吞其財產。

王力成命好，攤上了我這人。我還真沒地方去說他的這爛事。我給他回了短信：「一百個放心。」

他立刻又來了一條短信：「太感恩了。這一輩子都報答不了。大謝！」

第二天是星期日。吃早點時，老爸跟我說：「今天你沒什麼事吧。」

「沒有。」

「那好，我打個電話，晚上我們在麗笙酒店包一間房，和我幾個從小看你長大的朋友聚一聚。」

「我不去。沒勁。我跟他們沒什麼可聊。」

「還記得金蔓嗎？小時候你媽沒奶餵你，是她用自己的奶餵你的。」

「怎麼可能忘了。」

「她已有兩三年沒見過你了。這次你回來怎麼也得見見她。春節過年你又不可能再回來。」

金蔓是我的乾媽。她女兒谷葉也在美國，嫁了老美，我剛到紐約時跟她聯繫過，她在波士頓工作。她給她媽辦了綠卡，有免

費醫療保險和老人福利。可是金蔓嫌波士頓冬天漫長太冷，不習慣。她不懂英文，女婿是美國人，很多地方沒法溝通理解。她就放棄綠卡回柳州了。

晚上，跟父母一起去了麗笙酒店。這家飯店相當高檔，有義大利餐和中餐。我們選了中餐。路過義大利餐廳，我看了一眼，比美國飯店還考究，用「金碧輝煌」形容一定都不過分。中國人現在的確太奢侈了。不過，不高消費，國家和市場怎麼把錢回籠。

金蔓一看到我，就上來給我一個擁抱。倒是我有點拘謹。中國人在這方面進步很大，現在很多人彼此擁抱習以為常了。她放開我，看了我兩眼：「你到紐約時，我剛離開。我在那玩了一個禮拜才回國。否則我們在紐約就可以見上面了。別跟谷葉學，千萬別娶美國老婆。和很不同的生活方式的人在一起過日子，太別扭了。」她說話節奏很快，詞語像炒豆子似的嘣嘣地跳出來。

我沒搭話。我？我這人還想娶美國老婆？那真是做夢娶西施，想得美，根本沒戲。為了禮貌，我沒話找話，向金蔓問了一句：「谷葉怎麼樣？」。其實我知道谷葉的近況，她在我的 QQ 上。

「哎呀，你應該知道了吧，她剛生一個女兒！」我還沒回答，她已從挎包裡掏出了照片。

一個活脫脫的洋娃娃，我在谷葉的 QQ 上見過這同樣的照片，看不出有混血，完全是一個白人小孩。奇怪了。記得小時候在報刊畫報上都見到過中西混血兒，中國人特徵還是很明顯的。如今我在紐約見到的華人和老美混血的孩子，大都偏像老美。這世風西化，連混血兒都轉基因了。見鬼！

「你把綠卡放棄了。不想外孫女啊？」我問金蔓。

「想可以每天視頻啊。時代不同了。為了綠卡，每年都要去美國住很長一段時間。何必呢。現在的中國已不是從前的中國了，啥都有。在美國，我又不懂英文，自己去哪裡玩都不方便，谷葉要上班。雖然我有老人福利有醫保，可我心裡不踏實，沒為

美國社會貢獻一分錢，白吃白喝白看病花人家納稅人的錢，我很不好意思。回來多好，我這麼多朋友，這麼多活動，跳舞，老人讀書俱樂部，想幹嘛就幹嘛。想跟谷葉和外孫女見面，就視頻。」她一口氣說了一大推。像她這樣外向的人不可能寂寞。

這時過來一個美女，拿起金蔓旁邊座位上的外套披在身上，坐了下來。顯然那外套是她的。金蔓挽住她的肩膀，給我們彼此介紹：「這是我鄰居，尹朵。這是韋鋼，在美國留學，從紐約回來過寒假。」

「你好。」尹朵站起來，大方地伸出手。我很難得握一次美女的手，軟綿綿的，很光滑，握住有點捨不得放了。她把手收回。我意識到自己剛才沒把手完全放開，不好意思地臉紅了。

這個美女長得有那麼一點像莫莉香，尤其是那雙大眼，但鼻子嘴巴和臉型不好看，臉太大太方，感覺像是男生。

金蔓指指尹朵左邊的座位，叫我坐下來，她自己坐在尹朵的右邊。

我沒有聽懂尹朵的姓名，便問她是是哪兩個字。「尹」很難解釋，她在手機上打出來給我看。「朵是花朵的朵」，她解釋完眨眨眼睛；「我有個外號，叫銀子多。」

老爸的幾個朋友都到場了。問候的話寒暄後，我已明白老爸想藉這次聚會給我介紹戀愛對象，讓我和尹朵認識。老爸老媽和金蔓的眼神，我都讀懂了。

坦率地說，我沒看上尹朵。我的第一念頭，就是拿她跟莫莉香比較，這是沒辦法的事。我心裡越是告誡自己不要比較，越忍不住要把她跟莫莉香比較。莫莉香是驚艷超級美女，怎麼能比呢。不過，尹朵的名字倒是挺吸引我。顯然，尹朵的表情告訴我，她對我是認可的。剛才一聽金蔓說我在紐約留學，她眼睛一亮。

我在心裡罵自己：尼瑪的，我這德性還挑什麼挑！好好談一場戀愛吧。我強迫自己搭理她。飯後，我們倆單獨走了。我開著

車，尹朵很開心。

我們去了一家名叫「上上」的酒吧。說真的，現在中國消費水準和環境不比美國差。我們一進去，服務員對我們畢恭畢敬，態度之好讓我都有點不習慣，感覺我們是舊時代的老爺們而她們是丫鬟。倒是調酒師很牛，我們還沒點酒，就聽到吧檯上那些大概是常客的人一片點讚聲。只是調酒師那模樣，比我好不到哪裡去，活脫脫就像著名演員格良和中國網路公司 CEO 牛雷合起來的翻版。然而，他很活躍，說話很逗，大家都很喜歡他。這讓我意識到，長相差並不是最致命的，最能吸引人的是性格活躍說話有魅力。最致命的是長得不帥又內向當眾不會說話，我就是這種人！

尹朵是湖南人。她在珠海上的大學，會說些廣東話。她說話大大咧咧，酒一喝下去，就開始胡說八道了，咯咯笑個不停。我又給她點了一杯雞尾酒「白俄羅斯」。兩杯下去，她就醉了。我們只好離開。

我想把她帶去旅館，「不，不！」她連連拒絕。我把她送回她的住處，她已暈得不行了。我從她包裡掏出她的鑰匙，打開她公寓的門，扶她上床。看看她一人住的這套小蘿莉的公寓，並不整潔。臥室裡，地上沙發上扔了好幾套衣服，房間也沒收拾。

我看著她迷迷糊糊已睡著的樣子，慢慢脫下自己的衣服，上了她的床。這一晚，令人難忘銷魂。我壓根沒想到尹朵在似睡非睡狀態下像巧克力糖一樣的甜軟柔蜜，讓我心滿意足。

這晚之後，我們幾乎每天約會，不過再也不去她的公寓留夜，因為進出時不願碰到住在隔壁公寓的金蔓。我們開車去郊外，洛滿高興村，百朋酒壺山，下倫屯，柳江三千村，柳州著名的十大景點，除了很熟悉的魚峰山和柳侯公園，我們全都去了：大龍潭，程陽八寨，馬鞍山，三江侗鄉，融水貝江，丹洲古城。我們或車震或住農莊。尹朵的情欲猶如野地乾草的燃燒，很旺

盛。最後兩天，我都有點吃不消了。

很快我要回紐約了。我問她，「為什麼我們認識的第一晚，你拒絕住旅館？」

她又笑了起來。「剛認識你，不瞭解你，去旅館我怕你下藥或幹什麼。在我自己家裡，我感到安全。」我喜歡她開朗愛笑。這對我很重要，彌補了我的內向。我決意跟她好下去。

去機場回美那一天，她來送我。「你不會把我忘了吧？」她撒嬌地問我。

我心裡想，暑假我再回柳州，那時假期有三個月，如果我和她之間沒問題，暑假走之前我們可結婚，把她帶來美國。「不會。你呢？異地戀沒問題吧？暑假我回來。」我說到「異地戀」這三個字時，我能感覺到她瞬間的失望，她眼睛回避了我一下。她沒回答我的問題，而是又問了一遍，「你不會把我忘了吧？」

因老爸老媽也在旁邊，她問得很小聲。我假裝沒聽見。我已經回答了，不想再說什麼。說了又有什麼用。異地戀是需要考驗的。我們隔了十萬八千里。我倒沒什麼，我肯定不可能在紐約找到別的女人，誰會和我劈腿？而尹朵是極需要安全感而情欲旺盛的女生，她完全有可能在我遠隔重洋時和別人劈腿。想到這裡，我心裡有股無名的火氣。我們走到一個無人的走廊，我從她身後緊緊抱住她，雙手伸進她乳罩抓住其乳房不放，使勁地搓揉。

「別那麼使勁，它們是肉，不是鐵！」她疼得叫了起來。她轉過身直接對著我的臉叫喊，直至我感覺到她的唾液橫飛，甚至可以聞到她呼吸中走了味的香水味。

我不管，使出全身力氣拚命抓住她的乳房不放：「等我，暑假我回來，我娶你。聽見了嗎？別熬不住！暑假我回來，我們就結婚。」

她盯著我，「放手，放手！」她眼淚流了出來，或許是痛，或許她沒法接受我的要求「別熬不住」。突然，她眼睛流露出恐

懼，以驚慌神情望著我，彷彿我頭剛長了兩個角而臀部後面長了尾巴。

機場廣播響起了提醒的告示：「各位旅客，請注意了，飛往北京的……」。我鬆開手。她整整上衣，從包裡掏出紙巾擦掉眼淚。我伸出手想拉她，她卻摔手。我們默默無語走回候機室。老爸老媽看著我們的表情，同時問我們：「怎麼了？」

我沒回答，拉起隨身行李。他們三人送我到海關門口。尹朵臉上有一種非常迷惑的神情，宛若一幅冷冰冰的畫像，好像我是陌生人，從未見過我似的。我有預感，我們成不了夫妻。我剛想對她說再見，她卻轉身而去。老爸老媽在旁，一頭霧水。

飛機起飛了，先是緩緩上昇，轉眼突然加快，猛地爬行往高空飛去。我想看一眼柳州，卻無法看清了。太快了。景物越來越小，柳江也好，高樓大廈也好，都像人的手指可以隨意搬動的各式各樣的小積木。一下子，我已在藍天白雲中。

剛才和尹朵在一起時我的粗魯暴力舉動，肯定毀掉了我和她繼續走下去的前景。我並沒有為此有什麼難過，只是為自己無動於衷的不難過感到吃驚。與其說因為我過於內向而使別人難和我接近，不如說我很難和自己接近。我知道自己有些變態。我常常為自己的言行或某個想法突至其來感到睏惑。我很不理解，我剛才為什麼控制不了自己，對待尹朵如此粗暴冷酷。我內心深處裡有另外一個韋鋼，那個韋鋼不由得我來掌握，他會控制我，把我跟理智世界隔斷，跟現實生活的正常言行規範隔斷。太可怕了！想到那個韋鋼有可能做出比剛才更加瘋狂的舉動，我一下子慌了起來。人的很多恐懼和不自信，其實是處事不確定，沒有把握。

7.

自從那天我發現王力成又彎又直後，他幾乎每天都給我短信

或打電話談這事。我向他保證我不會告訴任何人。他仍不放心，竭力想說服我——又彎又直者是正常的天生的，還把佛洛德關於人人都是潛在雙性戀者的理論轉發給我。我通常不發表意見。有一次我實在受不了，「你是不是想因此說明你是正常人？不用向我證明。你是正常的！」這以後他再也沒有給我講又彎又直的大道理。

在我讀過的哲學裡，我最喜歡的是蘇格拉底的「認識你自己」。可是，人一輩子也不可能真正認識自己啊。人生中很大很難的一件事，就是面對自己。這種面對，常常是非理性的。人理智上會意識到自己有某個缺陷卻無法把它從自己身上拿掉，明明知道自己正在做的事極其可笑荒謬卻不能停止而繼續做下去。我和王力成都是如此荒謬。所不同的是，他認為自己的荒謬很正常，而我卻明白自己的荒謬是異常的。我們的荒謬，又是如此二律背反：他不能公開他認為的正常，而我的異常卻公眾於世顯而易見。

接下來的週五晚上，我們見了一面，算是他為我送行。中國人見面總喜歡安排在飯店。我想去青雲小吃街，他不願意，說那裡聊天別人都聽得見。他約我去公園路的廣西風味飯店，「你現在半年才回一次柳州。那裡的廣西菜比較正宗，你會喜歡的。」

果然這家廣西風味飯店很棒！首創於柳州的田螺鴨腳煲，酸辣爽口。梧州紙包雞、荔浦芋扣肉、全州醋血鴨，都是廣西名菜。王立成還點了酥炸大蠔、沙蟹汁炒豆角。所有這些風味名菜油光閃亮，香氣撲鼻，使人饞涎欲滴。我們不停地吃，不斷地聊，在包房裡聊了五個小時以上。它是我這不善言辭者的聊天史紀錄，即我一輩子跟別人聊天最長時間的一次，讓我體驗到了什麼是話癆。

我很好奇，他怎麼會又彎又直。「你說你又彎又直到底是什麼意思？是說你和女人劈腿也和男人滾床單，還是說你對你喜愛

的男女都會產生愛情？」

王立成看著我，猶豫了一會，顯然他在選擇合適詞語跟我解釋清楚。他左手擼擼頭髮，摸了一下他的下巴。「我相信你同意，性和愛情可以分開。戀愛這東西你說簡單也簡單，你說複雜也非常複雜。我早就想告訴你我又彎又直。但我覺得你不可能理解，就懶得說了。既然你那天看到了我和李子強的親熱，我就不得不給你補補課。」說到這裡，他停頓了一下。「你在美國沒碰到又彎又直者？」

我立刻搖搖頭。他不相信，「美國這麼自由和性解放的國家，怎麼可能沒有又彎又直者呢？」

「我操尼瑪的。人家又彎又直，還寫在腦門上啊！我怎麼碰到？有些彎男，我看的出來，他們的動作或表情有點娘。我看見他們就噁心，壓根沒興趣觀察他們，一晃而過。至於那些陽剛者，我怎麼知道他們是彎男或又彎又直？」

他跟我解釋了有關彎男、直男和又彎又直者的一大堆說法。從他口中，我第一次知道了拉拉是彎女，同妻是彎男的老婆。我的媽呀，我真沒想到他是這樣一個人！我彷彿不認識他。小眼瞪大眼，我盯著他看了很久，沉默不語。最後，我只好說：「阿成，幸虧你現在才告訴我，你要在我們成為朋友之前讓我知道了，我不敢也不會做你的朋友。」

說心裡話，我無法想像彎男在一起滾床單，很噁心。面對這個我唯一的好友，我一時無語。如果他以後結婚還彎，這對老婆肯定會傷害，這等於婚外戀，而且可能比跟女生一夜情更讓老婆噁心。如果他明知傷害卻又不得不去做，那他一定會很內疚自責。我太瞭解他的為人了，他這人心地善良。我剛進初中時，他沒有嫌棄我難看和內向，在沒人理我的陌生環境裡，在我倍感孤獨的煎熬裡，他主動和我打招呼。初中三年，他一直是我的好朋友。我無法想像，如果初中三年沒有他的友誼，我會很糟糕。現

在回想起來，我高中成績差，至少有一半原因是因為學校裡一個朋友也沒有，他和莫莉香都在三中讀高中。

雖然，我們高中不在一所學校，卻一直保持著聯繫。王立成對我非常哥們，還有一個很重要原因。他數學不好。很多作業，都是我教他的，甚至有時來不及，他就抄我的答案。初中畢業考，他的數學是我幫他的大忙。我給他開小灶，幫他複習，幫他猜題。我猜到的勾股定理、畢氏定理和三角形內和等於 180 度等四道題，在我們那年初中畢業考題裡都有。王立成數學差，他高中上了文科班。所以，他很感恩我對他數學的幫忙，否則他初中會因為數學不及格而畢業不了。

如果我和他高中在一起，他和我會不會成為基友？不會。絕對不會。高中時候曾經有一次我看到彎男網頁，好奇地打開，我渾身都起雞皮疙瘩，炸毛，立刻關掉了。

「當初，你沒想到把我培養成彎男？」我調侃王力成。

「怎麼可能？那時我都不知道自己又彎又直。」他面露苦笑，全盤托出，給我講了他第一次發現自己又直又彎的經歷。

王力成到廣西師範大學中文系讀書時才確定自己是又彎又直者，那年他 18 歲不到。他們系，女生佔大多數。王力成在班裡身高第一，1 米 79，這在我們同學中是很高的，在那個年代裡的柳州人中絕對算是高個子。男人只要高，哪怕長相一般，也增值三分。高富帥，高排在第一。他這人平易近人，最主要的是他會彈吉他，歌唱得很動人，是個卡拉 OK 麥霸。不少女孩子都向他暗送秋波。有的女生赤裸裸地向他表白，甚至威脅：「你不跟我好，我就自殺」，「我非你不嫁，否則我這一輩子獨身！」然而，他對她們沒有興趣。班裡幾位要好的女生，他和她們談得來，卻沒有追求她們的欲望。他告訴過我，這些女孩都不夠漂亮，對方必須是美女。

有一次暑假他回柳州，我和他一起到廣西科技大學校園裡

玩，他把手機相冊裡那些女同學照片給我看。我理解了他為啥看不上她們。這些女孩普遍個子矮，在他面前差一大截，很不協調，最主要都缺少王立成所追求的那種高雅氣質。我問他，你還是處男？他點點頭：「我不想輕易地隨便破處了。我的第一次必須是我很喜歡的女孩，很浪漫地做愛而不是為了性交而做。」

大學第一學期結束時，那幾個女生到他宿舍商量寒假裡一起聚會遊玩的事。一位女生看到他房間牆上貼的都是男歌星的照片和演唱會廣告，就大聲叫了起來：「哎喲，王力成！你怎麼貼的都是男星照片，一張女星的都沒有。這太不正常了。你不是直男吧？」大家哄堂大笑。本來這只是玩笑，然而王力成臉涮地紅了。

「可別瞎開玩笑！傳出去，人家當真了。」他越是這樣，女生們越是窮追不捨，拿他開涮找樂。他解釋，「這些歌星是我的偶像，我很粉他們，希望自己能唱得像他們那樣好。」

女生走後，他倒陷入了沉思。他的名字和王力宏只有一字之差，聽起來像是兄弟倆。他盯著王力宏、劉德華、周華健和郭富城等幾位大牌歌星的照片，撫摸著他們照片上英俊的臉和身體，其中有一張郭富城跳舞襯衫敞開裸露漂亮的肌肉。王立成盯著那張照片，想像那就是自己，風流倜儻，他不由己把手伸進褲襠，居然硬了起來。他慌亂。這怎麼可能引起衝動！這？這！幸好宿舍裡同室都不在。班裡連他自己只有四個男生，都住在這間宿舍。期末考試都考完了，那三位室友都回家了。

他機械式不由己地把窗簾都拉上，生怕這一情景被人看見。他又把手伸進褲裡撫摸了幾下，的確很堅硬。他心跳起來。這一發現，讓他迷亂。他有點不知所措，乾脆躺在床上。剛才那女生的玩笑和大家的起鬨，讓他思緒不能平靜下來，回想自己性發育後的林林總總，他覺得自己不可能是彎男。幾乎每次欣賞電影電視中男女激情場面，他都會勃起。宿舍裡室友談論起女生，他也會跟著談，很有興趣。同時，他一直對漂亮的肌肉男很喜歡，每

次去健身房碰到他們，他都盯著他們看。可以這樣說，正是這些肌肉男對他鼓勵很大，讓他堅持上健身房鍛鍊。在街上，在咖啡館，在任何地方，只要看到美女帥哥，他都很欣賞，喜歡看她／他們，有時走過了頭還回首去看，只是他從來沒有從性愛上去想這個問題，不是愛美心理人人都有嗎？此時此刻，「雙性戀」這個詞嘣進了他腦子，他猜測自己是又彎又直者。他有些驚慌。

他在迷亂中打飛機，把牆上這幾個男歌星想像成是他自己，高度興奮，好像他的肉體快樂穿過窗簾，穿過牆，蔓延出了窗外。突然，他心裡湧出負罪感。如果自己真是又彎又直，往後怎麼辦？興奮即刻化成了憂鬱，弄得他心煩意亂。這是有生以來他第一次在性興奮之後有這樣的糾結迷茫。

王立成帶著忐忑不安的心情進入第二學期，彷徨疑惑。為此，他去看過心理醫生，但沒對任何人講。這以後，他在互聯網讀了很多這方面的文章，越來越確定自己是又彎又直者。直到大三，他遇到了自己心儀的第一個男生，兩人的一個吻，那種小心翼翼試探豁出去的一吻，讓他激動萬分，非常爽。內心深處常年波瀾不驚的他，有了小說裡描述的那種心如鹿撞的感覺，亂了方寸。從此，他接受了自己是又彎又直者這一事實。他說，他對自己的性認同（這詞是他的原話），經過了苦惱、接受和快樂的過程，但這過程無論如何變化，都是不出櫃的，他家人和朋友都不知道。

宛若敘述一部回憶錄的情節，王力成講了不少故事，充滿懸疑睏惑。我只是聽。好幾次我想打斷他，不想聽了，但看到他對我如此信任，我只好忍著。他那又彎又直的經歷如同我的暗戀，是難以對別人言說的心路歷程。他說的那些故事，對我來說是超級八卦，前所未聞。

直到他說完了，我才開口：「你物色好了嗎？誰將是你的妻子？」我對他從頭到尾看了又看，似乎要重新開始認識他。

我問得太直白。他拿起乾淨的餐巾擦臉卻捂住了臉。過了一會，他把臉露出來，伸出右手拿起湯勺舀龜羊湯看著我，振振有辭：「我已想好了，找個又彎又直的女生。這樣，她一定會理解我，我也理解她。不過，這太難了！這比找拉拉還難。」

　　「你夠絕的。找又彎又直的女生做老婆，她就不算同妻了吧。」

　　他點點頭，看上去心情好多了。

第七章

1.

　　老爸老媽知道我和尹朵分手後，都覺得奇怪。「怎麼了？她送你去機場那會兒還好好的，怎麼到你要上飛機前她卻走了？連招呼都不打，不坐我們的車，就消失了。」他們在電話裡一再追問我，尤其是我老爸很不痛快，覺得對不起介紹人金蔓，認定我一定在上飛機前做了什麼讓尹朵傷心的事。我不想告訴他倆具體的原因。「我也不知道啊，她又沒有對我說！」我如此回答父母。不過，後半句的確是事實。然而，我心裡琢磨：是不是莫莉香深深地佔據著我的心，我才會不珍惜和尹朵的認識？我的答案是肯定的。

　　我不甘心莫莉香就這樣從我的暗戀中消失了。我總是拿尹朵和莫莉香做比較。尹朵既沒有莫莉香漂亮，也沒有莫莉香風情萬種撩人的氣質和舉止。即使和尹朵在床上，我腦子裡多半把她想像為莫莉香。我真不是東西。這樣一想，我心裡平衡了一些。否則，對尹朵不公平。

　　不過，回到學校最讓我琢磨和不高興的不是這事，而是阿妮塔轉學走了！這很意外。她給我留了一個信封，裡面是一張感謝卡。

　　「再見，鋼。謝謝你在上學期裡的幫助！讓我在那門電腦課裡取得了好成績。我轉學了，去一個更好的研究生院：哥倫比亞大學！這是我夢想的學校。如果沒有那門課的好成績，我其他課成績再好也不可能被錄取。所以，我一定要告訴你：我很感激你！我永遠不會忘記的。祝你一切順利！最重要的是，祝你有女朋友！阿妮塔。」

　　我意外，不僅是她轉學走了，而且去了這麼好的研究生院！我心裡特不服氣，感覺像被人重毆了一拳。除了語言，她哪裡比

得上我！這世界，成功者不是智商有多高，而是膽子有多大，敢不敢去做。智商不高，可發揮別人的智商，就像很多老闆自己只是本科畢業甚至高中畢業，卻僱了一大批高智商的博士為他幹活。

阿妮塔這樣便宜地跑了，和她的那第一次成了最後一次。我嫉妒她。她數學這麼差卻竟然進了哥倫比亞大學！我幫了她的忙，等於送了她一座橋讓她過了河，到達了目的地。她上學期肯定已經在申請轉學了，只不過是沒告訴我罷了，需要我幫忙提高她的 GPA 成績，而我幫她忙的課對她被錄取是非常關鍵的。我知道，美國許多大學和研究生院錄取會有一個條件，如果錄取時沒有最近學期的成績單，要補交後確認成績很好，才能入學；如果最近學期成績差，學校會取消錄取資格。

阿妮塔讓我有一種上當受騙的感覺。美國的個人主義文化，讓人的自私得到實用主義的演繹。從那以後，我對美國同學一律不理。見面最多打個招呼，更多的時候連招呼都不打。

2.

尹朵倒沒有把我從她的 QQ 上消除。有時無聊我會在她 QQ 上留言。她給我回音過一次，完全不提她和我分手的原因，以後再也沒搭理我。

金蔓在柳州見面時已連接了我的 QQ。她把真相告訴了我——尹朵在機場轉身不辭而別的原因有兩個。第一，我在機場對她的舉動帶有毀滅性的粗暴。第二，我當時的目光令她恐懼。這兩點讓她很不安。對這兩點，我沒有意外，反而覺得順理成章。

我一直是這樣的人。記得我上小學三年級時，我們家養的一隻雞生病了，餵它怎麼也不吃，弄得我很惱火，我一氣之下用繩子把它吊在陽臺上，活活地吊死了。我媽看到後，尖叫起來。晚上她在廚房裡跟我老爸講完這件事後說：「這孩子天性裡有一

種殘酷。他的目光讓人恐懼。」她以為我關門在臥室裡，沒想到我正在廚房旁的衛生間裡方便，聽到了他們的談話。那天夕陽正好，白雲輕浮，淡淡的紅光透過窗戶灑進房間。我對著衛生間鏡子看自己。那時我整天宅在家讀小說，眼睛已經近視，只是還沒戴眼鏡。夕陽反照，我的臉看上去是變形的，我的眼睛因為近視也變形了，瞳孔突出。近視眼看人眼神比較呆，當我憤怒，我的目光很恐懼。看著自己，我內心有一種莫名的折磨，很難受，一種空洞覆蓋另一種空洞，一種悲傷追趕另一種悲傷。我遠離鏡子，站在窗戶邊，彷彿我隨著窗外的整個天空一起沉了下去。

我非常傷感。如果我有個弟妹就好了，至少我不會覺得太難受太寂寞。如果他或她長得和我一樣醜，我們會彼此同情安慰。

我走出衛生間，坐在客廳裡。父母來後，我對他們說我想有個弟妹，請他們為了我生一個。老爸看著我，有轉頭看看我媽，嘆氣：「我也想多生兩個。可是國家不允許啊。」我媽則突然眼淚掉下來，「你一歲多時，我懷孕過一次，被逼著打掉了。如果生下來，一定是女兒！」她說不下去。我的哀求觸疼了她的痛。她抹著眼淚，進入主臥室。

這下，我才知道老媽被迫墮胎過一次，這一直是她和老爸心口上的一塊疤。他們非常想有個女兒。只要一看到別人家女兒，就羨慕得不得了。

打那以後，我再也沒有跟父母提要弟妹的事。無論從社會大環境還是從我的天性，我註定是寂寞的。絕望的種子，埋進了我心裡。對自己天性和長相的絕望，對社會的絕望，讓我心存怨恨。

我得到了一把打不完子彈的衝鋒槍，我隨心所欲地把我碰到的那些油嘴滑舌者和帥哥殺死，而美女們看到我都乖乖地向我獻媚。這個多年前做的夢，猶如一部恐怖電影的畫面留在了我的腦子裡。

我想，我眼睛裡那種讓人恐懼的目光，由心而生。

3.

回到默西學院的第二個學期我發現，學校為了賺錢，即使我們這些留學生學習成績不好，補考也會至少給個及格，這樣學校就不斷有收入。中國留學生，現在每年給美國貢獻兩百多億美元，美國何樂不為？

我挑容易學的課程上，只要符合畢業要求就行。這樣一來，我的學習壓力大大減少了。週末我就開著車到處遊山玩水，解脫我的寂寞無聊。

學校春假兩個禮拜。這期間，王力成飛來玩10天。我去甘迺迪機場接他。他在曼哈頓的切爾西地段訂了旅館。到了那裡，我才知道紐約彎男真多！那個旅館是王力成來之前在網上訂的，是彎男開的。服務員都是男的，估計都是彎男。旅館門口掛著同性戀的彩虹旗，連走廊裡都是有關紐約彎男的資訊。他進房間去放好行李，很快地洗了個澡，我們便去吃晚飯。

我有點不高興。本來他來紐約，是我和他一塊玩。可他住在這個彎男旅館裡，顯然他對我們一塊玩心不在焉，而是要找美國彎男，我是多餘的。

我們在西19街川菜館「故鄉味」裡坐下後，他眼睛到處瞟，看到美國美女帥哥後眼睛發亮，那表情很不得立刻就想跟別人打炮。

「阿成，我看你都沒心思吃飯了！你是不是已經興奮得不行了吧！」我揶揄了他兩句，感到特沒勁。他來之前，我們說好的，趁我春假，他來紐約，我們五天玩城裡，五天玩郊外和華盛頓首都。

他被我說得不好意思，趕緊道歉：「對不起，對不起！以前都是在錄像碟片、電影和電腦裡看到，第一次如此近距離親眼看

到這麼多美國帥哥美女，怎麼能不興奮呢！」

他看我不高興，趕緊轉移話題。「尹朵有男朋友了，對方是很有錢的柳州工程機械公司集團奇異推土機分公司總裁。我認識他，很熟。前天我們在一個會上碰到，他給我看尹朵的照片。非常漂亮！你怎麼不跟她進行到底？那哥們已向她求婚了。」

我對這八卦似信非信。「她哪裡非常……漂亮？你搞錯人了吧。她送我去機場到今天，才三個月吧，她居然都要嫁人了？她那張臉太方，男人相。總裁？這麼有地位有錢的人，還不娶個大美女！」我翻手機裡的相冊找到幾張我給尹朵拍的照片，遞給王立成看。

王力成仔細看了幾眼，笑笑。「這你落伍了。有錢可以變相。她已經不再是大方臉了。她去韓國做了整容，現在已是尖下巴的櫻桃臉了！她現在完全變成了大美女。」

我在柳州和她在一起時，在山公園裡碰到過王力成。他倆認識。尹朵曾在王立成公司裡工作過。過後，王力成也說她不夠漂亮，當時多多少少對我有負面影響。

我覺得有些奇怪：「她還留我在她的 QQ 上。既然她現在如此漂亮，為什麼不放張近照到 QQ 頭像上呢？」

「現在很多人都不用 QQ，所以不更新了。可能反差太大了，不像她本人，放上去會顯得太不真實，怕被人說吧。」

我無語許久。自己當初若想到她可以通過整容改觀而增加顏值，我會珍惜和她在一起，不至於在機場那樣粗暴地虐待她。

我想起了尹朵和我第一次見面時她說過的話「我的外號叫銀子多」。她一定想嫁給有錢人。我畢竟連富二代都談不上，人家對方是成功的創一代，大把錢。祝福她吧，畢竟她會很有錢，過上闊太太的日子。

飯後，王力成非要去隔壁酒吧轉轉。一眼望去，裡面美女帥哥很多。雖然只是三月早春，好些美國帥哥穿著短袖露出粗壯胳

膊，美女則要麼穿著短裙顯示長長白腿，要麼上身穿著低胸露背無袖衫，男男女女都性感迷人得要死。每個人手裡拿著一杯酒或一瓶啤酒。我很自知之明，實在沒興趣，對王力成說，「我回旅館先睡吧。」

第二天我早上醒來。對面另一張床上整整齊齊，沒人。昨晚王力成沒回來！他肯定是跟美國帥哥美女去玩了。我等到 10 點多，他還沒回旅館。我只好給他發短信。

一直等到 11 點多，他才給我回短信：「很抱歉！我昨晚喝醉了，回不來。我現在去打出租車回旅館。」不到 10 分鐘，他回來了。其實他離旅館不遠，只是沒睡夠，路又不熟，只好打的。

看著他沒睡醒的臉色和迷迷糊糊睡意朦朧的眼睛，我一聲不吭。說什麼呢？嫉妒拉仇恨的情緒頓時脹滿了我腦袋。他輕易地和美國帥哥美女去銷魂了，我這樣的次品直男到哪兒去找美國妞去銷魂失魄？紐約賣淫是違法的，即使找暗娼也不易。

他一回來就進衛生間沖個澡。他出來時用浴巾裹住下身。我還是第一次這麼清楚地看他裸身。上次在柳城按摩房裡他和那姓李的小子摟抱在一起時光線太暗。

他高大身材真不錯，皮膚很光滑。我腦子裡想像他和美國帥哥美女做愛的場面，有一種吃醋的感覺。「如果是和帥哥做，是你幹老美還是老美幹你？」我粗俗地問他。我用似乎從來沒見過他的眼光審視他。

他沒回答，拿了條短褲和 T 衫走回衛生間，出來後又穿上長褲和棉外套，把旅館裡的咖啡壺插上開關。坐在兩張床之間的書桌前的椅子上，他才緩緩地說出昨晚的故事。

昨晚我離開酒吧後不久，他很快和一位美國帥哥搭訕上了。他英語不流利，藉用手機上的翻譯軟件，居然能和對方溝通。兩人來電後，去了那老美的公寓。

「你他媽膽子夠大的！你不怕人家把你玩意兒割了送酒

喝？」

聽了我的嘲笑，他一再強調，「和你們純直男沒什麼兩樣。很多純直男不是也一夜情嗎？不是也去美女的住宿或她來你們住處尋求床第之歡嗎？」對他的質問，我內心認同，可要叫我接受兩個大男人在一起滾床單，我無論如何不能理解。這世界上有些東西，我們永遠無法理解。

街上的喧鬧，越過凝重的空氣傳來，變得瘖啞而岔了聲。我拉開窗簾。窗前小花園裡的樹枝蒙上了一層淺白，花叢白一塊綠一塊。對面幾乎所有的房頂上也是一片灰濛濛的白頭霜，像被塗抹了白石灰漿。再仔細一看，我們旅館面對的是一家戲院，它大門上方有一副巨大廣告，一家歐洲舞蹈團來演《天鵝湖》，全是男演員跳天鵝！這世界反了，總有一天人類會男女不分。

我們兩人都心照不宣，意識到我和他在一起玩不如讓他自個在紐約玩。他可以每天都去找帥哥美女。「好吧，我回默西學院了。你痛痛快快地玩。等你玩夠了，自己坐火車來默西找我，再去玩郊外和華盛頓首都。」我在手機裡把默西學院的火車站名寫下發給他，告訴他如何在中央火車站坐車，便告辭了。

開車上了曼哈頓西頭快速公路後，車很多，我開得很慢，心裡異常寂寞。我打開車窗。風迎面而來，吹亂了我的頭髮。三月的哈德森河很美，對岸層巒疊嶂中樹林已有點翠綠，在一碧到底的藍天裡和河水之間真像吊墜的一副巨畫。河畔公園裡有不少人在跑步騎自行車鍛鍊，一派生機。可我怎麼也高興不起來。

4.

王力成一直到第七天才坐火車來默西學院。我去車站接他。見面他對我說的第一句話是：「真想不回中國了！我應該移民到美國來。」

我知道，他只是說說而已。在中國，他有現成的事業，錢那麼好賺。若來美國，他將變成一隻死蝦，總不可能靠翻譯軟件來和老美溝通過日子吧。

「你玩瘋掉了！」

他咧嘴傻笑起來。「對不起，這次的確玩瘋掉了。」

面對他的傻笑，我心底裡湧出一股死亡氣息。我說不出為什麼。我感到自己來車站接他，等候迎接的是沒有希望和沒有幸福的未來。我不確定這未來僅包含他，還是我們各自的未來。這種不確定，像三月哈德森河面上的晨霧緩緩昇起，抵達心岸，暴露其端倪，讓我隱隱約約感到隱藏的危險似乎悄然降臨。我有點誠惶誠恐。

我們改變了計劃，沒玩紐約郊外，直接去華盛頓玩了兩天。在回紐約路上，王力成挑起了話題。「很抱歉。都是我的瘋狂，把我們原計劃都破壞了。我太喜歡華盛頓首都了，可惜時間太短。」

我把那天在車站接他時我心裡產生的死亡氣息告訴了他。話一說完，我很後悔。我只是想報復他破壞了我們的計劃，給他的瘋狂潑冷水。他很詫異，過了好一會點了點頭，「我有時也有類似的感覺。」他看著車窗外的路邊風景。過了片刻，他慢慢地道來：「這次在紐約玩得非常開心，我更加清楚我走的是一條不歸路，這條路不是我選擇不選擇的問題，而是命中註定的。我很羨慕你這樣的純直男。我多麼希望自己也是純直男，可我不是。」

他再次扭頭到窗外。我明白他心裡想的是什麼。愛是宿命，要麼再劫難逃，要麼有福難擋。我感嘆，「你男女通吃，過的是雙重生活。你應該非常滿足了。別跟我談什麼希望了。我敢肯定，你要的就是這種生活，能彎能直。不是嗎？」

王立成這才把頭轉向車裡，看著前方。「你說得對，阿鋼。我喜歡這種能彎能直的愛戀。它並不是我後天追求的而是我命裡

固有，我回避不了，接受了它進而喜愛上了它。」一路上，他披露了他和美國美女調情的一些細節。他感嘆：「要想和美國女孩搭上不難，但真要和她們劈腿，我還是很挑剔的，不是高雅氣質不吸引我的美女，我硬不起來。我試過，幹到一半就軟下去了。做愛這玩意兒，太微妙。對於我來說，一定要有愛意。」

我把自己和阿妮塔的那次經歷告訴了他。他盯著我看，詭異地笑了。「喲，你這狗屌！看不出來你有這本事啊！三年前我去歐洲在義大利民宿，和費城去的一個美國美女對上了眼，兩人三個晚上泡在一起。到了第三天晚上，我完全不行了。她身體太棒了！」說完，他晃晃頭。

我們行駛在 95 號高速公路上，經過巴爾地摩附近的大海。我眺望了它一眼，深有感嘆：「每個人是一片深沉大海。別人無論怎樣努力，永遠不知那片海下面是什麼。眼巴巴看著海面，人只可以猜。只有身在其中者，才知其味。」

回到默西學院，我們在附近一家飯店買了些菜和一瓶日本清酒。我不敢在店裡吃，怕兩人都喝醉了沒法開車。我們回到我的住處。結果，我們倆把那瓶清酒都喝光了，一醉方休。

第二天，我送他去 JFK 機場。臨別時，「他看到我手機封面女郎是莫莉香，笑著對我擠眼說：「將暗戀進行到底！」

我罵他，「你他媽的。切，哪壺不開你提哪壺！哪裡有傷痕，你就偏偏揭它的疤痛！」

送走他，我內心頓時空蕩蕩的。這強烈感覺，倒不是他的離去，而是他的這次到來讓我再次認識到：一個人一旦走上邪路，很難回頭。無論是我對莫莉香的暗戀，還是他的又彎又直，都是我們各自的邪路。

好在時間如梭。轉眼就放暑假了。我在學校圖書館找到一份暑假工，幫圖書館淘汰舊電腦，裝置新電腦和新軟件。

5.

　　安靜美麗的夏日。校園裡人極少。暑假裡，學校也開夏季課。不過留校上課的美國學生寥寥無幾。這種檔次低的私立大學，有些人是來混文憑的，哪有心機這時還上課。有些學生還需要利用暑假打工賺錢付學費和維持生活。

　　紐約郊外夏天並不熱。一兩個禮拜高溫就過去了。我們校園就在哈德森河邊，晚上都無需空調，只要開窗，很涼快。享受著這種涼快，我會想起柳州夏天的悶熱，很高興自己選擇在美國過這個夏天。傍晚，我經常到哈德森河畔散步。沿著河邊小路而上，依稀可以聽到水聲潺潺。抬頭可見小鎮盡頭古老的城堡，鐘樓高聳。再循著水聲一路過去，地勢逐漸昇高，可以攀上城堡之端，俯瞰全鎮。那些岸邊漂亮的豪宅依水傍山，很像西方畫家們勾勒出的世界。一條美麗的小路，舒緩地從山水之間伸向遠處的山腳。我對於世間的依戀也由此多了幾分。

　　我每天早上 10 點上班，下午 6 點下班，有一個小時午飯時間。除了裝修電腦和軟件，我有機會有時間瀏覽圖書館的書籍。我迷上了哲學。一個假期裡，我讀了好幾本這方面的書！對一個網蟲和手機控，這非常難得。

　　這讓我精神狀態一時處在形而上之中。最讓我著迷的是美國哲學家普特南的心靈哲學。他認為，心靈有感覺和能力兩部分組成。我的心靈有缺陷，乃是我的感覺和能力有缺陷。意識到這一點，我想我應該不再自責自己，因為感覺和能力在很大程度上是與基因和天性有關的。

　　我也很喜歡丹麥哲學家克爾凱郭爾的哲學。他哲學主要內容以孤獨的非理性個人的存在，取代客觀物質和理性意識的存在，以孤獨個人的存在當做認識世界的出發點，以個人非理性的情

感、特別是用厭煩憂鬱絕望等悲觀情緒，代替對外部世界和人的理智認識的研究。因此他的哲學特別適合我讀。

整個夏季，我在圖書館裡度過。這是我一生中迄今在圖書館待過的最長時間。我愛上了學校圖書館。讀書，讓我忘記塵囂的世界。只有在我坐在圖書館草坪上眺望哈德森河風景的時候，莫莉香會跳入我的腦海。我看著像一條銀帶流過的河水發呆，她窈窕動人的影子在流動浪花裡翻滾。

我希望自己在時間的消磨和空間的距離中把她忘掉。可是，命呀！命中註定的東西，人想逃卻逃不了。

那是八月最後一天。我在住處，已近傍晚，四週靜悄悄，窗外黃昏天空裡高掛的白雲像隨時都會掉下來似的。我心裡湧起一股莫名的惆悵。沒事可幹，我便上網選擇我下學期要上的課，注冊繳費。這時，網上跳出一個提醒，是從我的QQ來的。我一看，是莫莉香的問候！

「你好嗎？有沒有泡到美國妞？」她的這句問候，頓時讓我血湧大腦，胸中一陣跳動很興奮，立刻和她聊了起來。

她的大土豪情人和她分手了，原因是她一直沒有懷孕。土豪想要有子女繼承其業，條件是懷孕了才和她結婚。她去醫院檢查，沒發現有任何問題。搞得兩人非常不愉快，連性生活都無趣可言。後來，那土豪不得不去檢查自己，原來是他自己精子稀少，不易懷孕。本來兩人可去搞試管嬰兒，但經過這事的折騰，兩人已完全無信任，吵鬧不休，關係終於崩了，莫莉香搬出別墅，自己找房子住。

「那跟我好吧！寒假我回來和你結婚，把你帶來美國！」我脫口而出。

「你不怕我到了美國後又把你甩了，跟美國帥哥跑了？」她心直口快，不知是不是調侃。這句話把我給噎住了。是啊，像她這樣的女人，我能 hold 住嗎？就算我能 hold 得住，她已二度梅

開，不在乎第三次遠洋捲土重來，那真說不定有第四次，況且是美國帥哥！聽到「帥哥」兩個字從電話那頭傳來，我很不舒服。

「你怎麼不說話了？我把你嚇唬住了吧？」她哈哈大笑起來，笑聲裡有一種非常誘人的吸引力。我對此沒有抵抗力。不就是結婚嗎？大不了離婚，跟這樣的超級美女結一次婚值了。這樣的念頭在腦子一旦出現就不肯罷休，我馬上說：「哪裡！我已經在想像我們做愛的情景了。」說完這話，我發現自己硬了起來。

她咯咯又笑了起來，「你比我還流氓！」

「這你別謙虛了。你絕對比我流氓。否則怎麼可能吸引我呢？」說到這裡，我突然發現自己在莫莉香面前變得話多了幽默了。這是奇跡！頓時，我心裡對自己很肯定，這是愛！我愛她。只有愛能使我這樣內向者變得話多和幽默。

那天，我們聊得很開心，我心旌搖蕩。她承諾，如果我跟她結婚，把她帶來美國一起生活，她會跟我好。我高興得發瘋了。當晚，我當機立斷，打電話給我老媽：「老媽，我寒假回來結婚。」

「怎麼？結婚？跟誰結婚？你有女朋友了？尹朵回心轉意了？」她不相信，一連串的問話像打機關槍。問完，沒等我回話，她大笑起來。顯然，聽到這消息，即使不相信，她很高興。我把情況大致說了一下，沒說莫莉香結過婚，當然更不會提起她剛跟大土豪情人分手。

老爸接過電話，非常開心：「恭喜啊！我和你媽都挺高興。既然她在柳州，讓她到我們家玩玩，就算是我們的女兒。你知道，我和你媽一直都很想有個女兒。」

「哪有女孩子第一次自己跑到男朋友家的？等我寒假帶她來。」我心裡嘀咕：我是不是太早告訴父母。不過，早點告訴好，因為整個婚禮要父母出錢，父母還要給我們一套房子，所有一切都要他們幫我準備。

老爸高興之後，顯然覺得這事不靠譜。既然現在談婚論嫁，

我為什麼暑假沒回去？他雖然不直說出來，但我聽得出來。他問：「她叫什麼名字？」

「莫愁湖的莫，茉莉的莉，香氣的香。」

「這名字好熟啊。」

「你可能在我的初中畢業紀念冊上見過。她是唯一給我簽名的女同學。」

「那好啊，老同學知根知底。怎麼以前從沒聽你說起過？難怪你對尹朵不感興趣。你早說，我都無需托金蔓阿姨給你介紹尹朵。」

我懶得向父母解釋，只是敷衍：「以前沒機會，聯繫不上。」

老媽搶過電話，「寄張照片我們看看。」

我手機裡存有好幾張從莫莉香 QQ 上複製下來的照片。我隨即挑了我認為最好而有相對不妖艷的一張傳到我媽手機裡。

老媽看到照片立刻在電話裡發出興奮的尖叫，樂不可支：「這麼漂亮的大美女！簡直可以和大明星比美。怎麼可能？你是在開玩笑還是在做白日夢？網上下載的，和我們開玩笑？」她語氣裡分明不相信。

我心裡很清楚，老媽此時一定想說「癩蛤蟆想吃天鵝肉」和「鮮花插在牛糞上」類似的話，只因我是她兒子，她不想傷我的自尊心罷了。她和我老爸，直到放下電話都不相信我說的話。

6.

那天之後，我和莫莉香每天視頻通話，短信。她常自拍，寄給我。隨著日子移動，她會送來一些讓我想入非非的挑逗的照片。這讓我力比多劇增，更加為她瘋狂，更渴求她，令我感覺強烈，使的我身體有了光亮，活在平常時間之外，召喚我進入夢想的世界。遙遠，就像是一雙溫柔細膩的手，通過視頻和短信照片，

常在我身上輕輕地掠過，使我驚奇地不由地產生一陣陣隱隱不羈的心跳。

接下來的三四天，對她的欲望充滿了我的身心，成了忘記時空的愛戀操練。在這個擁擠膨脹而喧囂的世界上，她成了我的冥想點。我腦子裡全都是她，很少去想其它，我意識到了我這些年來所有對她的暗戀都是值得的。日常生活的碎片般狀態，因為想念她變得連貫起來，不再飄散在空氣裡。我被集於一處，而這個美麗之處便是莫莉香。

正當我和她沉醉在視頻數碼世界的夢幻熱火之中，我老爸一週後的一條短信宛如冰凍之山壓得我冷寒刺骨，喘不過氣！

「文輝，我堅決不同意你和莫莉香結婚！原來她就是你出國前跟我們講過的那個你愛上的女同學。難怪她的名字那麼熟。她結過婚，這你知道。離婚後又和別人公開同居過，這你不知道？」

我立馬意識到老爸肯定做了一番調查！有了照片和名字，這不是太容易了嗎？他的朋友圈裡一定有人認識莫莉香的那個大土豪情人。再說現在有私人偵探，老爸花錢就可瞭解得水落石出。

我太傻了！我幹嘛那麼快地把照片和名字告訴父母。回國把婚登記了，生米煮成熟飯帶回家，他們就拿我沒辦法了。

還沒想好如何回答老爸，他電話已來了。「文輝，看到我的短信了嗎？」

「看到了。」

「你怎麼回事？」

「沒怎麼回事，就是喜歡她！我不在乎她跟過多少男人。無非她不是處女嗎？我自己早已不是處男，為什麼非要這樣要求對方呢？我喜歡她，從初中到現在，暗戀了她這麼多年。像我這樣小個子不帥又很內向的男人，她這樣的超級美女願意嫁給我，我已經很有面子了。我就是要娶她。大不了離婚。過一把癮，這一生全值了！」

我為自己說得那麼堅決那麼流利，感到吃驚。這時我才意識到：自從莫莉香結婚後這些年來我腦海裡一直縈繞就是我對老爸剛說的這些話，骨子裡流淌的就是這樣的血液。

　　電話那頭，老爸沉默了好一會，我正想掛電話，聽到他一字一句地慢吞吞地說：「聽著，文輝。如果你堅持到底，你等於毀了我們家，我和你媽哪裡還有臉見人。如果是這樣，我情願你去跳樓，就當我們白養了你。你最終要跟她結婚的話，我不會出一分錢，你們也不能住我們家，更別指望我會給你們買房。如果你把她帶到美國過日子，我立即斷掉所有費用。」隨即他就把電話掛了。

　　老爸這樣狠心對我，是我有生以來第一次。這時我意識到，他絕不會這樣認為像我這樣的人能娶到莫莉香是艷福高照，他也絕不會同意我為過一次癮而大不了離婚的想法。

　　我痛苦不堪，整個人再次傻掉了，沉溺於無能為力的痛苦中。

　　聽到老爸如此緩慢而清晰的回答，我知道我不可能娶莫莉香。老爸一定是在打電話之前想好了那番話，把每一種可能都想到了。而我，除了依賴家裡供養，我什麼都不是，I am nothing ！

　　我極度鬱悶痛苦。這件事，讓我意識到自己一無所有。我不知道有多少啃老族想過這問題——啃老族所有的快樂都被金錢捆綁著！我們很可憐！沒有例外。一旦父母把錢掐斷，我們啥都沒有。我以前還真沒有認真地深度想過這一點。

　　把手機扔在床上，我在宿舍房間裡來回踱步，萬念俱灰。老爸說的話猶如一顆手榴彈，在我腦子裡反覆轟炸。我拿起桌上早餐用過還沒洗的一個盤子，猛力朝牆上砸去，碎片紛紛掉在地闆上，如同敗兵丟下的鎧甲碎片。我無心打掃它們，走出房間。

　　九月的紐約郊外，天氣格外好，晴空萬裡，白雲點綴，真有點天堂景象。可我沒有心思欣賞這美景，身在地獄般地難受。老

爸說的那些話都在遠遠地緊緊地飄忽縈繞在我的腦子裡，牽扯著分散我的情緒，驅不散，揮不掉，一種非常虛無空洞的感覺佔據了我。坐在一根倒在哈德森河岸邊的樹樁，我對著河水發呆。一棵光滑沒有樹皮的死樹因暴風雨而倒入河中，因飽飲綠色河水而變得烏黑。這是一塊沒人要的浮木。盯著它和河裡似動非動的浪花，我跳到河裡一了百了的念頭都有了。但我沒這勇氣。我知道，就算跳進去也死不了，我會游泳。

　　要麼自我毀滅，要麼孤芳自賞，這就是我們這些啃老族很多人的宿命，也是我們的人生道路。我會不會在這條道一直走到黑？我不理解這世界。這世界不容納我。在我愚蠢寂寞的生活裡，暗戀畢竟對我有實在的意義，它是我身心能夠同時得到某種滿足，它是我對這世界的參與，使我的內心對此作出強烈反應，讓我意識到自己想活著，而不是自我毀滅。

第八章

1.

　　想和莫莉香結婚的念頭被老爸徹底否定後，我非常沮喪。本來就內向的我，更加自閉起來，自我認識負面到了零狀態。活著沒意思，人生對我來說就是虛無。

　　我把這事對王力成說了。我並不想從他那裡得到同情，僅僅是要疏通一下心理。我太清楚了：如果把這種沮喪憋在心裡，我非瘋了不可。

　　王力成和我是彼此很好的聽眾。當我把這事說完，他只說了一句話：「結成婚和結不成婚都是經歷，都是上帝計劃的命運。」

　　隨後，他給我發了一個長長的電子信，安慰我。信最後一段話打動了我：「對父母別要求太過分。你想想，因為他們，你過得是經濟上無憂無慮的生活，能負得起昂貴費用去美國留學。他們不理解你，不是他們的錯，是他們這輩人的局限。你怎麼可能要求他們接受你靠他們生活的同時而把莫莉香這樣結過婚和別人公開同居過的女人娶過來呢？如果你經濟上完全獨立富有，你的婚姻你做主，你想和誰結婚就和誰。你說呢？」

　　收到王力成的信當晚，莫莉香和我通電話。我不知如何告訴她有關老爸對婚事的否認，一度沉默。

　　「你怎麼了？」她嗅覺到了事情的變化。

　　我想來想去，決定告訴她。「我老爸……打聽到了你的情況，他堅決不同意我和你結婚。」

　　「你這個窩囊廢！不需要他同意。只要你愛我，我們結我們的婚，結完後我們在美國生活，完全和你們家脫離。」莫莉香大聲叫了起來。我心煩意亂，什麼也沒再說，只好斷了電話。莫莉香馬上發了短信過來：「廢物！」

　　這兩個字深深地傷了我。她噴口而出的「窩囊廢」在柳州話

裡是常用的，猶如標點符號，我不是很在意。可是，手機上「廢物」黑色兩字刺痛了我的眼睛。我手指一挪，將它們抹掉了。

在莫莉香骨子裡，她是看不上我的。我的砝碼在她那裡重了，只不過是我在美國。如果沒有了老爸的錢，我就是窮人一個，我的留學就成了泡影！那麼，我的砝碼不但不值錢，而且輕如鴻毛。今天的中國留學生，已不是當年開放時期的那些出國弄潮者，像我這樣的留學生說穿了都是因為家裡出錢來混個洋文憑罷了。

現在我對自己留學後的未來非常懷疑，一點不看好。老爸在我出國前明說了，我不合適在老爸的小公司裡，既不能經商又不能打雜，連做保安都不會僱我。如今留學生多如牛毛，以我這屌樣子，回國找工作也沒戲。

我心緒低落，連續幾天怎麼也提不起精神來。我擔心自己是不是得了抑鬱症或其他什麼精神病。站在柔美夜色裡，我感到壓抑孤獨，無可逃避的孤獨。走在校園裡，自己就像幽靈一樣。秋天的紐約郊外很美。校園裡，哈德森河邊，樹都正在變色，五彩繽紛，簡直是童話世界。哈德森河對岸名為「天堂」的懸崖峭壁美奐美倫，像一張巨大油畫。這樣美麗的風景，卻沒法打動我。我在心裡對自己說：完了，一切都沒勁。

更糟糕的是，我已好幾個晚上睡不著覺，頭痛。夜是個漫長的過程，像水面一樣幽靜。白天很睏。第二個禮拜，我去上一門互聯網數據庫的課，注意力沒法集中，居然懷疑坐在旁邊的同學是便衣警察，懷疑正在上課的老師嫌我萎靡不正，這門課不讓我及格。下課後，我開始恐慌了。自己是不是患了精神病？剛才上課時的懷疑是不是幻覺？我越想越慌，趕緊給王力成撥電話。

「阿成，我可能精神出毛病了。」說完，我幾乎哭了起來，感到自己身上有很多墳墓和屍體，有一股腐爛氣息。

王力成好一會才回話，「不會吧。你既然自己知道，就不會

是。一般精神病者不知道不承認自己精神有問題。」話是這麼說，聽到我要哭了，他不放心，便把電話轉成視頻通話。

王力成光著上身靠在床上，睡意朦朧。這時我才想起中國現在已是半夜了。

「對不起，我忘了時差。」

「沒事。誰叫我們是哥們。」他看到我臉上表情極度痛苦，馬上安慰我。

我強忍住眼淚，把和莫莉香通話的事說了一遍。話剛停，王力成笑了：「你結不成婚，我卻要結婚了。」

我丈二和尚摸不著頭腦。「怎麼回事？上次跟你聊，你都沒提起。怎麼這麼快！」

「別說我。你從要娶莫莉香到被你老爸否決後泡湯，不也夠快的嗎？」

2.

王力成一心想找一位又彎又直的女孩結婚，很難啊！這不但要性取向一致，而且還要情投意合。他認識的又彎又直女孩很少。最後，他決定擴大範圍，找想跟男孩結婚而不出櫃的拉拉，這樣還可以要孩子，雙方父母不知道而皆大歡喜。

第一位是拉拉，敢作敢為，在柳州拉拉圈裡相當有名氣。王力成認識她沒多久，就和她把事情攤牌了。對方把他痛罵了一頓。「靠！你這個野仔！你太沒有男人骨氣了。一人做事一人當。要麼堂堂正正做個又彎又直者，要麼就改彎成純直。」

王力成第二次有了經驗，他很幸運地愛上一位性格含羞的女孩，她又彎又直。沒想到對方很痛快，願意跟他結婚，計劃婚後就生個孩子。兩人週末去了王力成的家見了其父。王力成滿以為老爸會喜歡那女孩。沒想到，事後老爸語重心長對他說：「阿

成，你看，父親過兩年就再也不涉及公司裡的業務了，你就是CEO。這幾年你表現不錯。我希望你將來的妻子也能在業務上幫你一把。你說呢？我覺得今天你帶來給我們看的這位女孩顯然不適合這個角色。我希望你考慮這一點。她含羞，出不了眾，將來怎麼幫你料理公司？公司現在上海北京一線城市裡發展，你需要的是一位能出入大場面善於社交的夫人。你說呢？」

王力成不同意父親的想法。「家族企業時代已過時了。我需要的是一位生活伴侶，不是工作合作夥伴。」

他父親表示理解。「可是，如果愛情和事業完美結合，不是錦上添花嗎？」

王力成吞了一下口水，真想對父親說「我要的人生活伴侶是允許我又彎又直」，可是他知道自己至死都不會對父親說。

我聽到這裡，只好說：「你當然不能說。如果我是你老爸，你這樣告訴我，我會噁心死了，我寧可當場把你抽死。」

王力成父親看中了在上海到他們公司來面試的山東姑娘張曉丹。張曉丹祖籍是桂林，和老家在桂林並在那裡出生的王力成母親還沾點遠親，是親戚推薦來面試的。他父親認為這肯定是緣分。於是，立刻安排王力成去上海與張曉丹見面，算是錄用她前的第二次面試。隨後，張曉丹到柳州熟悉業務。在上海面試時，她就喜歡上王力成，這個黑黝黝的南方小夥子，是她的菜。從小在青島長大的她，對北方文化裡那種老爺子大男子主義相當鄙視。她父親哪怕回家比母親早半天，他都不幹家務，坐在沙發上看報看電視，等母親回來做飯。她喜歡南方小夥子幹家務。她的前男友是上海人，做家務絕對一流，菜做得很好吃，對她照顧得很暖心。來到柳州得知王力成是鑽石王老五後，她欣喜不已。王力成父親向她暗示後，她大膽地向王力成展開了追求。

王力成也很喜歡張曉丹，她也是他的菜：漂亮，鼻子挺拔，尤其是那雙眼睛活靈活現，好像它們本身會說話似的，個子高，

有一米七，性格開朗，談吐舉止大方。他高興壞了，順水推舟，兩人就好了。張曉舟極力推崇閃婚，認為戀愛長短和婚後幸福沒有直接相關，戀愛越長，世俗因素參雜到婚姻裡越多。兩人商量結婚之事。樂意閃婚的張曉丹提出明天就去登記都沒問題。因此，這事就這樣定了。

「婚後張曉丹發現你是又彎又直，怎麼辦？」我好奇地問。

王力成不自覺地地把左手伸進褲衩。意識到是在視頻裡，他馬上把手拿出來。「走一步算一步，只能這樣。」

我罵他：「你他媽夠賺的了！搞的都是美女帥哥。」

王力成不高興，聳了聳肩，說了一句：「你自己保重吧！」就掛了視頻電話。

我後悔自己罵了王力成。當生活真地露出了它龐大的後背，個人無力抗拒這個後背在生活裡的支撐，改變的只是表面景象。我立刻發短信給王力成：「對不起。我不是惡意的。」

王力成原諒了我。他回我短信：「我知道。我們都被迫地活著。」

讀到「被迫」這兩字，我心灰意懶。當天晚上，我又沒睡好。我們都被迫地活著，這句話在我腦子裡不肯離去。我算了一下，這已是我第六個晚上沒好好地睡著了。時間變得越來越難熬。我從內心深處裡感受到了黑暗，焦慮佈滿了我的身體，進入了腦袋。一種既是肉體又是精神的疼痛，如山一樣沉重，在我身體的每一部分擴散起來，不斷地燒灼著。懼怕和自卑穿越我的心門，我再次恐慌起來，擔心自己患了精神病。

早上七點，我堅持爬起來。開車到藥店，想買安眠藥。藥劑師告訴我，強力的安眠藥需要醫生開處方，叫我先試試保健安眠藥馬靈多和讓人容易昏睡的抗敏藥。我都買了。先試了馬靈多，沒用。再試抗敏藥，天幾乎亮了，才勉強睡著了，兩個小時後就醒了。

奇怪的是，我居然沒有睡意。六個晚上，前後加起來總共才睡了幾個小時，居然不打瞌睡。我越來越懷疑自己精神出了毛病。整個人迅速地消瘦，嘴唇乾裂甚至帶著血跡，我魂不守舍。我也沒有食欲，每頓飯，吃得很少，有時幾乎只吃一兩口，可是我不覺得餓。這讓我強烈意識到自己很可能心理有嚴重問題了。

　　我短信給王力成。王力成建議我睡前喝酒，說他自己就是這麼幹的。他認為：「只要睡好了，食欲就會跟上。」

　　美國賣酒需要執照，只有專賣店才有。默西鎮上只有一家酒專賣店。開車路上，我發現後面有警察開車跟蹤我。幹嘛呀！我又沒犯法。我舉起手向警察揮揮手，嘴裡嘀咕：「傻瓜，我知道你在後面。」

　　我買了兩瓶紅酒。晚上，喝了一大杯酒，沒有食欲。上床前，又喝了一杯。一看鐘，才8點多。躺下去睡著兩個多小時就醒了，再也睡不著。太不可思議了！起來上網甚覺無聊，連平時衝動時想看的成人電影也激不起我任何欲望。

　　我又上床去躺下，希望奇跡出現。

　　沒有奇跡。我心裡起了霧霾。夜晚成了一個狹長的隧道，它不是通向黎明，而是直抵我心頭的軟弱之處。錯過和莫莉香結婚的機會，對未來的不確定，支離破碎的恍惚，都使得失眠有擊敗我的力量，有讓我心理癱瘓的可能，使我對簡單的問題糾纏不清。

　　眼巴巴地等到天亮。拉開窗簾，看到警車在對面馬路上一邊靜候著。是不是宿舍隔壁學生報案，說我精神有問題會出事？昨天我手提兩瓶酒下車，走在宿舍路上和過道，其他人都用神祕兮兮的眼光看著我。

　　「Stupid!（笨蛋）」我罵警察，也罵那些多管閒事者，然後把窗簾使勁地拉上。

　　「這麼樣？昨晚睡著了嗎？」王力成發來短信。

　　「只睡著了兩個多小時。」我邊碼字邊嘆氣。

王力成勸我，如果這樣持續下去的話，乾脆休學算了，身體最重要。

我知道，一旦休學回國，我再也不會回來上學了。我已厭煩了一切，讀書至少讓我活下去。我現在明白了，為什麼有些人一輩子都在讀書，不是活到老學到老，而是學到老而活到老。讀書本身就是一種活下去的辦法，是高大上的生活方式。

刷牙時，我從鏡子裡看到自己面色灰白，憔悴，幾天沒怎麼吃飯，我一副隨時都會倒地斷氣的樣子。我痛苦地自言自語，堅持吧。去教室裡勉強地上完一節課，我去學校醫務室看病。接待我是一個中年護士。她一看見我，目光裡流露出一點恐慌的神色。我琢磨，一定是自己精疲力竭的憔悴和醜陋的面容交集一起，讓她嚇壞了。我在心裡罵她：法克！老子又不強姦你，至於恐慌嗎？不就是睡不好覺嗎？不就是長得難看嗎？

罵完後，我馬上覺得自己不該這樣，別人看到自己精神恍惚的樣子，想必感到可怕。我臉色略微內疚：「我好幾天晚上睡不好。幾乎整夜地醒著。我害怕出事。」

「出事？出什麼事？親愛的，坐下。」

這是我到美後第一次碰到陌生人用「親愛的」稱呼我。我仔細看看這護士，她的笑容很慈祥真誠。我很感動，更覺得內疚。

護士聽完我的失眠情況後，點點頭：「我也有過你這種情況。很多人都有。別太認真，別太焦慮。睡前洗個熱水澡，喝杯熱牛奶，看一本書，就很容易睡著。」

護士問了一系列問題，她刨根問底：「有沒有想傷害你自己或他人的想法？」，「有沒有自殺的念頭？」

我都回答說：「沒有」。

她又問了幾個問題。我感到很絕望。人們怎麼能理解我這樣不帥矮小的人愛上一個大美女而對方答應跟我結婚而自己老爸不同意的心情。我索性沉默。

護士看我不吭聲，猜測我有隱私，就推薦我去看心理醫生。她寫下一個心理醫生的名字、電話和地址給我。「他是我們默西學院的心理醫生。你可給他電話預約。校外其他心理醫生很難約，起碼要提前三個月才能預約到。」

　　我拿了字條，走出了醫務室。護士追出來，對我說：「萬一你約不到心理醫生，如果你覺得有任何出事的感覺，請打 911。沒有什麼不好意思的。每個人都有需要幫助的時候。」

　　我邊走心裡邊嘀咕，美國怎麼有這麼多人精神有毛病，提前三個月還不能約到心理醫生！

3.

　　我給學院心理醫生打了電話。對方說，其時間都排滿了，如果緊急，星期六上午 11 點他可以見我。

　　這天是星期四。還有兩天。我擔心這兩天晚上再睡不著怎麼辦。我越想越焦慮，只好回到醫務室去找護士要安眠藥。護士沒有處方權，她帶我去見隔壁辦公室的校醫。校醫從護士手裡拿過那張她紀錄我回答的問卷，仔細地看了一遍，抬起頭盯著我看了好一會，彷彿要把我看透似的。他那又高又直的鼻子，那雙棕色的眼睛似乎透著無限的智慧，兩片嘴唇敏感中又不乏嚴肅，兩頰黝黑而凹陷，給人以鎮定自若的印象。他問了幾個問題後，慢條斯理地說：「這樣吧，我給你開一種藥讓你試試。每天晚上睡前吃一顆。」說完，他寫了一個處方，讓我到藥店去拿。他語重心長對我說：「小夥子，沒有什麼事能比你自己的命重要！」

　　我在鎮裡藥店取了藥，把藥放進口袋，心裡覺得好受些了。藥是定心丸，還沒吃就起作用了。我想，以後有什麼緊急情況而約不到醫生，就打 911 或看急診。

　　睡前，我拿出藥袋，數了數，十顆藍色藥片，每天一顆。吃

下一顆，我就上床了。果然有效。我沒過多久就睡著了，醒來已
是早上快六點了。我好奇，什麼藥這麼有效。我把藥名打進互聯
網上蒐索，是抗焦慮症的鎮靜藥。這時我才明白原來自己患上了
焦慮症！我接著搜索「焦慮症」。它的以下症狀，我幾乎全都
中招：

坐立不安或緊張

易怒

難以控制的擔心、憂慮

注意力難以集中，腦袋一片空白

睡眠障礙（例如失眠）

容易感到疲累

頭痛

肌肉僵硬緊繃（常見於肩頸）

吃了藥後連續兩天，我都睡得很好。我太高興了。美國的藥
就是管用！

週六，我開車去看心理醫生。只有開車十分鐘不到的路程。
診所就在心理醫生的家裡。我敲了好一會門，心理醫生才出來，
旁邊是一個滿面愁容的女人，顯然是剛結束心理諮詢的病人。

心理醫生跟那女人告別，帶我進入一房間。它跟普通家庭的
房間沒什麼兩樣，另一個門面對著後院。一眼望去，陽光穿過婆
沙樹枝。地上有些黃色落葉沒被掃掉，有些花因沒被修理和雜草
長在一起，像是在野外而不是在院子裡，非常安靜。凋零瀰漫開
來，開始進入我的身體。

心理醫生請我坐下，把我給他的醫療卡影印完後還給我，
也坐了下來。他和藹可親，說起話嗓音很渾厚娓娓動聽，那副嘴
唇微微翹起，還有那消瘦的手指配合著那聲音，充滿活力，但一

旦靜下來，他那雙淡藍色的眼睛顯得深沉。這讓我的心放寬了不少，本來這種場合對我來說難免有些緊張。

「我有什麼可以幫助你的嗎？」

「我其實已經好了。」

「那你來看我幹嘛？」

「約你的時候還沒好。」

「什麼問題？」

「我連續好多天晚上睡不著。醫務室護士建議我來看你。不過，校醫給我開了一種藥，這兩天我能睡著了。」

「什麼藥？」

我把藥名告訴了心理醫生。對方點點頭，表示明白了。他問我：「跟我講講怎麼回事？」

我把因為被老爸拒絕自己和莫莉香結婚以至失眠多日的情況敘述了一遍。心理醫生很好奇：「你如此愛一個女人，從初中到讀研究生，現在對方願意嫁給你，難道就因為父親不同意就算了？」他睜大眼睛目不轉睛，看著我。

我沉默了一會：「我們中國家庭成員之間非常依賴。這樣說吧，我來美讀研究生，我所有費用，都靠我父親。如果我一意孤行，他將斷絕我的經濟來源，我……就立刻一無所有。我拿什麼來生存，拿……什麼來養活一個家庭，別說……和這個女人結婚，就是在美國我都無法待……下去。」

心理醫生極為吃驚，愕然注視著我：「對不起。我可能不理解你們中國文化和家庭關係。既然你如此暗戀這個女人，嗯，我替你算算，你初中到現在，有十幾年了，對嗎？」

我點點頭：「是。我初一就愛上了她。」

「在這期間，你沒有愛上過任何女人嗎？」

「沒有。」回答後，我心裡枝枯葉落，雜味紛呈，為自己難過。

心理醫生臉上露出不相信的表情。「你沒有和任何女人發生過親密關係？你可以不回答我，如果你覺得太隱私的話。」

　　「有。那是生理需要。你懂的。」說完，我想到和尹朵那段很短時間的親密關係。自己愛她嗎？答案是不確定的，喜歡的成分肯定有，比方她的開朗愛笑。

　　心理醫生在一本大大的病案紀錄本子上寫了一會，抬起頭問我：「你失眠原因，從表面上看是你無法和你暗戀了十多年的初中同學結婚，但本質上是你經濟一窮二白不獨立的緣故，不是嗎？」

　　離開了老爸，我只能是個窮光蛋。但我從來沒有從這角度去追究失眠原因。眼前這位心理醫生一下子點中了問題的穴位，我不但沒有豁然開竅的那種爽勁，反而更加沮喪。要想擺脫老爸提供的經濟來源，這一輩子是不可能的事，就算我將來有一份工作也只不過是糊口而已。想到這，我不由得嘆氣。

　　心理醫生不理解我這個中國留學生：「你去找份工作，不就得了嗎？」

　　「沒有你想的那麼容易。」我拿起右手往上推了一推眼鏡，一副傷心神情。

　　「那將來打算畢業後回中國嗎？

　　「回去。只是想在回去前在這裡工作兩三年，積累了經驗再回去比較好。」

　　心理醫生給我提了幾個建議如何減少焦慮，然後問我：「你下次什麼時間來？」

　　我心裡想，我不會再來了，但我還是說：「現在沒法定。如果需要，我再給你打電話吧。」

　　開上汽車，我不想馬上回學校。腦子很亂，我不知去哪裡。車過了華盛頓大橋，我才發現自己開到了新澤西州。只好轉過頭，開回紐約州。

在哈德森河邊一個公園門外馬路上，我把車停好，走進公園。風景如畫，秋天的陽光在彩色樹林裡灑下溫暖的影子。不遠的大橋，像莫莉香的髮夾插在水面和天空之間。我把夾克外套脫下扔在草坪上躺了下來。

莫莉香拿到了簽證，飛到了紐約！她悄無聲息地站在我面前。她穿著最近柳州很流行的淺黃色太陽裙，兩條像繩子一樣裙帶綁在肩膀上，打了結，如同花朵開放。哈德森河面上吹過來的風很大，把她的裙子掀了起來，露出性感撩人幾乎透明的肉色內褲。她詭秘地做出當年美國影星夢露擺弄掀起裙子的姿勢。美啊！我看得眼花撩亂，心花怒放。太出我意料之外了！「我跟旅行團出來的，這次沒被拒簽。今天自由活動，我跑來找你了！」莫莉香一邊說，一遍伸出雙手擁抱我。「你是中國的夢露！」我興奮得大聲叫了起來，迫不及待地把手伸向自己的褲子，解開腰帶。沒想到，莫莉香立馬收攏笑臉，狠狠地給了我一巴掌，把我推倒在地。我屁股著地，被草地上一根樹枝戳了一下，疼得不行……。

我趕緊摸摸臀部，看看是否受傷了。自己好好的。屁股下的確有一根樹枝，但根本沒被它戳。原來是夢！我剛才胡思亂想睡著了。

我一看手機，已是下午四點多了。我肚子餓了，才想起自己沒吃午飯。從哈德森河走到鎮上只有十幾分鐘，但我提不起精神走路去。我開車到默西小鎮上買了兩塊披薩，又回到了河邊。河面上，一對男女划著一只紅色小船，緩緩而行，格外顯眼。小船倒影在河裡，就像莫莉香鮮艷的嘴唇。

我心裡很灰暗。想起剛才做的那個夢，真希望它是真的！我很清楚，完全照著老爸說的去做，這樣一生雖沒有出息，但起碼一個人吃喝玩樂享受是不愁的。可是，被老爸拒絕自己與莫莉香結婚這事本身，使我感到自己的生命很沒意思。我不知道別的啃

老族是如何想的。其實，沒有人真正瞧得起像我這樣的啃老族。那些羨慕啃老族的人，還不如說是羨慕錢。我自己談不上是富二代，老爸的資產和公司都沒有達到顯赫地位，只是老爸的錢夠我自己啃而已。我心裡挺希望老爸是土豪，希望自己是那種驕橫跋扈任性的富二代，如果這樣，莫莉香恐怕早就主動貼上來跟我好了，她就不會有婚史，不會有公開的情人，老爸就會同意我和她結婚。

　　我深深嘆了口氣。吃完披薩，我把包裝袋和紙巾扔進不遠的垃圾桶裡。我覺得自己就是垃圾，英文「trash!」脫口而出，恨不得把自己也扔進垃圾桶裡。我對一切毫無興趣，毫無動力，再次懶洋洋躺在草地上。不知過了多久。風從哈德森河吹來，帶有涼意。我擔心自己會感冒，只好爬起來，順手把草地上碰到的一塊石頭扔到河裡去。水面嘩地一聲響，驚動了不遠蘆葦叢中的一對鳥，它們噗地飛起來，飛過我的頭頂，向河對岸飛去。

第九章

1.

2016年5月，我拿到碩士學位，畢業了。老爸老媽飛來紐約，到默西學院參加我的畢業典禮。

老爸老媽很開心。不管怎樣，我在美國留學拿到了洋文憑，這文憑吃香不吃香對他們來說不重要。他們從來沒有指望過我成才。他們要的是面子。他們如此醜矮小內向的兒子，現在美國拿到了碩士學位。

我畢業時找工作運氣很好。因為谷歌、亞馬遜、臉書和蘋果等 IT 應用公司欣欣向榮的帶動，電腦畢業找工作很容易。在老爸老媽到達紐約的當天下午，我接到了聘請書。我被著名全球十強銀行之一的豐通銀行風險管理部聘用了！負責給他們寫風險監管報告的程式。盯著聘請書，我的心情終於好轉了。

老爸老媽因此得意洋洋，因為豐通銀行在中國家喻戶曉。老爸當場激動地給他在柳州的幾個好友打電話，報告這一好消息，比他自己賺錢還興奮。

當晚，我們在鎮裡的西班牙餐館慶祝。老爸竟然喝醉了！他最後和我碰杯時說，「你看，爸爸送你出國是對的。豐通銀行這麼有名，你工作兩三年回國，可以去中國豐通銀行，也可以去其他銀行。有美國豐通銀行的工作經驗，誰不要你呀！……」。

「但願我從此好運。」我腦子清醒，今後在豐通銀行不會輕鬆，而且現在國內銀行很牛，工薪可以和外國銀行 PK，又有外水撈。即使我兩三年後回國，也不見得好找工作。

餐館裡橘紅色燈光照在老爸臉上。他的臉色看起來像是紫醬牛肉乾。他眼睛已有點睜不開，醉熏熏的酒氣從他嘴裡往外瀰漫。老媽在旁勸他：「別喝了！你已經醉了。」我怕老爸在這安靜的餐館裡發酒瘋亂說話，趕緊叫服務員來結賬。

我拿著車鑰匙，走出餐館。老媽攙著老爸走在後面。餐館的燈光，把門前一片池水都染上了顏色，看不清楚到底是房屋還是樹木的很多倒影，鬼鬼祟祟地波動著。夜空暗得發藍。我剛想發動車，只聽咕咚咕咚幾聲響，老爸撕心裂肺地大喊一聲：「哎呀」。老媽大叫：「老頭子，你怎麼了！？」

　　我剛坐進車裡，立刻衝出去。

　　老爸倒在餐館門前臺階的最底層，臉上表情極其痛苦，異常蒼白，彷彿他剛剛經受了一次痛苦的手術，面部肌肉因被摔痛而擰成一個麻花餅似的，被臺階上一盞藍色的大燈直射著，看起來非常可怕。老媽想去拉他，「哎喲！」老爸又叫了起來。老媽這才發現，她的右手在剛才老爸倒下去前企圖拉住他而給扭傷了，疼得厲害。

　　我腦子轟地大起來。

　　「老爸，你哪裡受傷？」

　　「左腳和背後都刺骨地痛。」他有氣無力，痛得眼淚都禁不住掉了下來。

　　我不敢動他。我知道我拉不動他。就算老媽手不受傷，我們兩人也不敢把他從地上拉起來，擔心拉不好造成更大傷害。

　　餐館裡有幾個人走出來。其中一個人跑回餐館把店老闆叫出來。店老闆被嚇壞了，趕緊叫了年輕力壯的兩個男人出來，一位大概是顧客，另一個是廚房裡幹活的南美人。他們看了一下我老爸，便跟老闆說：「看起來很嚴重！我們不能輕易動他。要打911，請專業的救護人員來抬。」

　　我腦子裡一片混亂。只聽到有人打911。很快，救護車和警察都來了。老爸被急救人員用擔架抬上了救護車，老媽也上了車，她的右手已腫了起來。

　　警察過來問了我幾個問題，我都回答：「I do not know」。其實，無非是老爸喝醉了腳輕飄飄地不聽使喚沒看好臺階，踩空

了。警察也一定看出是這原因，只不過是例行公事問問我。

我回到我的車裡，跟著救護車後面去了附近醫院。

Ｘ光拍片結果，老爸背脊椎上方有三根骨折，左腳腕兩根骨頭都骨折了！他疼得很厲害。護士馬上給他打止痛針。醫生說，脊椎骨折不動手術，讓它自然癒合比較好，但左腳踝骨折最好動手術，自然癒合不太容易長成原來的模樣，萬一沒對接好，將來走路都成問題。老媽右手沒骨折，但腫得很厲害，這時已瘀血發青。

樂極生悲，我腦子裡只有這四個字。

老爸老媽在國內買的醫保是最基本的，即使在國內看病，自己也要掏不少錢，根本不保在海外看病。好在美國醫院不會因此趕人，醫生必須給老爸老媽治療。他們聽說老爸老媽在美國沒有醫保，就叫來醫院裡的社會工作者和我們談。

社會工作者問我：「你父母是做什麼的？」

「我爸自己做事，母親沒工作，兩人都是基本醫保，不但不保海外，就是在中國境內換個地區自己要掏很多錢。我是學生剛畢業，沒開始上班。他們都是來參加我的畢業典禮，沒想到出了這種事！」

社工沒再問，就說：「你們申請美國政府的緊急醫助保險吧。」她遞了一份表格給我，在幾個需要我簽名的地方用黃色彩筆畫了記號。

我真沒想到還有這等好事！心裡很感動。咱中國現在這麼有錢，買了美國巨額債券，為什麼沒有這種福利？美國政府不但給窮人發福利，甚至把錢花在外國旅遊者身上。

把表填寫完畢回到急救病房，我精疲力盡，同時很慶幸這事發生在美國。

那一夜，我守在醫院。我們三人幾乎整夜沒合眼。老媽反覆嘮叨：「怎麼會呢？」她不敢當面埋怨老爸，只好對我私下說：

「你老爸每次喝醉了都會出點洋相。這次搞大了。怎麼辦，往下怎麼辦。」她已在想往後了。我腦子裡卻仍是空白，潛意識裡我回避不可知的未來。

還好，離我去豐通銀行上班還有兩個星期。老爸第二天動了手術，在醫院住了兩天出院，改票提前飛回柳州。因為他只能躺著回去，航空公司要求必須有持有航空隨機行醫執照的醫生陪同，才能允許上飛機。旅行社幫忙聯繫了這樣一位醫生隨機飛行，我也跟著回去。上下飛機，過海關，都是我和那位隨機醫生用擔架抬著老爸。

我們坐的都是特別商業 VIP 艙，臨時改票和買票，光我們四人（包括那位隨機醫生）機票就花了一萬二千多美元。老媽嘮叨：「這機票也太貴了。」

我當時就火了。「錢重要，還是命重要？」

老爸失去了平時的樂觀。他幾乎平躺在座位上，一動也不能動。他看起來被大傷元氣，一蹶不振，除了嘆氣，什麼話也不願多說，問他一句答一句，有時甚至還不答。

老媽問他，痛不痛？他也不吭一聲。隨機醫生說，他定時給老爸打止痛針，不會痛的。

我真沒想到，老爸人一下子就被摔傷打垮了，竟然變成了第二個我，如此內向沉默寡言，不愛說話了！

我請王力成幫忙，開大麵包車到柳州白蓮機場來接我們。給他短信時，我傳了兩張老爸受傷後的照片給他。他很吃驚，「怎麼摔得那麼厲害！」我請他幫找一個全職看護，照顧我爸。

一到柳州，隨機醫生就打道北京回美國去了。分別時我問他，怎麼不在北京玩幾天，來一趟中國那麼遠。他說，他要趕回去工作。

王力成帶了兩個小夥子來接我們，幫忙抬老爸。他請來的全職看護李嫂也跟車來了。

從機場到我們家一路上，老爸都沒說一句話。他臉上竟然明顯瘦了一圈。

到家後，把老爸和老媽安頓好，我和李嫂交代完，便請王力成和那兩位小夥子去吃飯。

在飯店吃完飯，王力成叫那兩個小夥子先走了。我們接著喝茶。我太累，什麼話也不想說。王力成太瞭解我。他也沒說話，從公事包裡拿出一打材料，審核公司裡的文檔。

我們就這樣沉默了近半小時。王力成審核完文檔，放下材料，看著我：「世上除了生死，都是小事。只要不死，傷痛沒什麼大不了的。一切都會過去。你說呢？」

我茫然點點頭，算是回應，但內心不知所然。這世界從本質上說，是無法把握的未知數。

2.

俗話說，傷筋動骨一百天。老爸去醫院很不方便，花錢請了一個骨科專家到我們家門診。這醫生檢查完後，說腳上手術看上去做得不錯，疤痕也很小，現在只能靜養，以後三個月裡每月去醫院拍一次 X 光看看骨折癒合情況。

我在柳州待了八天。在這八天裡，我一點用處都沒有，每天跟老爸問聲好，說不上幾句話。最後那兩天甚至就問一聲「爸，你好點嗎？」老爸回答一句「就那樣」後就無語了。他心情很不好，晚上靠吃止痛片才能入睡。看著他這副難受的樣子，我不知所措。每天打完招呼後，我總會想：我將來老了有病，是不是也是他這屌樣。

王力成倒是和我見了三次面。第一次是我單獨和他約在江濱公園。去之前，收到他的短信：他和張曉丹登記拿了結婚證。他請我去那裡一家可以眺望柳江水面的露天餐館。到了那裡江邊一

看，江水渾濁不堪，漂著亂七八糟的的東西。想必是夏季暴雨太多，山裡大量污泥髒物和倒下的樹木被沖到江水裡了。我對王立成說，選這飯店不對時候啊。

他笑笑，「人生不就是這樣嗎？有時清澈有時渾濁，這兩種風景，你都必須面對。你在美國吃不到狗肉，今天我們吃稻香狗肉吧。」他點好狗肉後，拿出他和張曉丹的合影照片給我看。在這之前，我見過她別的照片。她長得有點像鞏俐，但臉比較圓，是那種蘋果臉，時尚著裝上掩蓋不了北方妞的味道。可這張合影，哇塞，她比鞏俐還漂亮！臉盤也變尖了，一看就是那種又漂亮又有氣質的大美女。

「張曉丹做過整容了？」

「是。去韓國整的。她回山東看父母時去了一趟首爾，就把臉做成瓜子臉了。回來時，我去機場接她，差點不認得她了！」他說這話時興高采烈擠擠眼。

「你擠擠眼啥意思？」

王力成停頓了一下，喝了口酒：「高興唄。我很愛美女。男女畢竟不一樣。女性那種溫馨細膩入微散發出來的感覺，在帥哥那裡得不到的。這是完全不同的兩種愛戀。」

「我嫉妒你怎麼可以男女通吃。」我的酸勁又來了。

他點點頭又搖搖頭。「是。可以這樣說。我很喜歡美女帥哥。對我來說，他們都是藝術品。欣賞她們和他們，喜愛看她們和他們的裸體。性愛只不過是喜愛在肢體互動上延伸。如果不來電，我絕不會因為性就和一個女人或男人做愛。」他再次停頓了一會，「和張曉丹結婚，我會和她過正常的夫妻生活。」

我醋意大發。人類天性就是嫉妒他人。「噁心。見鬼吧。」

「你不要太吃醋好吧。我看美國統計數字 0.4% 的男性和 0.9% 的女性是又彎又直者。所以，從美國的又彎又直者人口比例中估算出中國大約有 600 萬左右的女性又彎又直，而男性則有

300 萬左右為又彎又直者。」王立成說到這,認真地在他手機上百度了「中國雙性戀者」,遞給我看。

「你不用給我看。照這麼說,女生又彎又直是男生的一倍。」我搖搖頭,覺得匪夷所思,只好轉移話題:「那你們什麼時候舉行婚禮?」

「國慶節。」

「那還有好幾個月呢。在這期間,你萬一和男人做愛,被她發現了怎麼辦?她會不會懷疑你是純彎男?即使她相信你又彎又直,愛情是排他的。她能接受嗎?能理解你嗎?」

王力成看了一眼已上桌的狗肉,先介紹了一下這菜:「稻香狗肉跟別的狗肉菜不一樣的是,狗肉用稻草燒烤出來後再加調料悶炒,有一股稻香。」他拿起筷子左挑右挑,夾了一塊切得方方正正看起來很順眼的狗肉咬了一口,然後才回答我剛問的問題:「她不會理解吧。我很想找機會跟她說,但很難開口,不知怎樣講。我估計她不會接受。在沒有把握前,我絕對不會跟她提。我想,這幾個月我能熬得住。我跟你講過了,一般的男人,不管對方是彎男還是又彎又直,我不會跟他們搞在一起的。我不是發神經嘛,眼前這麼一個美女不愛,去跟那些噁心叭唧的男人去搞。如果這樣,我太腦殘太弱智了!即使婚後,除非對方是很吸引我的帥哥,我不會碰彎男。」

「你這狗屄的。就跟你現在吃狗肉一樣,很挑剔啊。」我再次感到自己心裡對他的嫉妒。

王力成拿起餐紙,抹掉自己嘴邊的肉汁。「任何東西,人都得付代價。你說跟一般男人搞在一起,有啥意思啊!土生土長的柳州仔大多數瘦,又不高大,對我真沒吸引力。上次你撞上的李子強,他不是柳州人,是柳州鐵路局的,河南人,十幾歲才來柳州。」王立成祖籍是湖南寧鄉,按理湖南人平均身高不高,但他爸很高,比王立成高一點點,至少有一米八,說是出生在和前國

家主席劉少奇同一個村，那裡的人都比較高。

王立成拿起酒杯，顯然喝多了，舉著的杯子彷彿隨時會從他的手上脫落。分手時，他醉了，只好打電話叫人代駕回去。

第二次見面是我請他和張曉丹吃飯，名義上慶祝他們登記結婚，實際上我特別好奇想見見張曉丹。我提出請客，一開始王力成有些猶豫。他怕我萬一說漏嘴。我跟他說，「我這把嘴，你還不知道，你想要我漏嘴都難上青天。」

我們在大龍潭公園附近一家農家樂見面。我到的時候，他和張曉丹已坐在蓮塘旁亭子裡等我。

見到我，兩人站起來。張曉丹比我高很多，加上她穿高跟鞋，幾乎和王力成齊頭。我頓時自卑充斥，一時說不出話來。她覺得我這人奇怪，眼神裡流露出驚訝。我經常看到這種眼神，已習以為常。她伸出手來：「你好！很高興認識你。」我跟她握握手，卻仍然說不出話來。我沒想到自己會這樣。我心裡發急，越急越說不出話來。場面很尷尬。王力成立刻打圓場：「曉丹，這就是我初中老同學韋鋼，現在美國留學。你這大美人把人家都驚呆得說不出話來了。哈哈哈！」

沒想到張曉丹卻劈頭蓋腦地問我：「你有社恐症吧？」我愣了一下，她說的正是我的毛病吧。可是，我當時內心並不恐懼。我仰起頭看她，「我……沒感到恐懼，只是自卑。」

她呵呵地樂了起來，大笑。「你自卑啥呀？到美國留學，至少英文比我們強多了吧，不算精英，也是眾人羨慕的範兒。」她那笑聲大得簡直嚇人，蓮塘對面的人都能聽到。

我想說「你這麼高白美，我怎麼可能不自卑」，但我說不出口，好像有東西卡在喉嚨。她應該明白我為什麼自卑。

這山東妞雖然祖籍是桂林，但已看不出她身上有任何廣西人的痕跡。在明媚陽光下，她的身材顯得格外修長。她口若懸河，滔滔不絕，聲音好聽，像是鈴鐺一樣。真是一方水土養一方人。

吃飯的時候，我漸漸放鬆起來。他倆的世界和我無關，這樣想著心裡就好受些。我默默自嘲：我有啥好自卑的，相反我可憐張曉丹，她還被蒙在鼓裡呢。我不時看看她又看看王力成，總想從中能看出什麼睨端來。

　　王力成似乎察覺了我的心思。他有些緊張，藉口上廁所，在那裡短信我：「你千萬不能露洩了！」我拿起手機瞄了一眼，心領神會，但總是有點不自在。他從廁所出來後，「我胃有點不舒服。不知什麼東西吃壞了」。他和張曉丹嘀咕了一下，對我說：「剛接到一個電話。有些很急的事，我們只好走了。哥們，很對不起。你去紐約那天，我來送你。我們再聊。」

　　我不知道他對張曉丹說了些什麼，但我很確定：他永遠不會把自己又彎又直告訴她。和他比，我活的是真實的我，不需要裝逼。至於張曉丹，老公又彎又直而她卻不知情，太悲摧了。買單時，我一下子心情好轉了。

3.

　　老爸情緒一直很壞。因為躺在床上不能動，他變得煩躁不安，好像他本人就是一道永遠沒有癒合的傷口。我本來就話少，這下更蔫了。好在李嫂挺能幹，讓我放心了很多。

　　臨走那天早上，我突然很想莫莉香。我們倆是不可能走到一起的，除非老爸死去。這個念頭一出現，我感到自己很卑鄙無恥。我他媽的真噁心！我在心裡罵了自己一句。

　　莫莉香像隻蜻蜓，不斷地在我腦海裡飛翔。神差鬼使，我還是忍不住撥動了手機，給她打視頻電話。等了至少有 10 秒鐘。她接了！我心嘣嘣地跳了起來。

　　還是那麼漂亮風騷誘人！她更豐滿更驚艷了，一件低領的連衣裙，把乳溝上端顯示出來。這明擺地不是吊人的胃口嗎？她一

副不屑一顧的神態,「這麼想起給老娘打電話?」

「你還是這麼卵騷的!」跟這娘們說話,我的柳州粗話說得很過癮。

我告訴她,我現在柳州,過幾個小時就離開。不知道她是真生氣還是假裝不高興:「噢,走了才想起我這個美女,有卵用。」

「想起總比沒想起好。怎麼,又結婚了?」

「我現在才沒有這麼卵傻呢!只要有男人為我花錢,讓我開心,結不結無所謂的。」

和莫莉香通話,粗口髒話成了標點符號,我說它們時,很過癮。可是,當它們從一個美女嘴裡傳到我的耳朵裡,瞬刻的過癮變成了噁心。人都這德性,手拿電筒都是照別人而不是照自己。

我們沒聊幾句,她說有約就掛了電話。

正好王力成給我短信。我跟他說我剛和莫莉香視頻過。

他問我:「你還對她暗戀嗎?」

我沒想到他過了這麼多年還用「暗戀」這詞來形容我對莫莉香的情感。我問自己,我還在暗戀她嗎?答案是肯定的。對她的暗戀,就像沒法忘懷的夢境飄渺之後給我留存下來的意識。只是我和她不可能走到一起罷了。想到此,我黯然神傷。

王力成開車來送我去機場。一上車,他提出了一個令我吃驚的要求:以後有張曉丹在的場合,他都不希望我出現。理由很簡單,眼神是心理的鏡子。他擔心在張曉丹面前,我的眼神會讓張曉丹有所疑惑。我接受了他的這一要求。我想,這對我對他都更好,沒有張曉丹在場,我和他都不需要裝逼。

我對他說:「你的戲太特殊,你自己好好演唱吧。」話這麼說,我有預感:事情早晚會暴露,壞戲在後頭。

我們在機場咖啡館裡話別。站在一張高腳桌旁,我們品嚐咖啡略帶苦味而聞起來很香的巴西咖啡。王力成似乎看出我的預感,兩眼露出一絲難言之隱的目光。「我已做好了最壞的打算,

萬一露洩，我就一走了之，移民國外！」最後四個字，他說得很重，斬釘截鐵。

　　「只聽說過貪官和富豪逃離中國而移民國外，還沒聽說過哪個男人因娶老婆被洩露和另外一個男人搞而移民國外的。」我嘲笑他。

　　「怎麼沒有？你不是這圈子裡的人當然不知道。」說完，他緊緊擁抱我。他放開後，我繼續調侃他，「幹嘛？是不是最近沒有彎男抱？把我抱得這麼緊。」只有在王力成面前，我放鬆自如，話會很多。

　　他沒有直接回答我，而是笑了一下：「你別管我。自己多保重吧。」

第十章

1.

　　我從北京飛往紐約的飛機上，連續看了三部電影，居然有兩部都是描寫暗戀的。這讓我很意外。其中，波蘭故事片《情誡》裡男主角用偷來的高倍望遠鏡偷窺女畫家的隱私，彷彿是在描述我本人的故事，讓我看到這個世界暗地裡充滿了寂寞與放縱。

　　看完電影，我不禁在心裡感嘆。暗戀，很普遍啊！我安慰自己：也許每個人都和我一樣對某個人滿懷暗戀，或過去或現在，只不過他們不肯承認而已，不說出來而已。生活，遠比電影精彩。電影裡的故事都受時間局限，觀眾從中推理找到情節之間的相關性和合理性。在現實裡，很多事情並不合理，雜亂無章，讓人摸不著邊。太多偶然，太多節外生枝同時出現，讓人深感壓力焦慮，以至心理崩潰。

　　一回到紐約，我就給家裡打電話。老媽的手好多了，但還不方便做家務，幸虧李嫂很能幹，除了看護老爸，也幫幹點家務。加上家裡一直聘用的鐘點工，老媽動動嘴就行了。老爸則成了大問題，他的骨折還沒癒合，很痛，靠止痛藥才能勉強睡著，下雨陰天更痛得厲害，不能彎腰，轉身也會痛。他越來越憂鬱，幾乎不說話。我給他發短信和 QQ，他都不回覆。我只好給老媽打電話。她說，你爸徹底變成了另外一個人，比你還內向，差不多等於是啞巴了，唯一開口是他要大小便的時候。

　　每個人的生活是一桶水，一旦被傾倒，就覆水難收。老爸是不是基因裡就是一個內向者？只不過後天什麼東西改變了他，準確地說掩蓋了他的個性，現在脊椎和左腳骨折摧毀了他，使其原形畢露。而我的內向很可能就是從老爸那裡遺傳的？我越想越覺得宿命力量的強大。我現在很相信命運。人是躲不過命運的。命是上帝註定的，人沒法選擇，包括國家、出生地、父母和基因等。

運是後天因素，包括人與環境的互動、學校教育、社會網絡關係和運氣等，所謂天時地利人和。

放下電話，老媽那句「比你還內向」，在我耳邊回響。我回想自己從小到大，父母總是要麼說我太內向，要麼說我個子矮小，從來沒有讚美過我，就連我初中畢業考試獲得全年級第二名，父母也沒好好表揚鼓勵我一下，老媽反而說：「你應該考第一名！你們九中學生來源太差，如果你在好學校，別說第二名，恐怕第十二名都排不上。」當時氣得我拔腿就跑，當晚在遊戲店裡玩到關門才回家。

我老是想著老爸這事，以至於我在豐通銀行上班報到填表時走神，把老爸姓名填在表格裡。剛走出人事處沒多遠，收取我表格的小姐就打電話來追問：「韋先生，你有另外一個正式名字，是嗎？鋼是你的暱稱？」這個電話把我從走神裡拉了回來。我只好又回到人事處修改我的表格。

去見老闆前，我到衛生間用冷水洗了洗臉。

進了老闆辦公室，我沒想到，老闆旁邊坐著一位中國女人。老闆朝她微笑了一下，向我介紹：「很高興見到你，鋼。這是奧莉婭。她也是剛調進來的，原來在我們銀行另一部門。」

這個被稱為奧莉婭的中國人來自北京，來美國讀了 MBA 後就一直在豐通工作，是高級副總裁。她站起來向我伸出手，「你好！歡迎你！」

我來美國後總聽別人說不要在中國人手下工作。看看眼前這位同胞，很熱情，談吐得體，很精明。老闆說，「鋼，工作上你直接聽奧莉婭的，她是你的經理。有什麼不懂的，找她。她在我們銀行已工作八年了，經驗很豐富。」

奧莉婭把我帶到一個格子間，「這是你的格子間。」

我一眼望過去，整個這一層樓都是格子間，沒有門，大家說話互相聽得見，沒有隱私可言，格子兩面是玻璃，路過的人都能

看到格子裡人的一舉一動，格子另外兩面和別的格子間相連，不隔音。

「到我辦公室坐一下吧。」奧莉婭邀請我。無論中國還是美國，當官還是好。奧莉婭的辦公室不是格子間，而是獨立房間，大玻璃窗，可以欣賞曼哈頓高樓大廈鱗次櫛比氣勢宏偉的風景。

我們兩人用中文彼此介紹畢業的學校。奧莉婭中文名字叫黃夢菲，在紐約大學畢業，其老公在一家投行任職，有兩個女兒，家住長島。

「你住哪兒？」奧莉婭問我。

「我住在北郊默西學院附近。等在城裡找到房子後，就搬到曼哈頓來。」

聊了一下，發現我話不多，奧莉婭就結束了兩人的談話，「好吧，有什麼事隨時給我打電話或電郵件我，直接到我辦公室裡來找我也可以。」

2.

老爸的骨折，從身體上說是基本痊癒了。左腳已可走路，只是五顆鋼釘和一塊金屬板留在左腳裡。因為骨折發生在腳腕，走起路來不自在不舒服。很多人勸他再去動一次手術把釘子和金屬板取出來，他不幹。這把年紀了，再去挨一刀，何必呢，萬一手術不成功，不是更倒霉了嘛。他脊椎骨折好了，但天陰下雨會隱隱地痛，彎腰轉身都會痛。最主要的是，按照中醫說法，他被這兩處同時骨折和手術傷了元氣，身體失去了對病毒的抵抗力，動不動就感冒和鼻子過敏頭痛，弄得他很難受。晚上他常常醒來，早上 3、4 點就醒了而再也睡不著，白天精神萎靡不振。所以，他比骨折時更沉默寡言了。醫生認為他患了手術後憂鬱症。換一句話說，他心理骨折了！

我意識到，老爸從精神意義上說已經死了，他再也不可能去做生意賺錢了。這意味著，我們家從今以後要靠吃老本了。每次想到這，我心裡不安，彷彿看到了自己的未來。老爸才 57 歲，就這樣輕易地被骨折毀了，自己到老爸那年齡還不知道成啥樣呢，越想越悲哀。我連跟老媽都懶得打電話，一個禮拜短信一次。

　　我已搬到曼哈頓來住了，坐地鐵離公司只有 10 分鐘，上班方便多了，不用再坐北郊通勤火車。可是，上班壓力很大。奧莉婭常提醒我：要改變不愛說話的毛病，否則這一輩子都很難被提拔。我仔細想想，自己在王力成面前話並不少，只是在不熟的人面前實在說不出多少話來，想開口多說也說不出。這不是我想改就能改的。內向是天生的，而我的童年時代又沒有改進機會，比如參加表演和大眾演講之類的集體活動。看來，I have to live with it，我有一次實在被她訓得不行，用英文這樣回答她，因為中文意思有點變了；我不得不這樣活著。

　　讓我心裡不痛快的是，奧莉婭手下還有三個美國人，她對美國同事都很好，對我卻用不同的處世之道。每次單獨和她開會，我已坐在她辦公室了，她卻一會兒接電話，一會兒回電子郵件，有一次我居然等了四十分鐘！平時奧莉婭給我打電話，常教訓我，總是不耐煩的口氣，大聲斥責我。有好幾次，奧莉婭直言說，如果當初她比我先來到這部門，她會面試我，絕不會僱傭我。可當作美國同事的面，奧莉婭對我很友好，別人根本沒看出私下裡奧莉婭對我的態度全然不同。

　　奧莉婭經常半夜甚至下半夜 2、3 點和早上 4、5 點發電子郵件給手下，不知她真的是幹活幹到這麼晚，還是為了讓老闆覺得她工作玩命。每次接到這種郵件，我都很緊張，心想既然奧莉婭這樣玩命，那一定希望我早點做出活來。

　　我畢竟學電腦畢業的，我把奧莉婭要求寫的程式都弄得很好，可是內向很少說話的確太影響我和同事的互動來往。奧莉婭

有時在小組會裡幫我說話，解釋我寫的程式對風險控制報告的自動化起了關鍵作用。這一點，我很感激她。

　　我最佩服美國同事的社交能力和當眾言說能力。每次開會和聚會，他們談吐大方，就像在影視裡演戲一樣，既真實又彷彿戴了面具，他們顯得挺單純，但別人又琢磨不到其內心深處到底想什麼。這就是人們常說的美國人之間的距離吧。

　　在柳州時張曉丹問我的那句話「你有社恐症吧」，我沒忘記。上網去查了一下。社恐症其實是焦慮症中的一種，在社交場合與人交往會緊張焦慮，多數會伴隨著臉紅、發抖、口吃、異常冒汗、心跳加速、心悸、輕微頭痛、暈眩、胸悶、呼吸急促等生理症狀。這和我的情況吻合，雖然有些時候我並不感到緊張焦慮，但潛意識裏很可能是緊張焦慮的。我不感覺到，不等於不存在。我不愛說話，不喜歡社交。人多的聚會，我更不願意說話，有時想說卻說不出，好像喉嚨裡有東西卡住。

　　我也查了一下「自閉」。維基百科說，自閉症為一種腦部因發育障礙所導致的疾病，其特症是情緒表達困難、社交互動障礙、語言和非語言的溝通有問題，以及日常上常見的，表現出限製與重複的動作，不能進行正常的語言表達和社交活動，常做一些刻板動作，在溝通上較少回應，對情緒情感的分享不感興趣，眼神注視及肢體語言功能的異常，缺乏臉部表情及手勢，無法做出符合情境的適當行為，交朋友方面有困難，對人完全缺乏興趣。

　　對照以上，我覺得自己真有社恐症和自閉症，雖然後者沒那麼嚴重。想必，人在心理毛病中更多的是處在臨界點或兩極之間吧。我為自己擔憂。

　　我把這兩個名詞，短信給王力成。王力成不以為然，「別聽張曉丹胡說！人人都有精神和心理的健康問題，只是不同場合表現程度不同罷了，要麼就是掩蓋起來了。你想想，你跟我在一起

很正常，你既不自閉也沒有社恐症，有時話還很多。你跟別人說話有時還結巴，可跟我聊天你幾乎從來不結巴。不是嗎？」

「那不一樣。我們是交往了這麼多年的朋友，不是一般的老同學。在你面前，我沒有問題。如果跟一個陌生人交往，我會焦慮緊張的，不愛說話，有時想說卻說不出口，已經碰到這情況好幾次了。上次在張曉丹面前就是如此。我想，就是突發性語言障礙。至於是不是自閉，那就另當別論了。」

王力成把文字聊天轉成視頻。「韋鋼，你的問題是自卑。你覺得自己不帥個子小內向而因此自卑。你要學會無所謂，內心世界才會強大。你看鄧小平，夠矮的吧，長得也不帥，東山再起好幾次，他孩子的媽也不是他的第一任老婆。人，一定要臉皮厚。否則很難活得好，一碰到壞事就容易很敏感，容易受傷。你看人家網路大王牛雷，夠醜夠矮的吧，照樣氣宇軒昂，紅遍全球。這年代，只要你成功，有錢就帥，有錢就性感，有錢就任性。」

我對王力成苦笑一下，「太晚了，個性都定格了。如果小時候我老爸老媽多鼓勵我，週圍的人不歧視我，我或許不會自卑。我現在只是一個啃老族！」我嘆了一口氣，轉移話題。「國慶節馬上就到了。你們的婚禮都準備好了吧？」

「差不多了。」這回輪到王力成苦笑了。「我現在碰到很喜歡的帥哥，只好強忍住。前幾天，有個義大利帥哥來柳州談汽車生意，正好讓我在健身館游泳池碰上了。他媽的真帥！他簡直像一座雕塑！」

我一下子來氣了，「怎麼了？你這狗屁，有張曉丹這樣美女在身邊，還跟我談忍住不忍住！太不知足了。你是不是見帥哥就想上啊？這跟純彎男有啥區別？」

王力成看著視頻裡我生氣的面孔，「哎，你幹嘛突然很生氣？愛美之心，人人都有。只是我這種人，對人體美很敏感而已。我跟純彎男唯一區別是他們見到再漂亮的美女也沒有性趣，他們

對美女不來電，沒有性方面吸引力，只能做朋友，做男閨蜜。」

我本來沒感覺到自己嫉妒，被王力成一提醒，我才意識到自己又嫉妒他了：美女到手了又想著帥哥了！我沒法控制自己的生氣，甚至有點憤怒：「我是嫉妒而生氣，也是生我自己的氣！哥們我這一輩子不會有老婆了。」

這次輪到王力成把話題轉移了，「你工作怎麼樣？」

「沒有我想像得那麼好，也沒那麼壞。還好吧。」我給王力成講了一些美國公司運作的感受，兩人結束了視頻聊天。

3.

十月份第二個禮拜，我被奧莉婭叫到其辦公室。

「韋鋼，你在編程式方面很有才能。但在金融風險管理這一方面，你好像學得很慢。你的才能可能在這方面發揮不出來。風管這行業需要和很多部門打交道，比如經常和財務部、IT 部和決策部門開會討論……。」

我沒弄明白奧莉婭說這番話是什麼意思。10 月是年底僱員工作表現評估月，為下一年工資和獎金做預算。我內心疑問：要炒魷魚？「黃姐，你知道我不是學金融出身的。當時我被僱傭是要我來做程式。」

兩人私下聊天，我都稱呼她「黃姐」。在同事面前和寫工作報告以及郵件時，我按美國習慣，直呼她英文名字奧莉婭。

「我明白。你畢竟才來了四個多月。但是，老闆對你很不滿意。」奧莉婭說這話是滿臉笑容。我仍然吃不透她。難道老闆對我很不滿意，你還高興嗎？我一句話說不出。聽完奧莉婭說了一番後，我麻木地說聲：「那我走了」，離開了其辦公室。

回到格子間，我想想不對，就給奧莉婭寫了電子郵件：

「奧莉婭，你好！我平時的工作都是匯報給你的，很少需要

抄送給老闆。老闆對我到底做了些什麼不瞭解。如果他對我很不滿意，希望你能幫我說話。你知道我具體做了什麼。非常感謝！」

奧莉婭沒給我回信。下午五點，我沒法在集中心思幹活，就下班了。

我沒坐地鐵，沿著百老匯大道向北走。戴上耳機插上手機，邊走邊聽音樂。我迷上了用手機聽音樂。過去，我只是偶爾有空聽聽。可有了 QQ 音樂後，從網上下載音樂到手機很方便。現在，我又有了多米和蒐狗兩個音樂軟件。幾乎所有的歌和樂曲，我都能找到。

我走路坐地鐵甚至上班都戴著耳機聽音樂。音樂，讓我暫時忘記自己，忘記焦慮。許冠傑的《印象》，齊霖的《也許我愛錯了牽錯了你的手》都是我喜歡的，反覆聽，來療傷老爸不同意我娶莫莉香而留下的心痛。英文歌裡，我最喜歡 Michael Bubble 唱的《You are always in my mind》（你總在我的心裡），歌名本身正是我內心對莫莉香的渴望，一種毫無理性的念想。

我蒐索了一下，名叫《暗戀》的歌曲就居然有 30 來首！我挑選其中好幾首收藏了，包括袁泉、胡彥斌和張智成等人唱的，經常聽它們。最近，我開始收藏英文裡有關暗戀的歌曲：《Every Breath You Take》，《I cannot make you love me》，《She》……。這些歌，既把我帶入夢境裡對莫莉香的癡迷，又把我對現實的失望交錯在音樂的動律中。我下輩子應該做作曲音樂家，長相差和內向就無所謂了。

好幾次，我聽著邁克・傑克森的《She is Out of My Life》，眼淚情不自禁地流下來。

> She is out of my life, she is out of my life（她在我生命之外，她在我生命之外）
> and I do not know where to laugh or cry（我不知道是笑還

是哭）

I do not know where to live or die（我也不知道是活還是死）

and cut like a knife（猶如一把刀割）

She is out of my life（她在我生命之外）

It's out of my hands，it is out of my hands（事由不得我，事由不得我）

Lock deep inside ...（把愛鎖在心深處）

我完全沉浸在這音樂和歌曲裡，它直抵我心頭，我眼淚嘩嘩地流下來。

4.

我還沒回到住處，手機顯示王力成發來了國慶節婚禮的照片。我在一張長椅上坐下來，翻閱這些照片。這兩人的婚禮照拍得美輪美奐，和電影大明星沒什麼區別。我盯著照片發呆，心裡既為他很高興又難免酸溜溜的。

王力成後來告訴我，新婚之夜遠比他想像得要好。那天，他們去大理度蜜月一個禮拜。晚上，當張曉丹把衣服脫光，他頓時性起。這一夜，他做得很成功，斷斷續續做了好幾次。天亮醒來後，他倆又做了一次愛。張曉丹很好奇地稱讚他：「你太厲害了！」那天夜裡，他每次做愛都用安全套，因此減少刺激而不易射精，做愛時間長。他不急於追求射精的快感。只要張曉丹滿足了，他未洩就停止努力了。所以一夜能做愛幾次。張曉丹不斷高潮再起，渾身都是汗，黏糊糊的，在他的懷抱裡又安然入睡了，美妙可愛，兩片柔軟的嘴唇分開了，像是等待在吃夜色裡看不見的糖果。王立成吻了吻她的嘴，回憶這一夜發生的一切，他為自己做得如此之久而感到詫異，很幸福自豪。他很愛張曉丹，看著

她修長身材和迷人臉蛋，他相信自己不會也沒必要在婚外和其他美女打炮，可是還會跟帥哥嗎？他問自己，答案模稜兩可。他想，即使碰到超級帥哥忍不住的話，必須非常小心隱蔽。萬一洩露到張曉丹這裡，那就有口難言了。他心裡糾結起來，慢慢地從床上爬起來，到冰箱裡拿出冷藏的啤酒，咕嚕嚕一口把一瓶全喝了下去。

張曉丹醒了，便打電話叫服務員把早餐和咖啡送來。她端著床餐小桌放到王力成面前。王力成這一輩子第一次享受床餐，心裡十分感動。吃完後，他抹乾淨嘴巴，看著張曉丹，臉上露出甜蜜的笑容。沒想到，張曉丹這時又要做愛，發起嗲來。

陽光正透過窗簾，露出非常微妙的光亮。張曉丹脫掉睡衣，欲情濃濃。王力成想找個藉口，「天都很亮了。」他看著窗簾外有人在陽光裡走動的影子。

張曉丹把嘴一撇，眉毛一挑，「怕什麼！這是高級窗簾，我們能看到外面，外面的人看不到我們。」沒等王力成回話，她抱住他吻起來，吻他的耳朵、脖子和下巴到嘴，幾乎要把他吻得透不過氣來，再吻他的身體。王力成被弄得再次堅硬起來。

一個禮拜下來，張曉丹和他每天做愛，好幾天一晚上做兩三次！回柳州飛機上，他一直在想，這樣的夫妻生活，他哪裡還有力比多去和帥哥尋歡，往後自己也就順勢改邪歸正了。也許，這是上帝給他最好安排，婚後生活沒有多少精力再去尋歡作樂。他特別理解李子強和他分手。當他鐵心要娶張曉丹，李子強決定和他分手。他非常想和李子強保持男友關係。李子強對他說，「你想得美！難道你以後老婆不要求和你做愛嗎？如果我想跟你打炮之前你剛跟她做過，怎麼辦？再說，我跟你好，不僅僅是為了做愛，我們有感情，彼此愛對方，需要在一起分享生活。萬一被你老婆發現，我不是吃力不討好嗎？她把我也抖出去了怎麼辦嗎？」舉行婚禮前，王立成給李子強打過電話，謝謝李子強曾給

自己的一段快樂時光：「希望你早日找到你的另一半。」王立成這裡的「另一半」，是指另一個純彎男。可沒想到，李子強傷心欲絕，只說了一句話：「將來我一定也會找個妻子結婚的」，就掛了電話。

　　下了飛機，王力成要去公司看看，就讓張曉丹先打的回家。在公司露了個面後，他就順著江邊獨自散步。這時，他才意識到秋天已悄然而至。柳江面上波濤不大，秋風吹拂著地上的枯葉，把它們捲起來，吹進江裡，落在水面上，隨著浪花漂動著。柳州秋季不像北方，樹木不會光禿，照樣綠綠蔥蔥，因而枯葉不多。他覺得，彎男就是這些樹葉而不是樹幹，沒有紮根的土壤，早晚都會枯掉被吹落地，甚至葬身江河被波濤吞沒，只有直男才是光明正大的樹，哪怕樹幹很難看，也是陽光裡的植物。頓時，他慶幸自己不是純彎男，慶幸自己有了一個家。他發誓，自己要好好愛張曉丹。

第十一章

1.

　　王力成和我有了微信後，聯繫通話就更方便更頻繁了。我們常常相互微信，包括語音留言和視頻電話。

　　他給我講了他和張曉丹做愛的感受。我很羨慕他，「你這小子他媽的太幸福了！當然囉，如果碰到張曉丹這樣可以跟模特兒PK的大美女都不幹的男人，那你只能是戴著陽具的女人。」王力成聽了後，在視頻裡呲地笑出聲來。

　　聊完他的事，我跟他講了我工作上的事和我的焦慮。他很不以為然，「回來吧。雖然你老爸沒指望了，但他留下的錢終歸夠你維持生活了吧。你不就是要份工作作為社會身分和地位嘛，我給你一個掛名不發工資的，公司高級董事。」

　　王力成這個餿主意，暫時把我的焦慮給解除了。對呀，有個堂堂正正的身分和以此說得出去的所謂名聲不是更好嗎？掛個高級董事頭銜，招搖過市，對女孩們會有吸引力。

　　那天是禮拜天。掛掉電話，我走到大街上心情格外好。在手機上網查了一下紐約的 Time Out 雜誌。這是一份娛樂雜誌，北京上海都有它。還沒來得及看細節，跳出一個廣告，是林肯藝術中心大都會歌劇院的《卡門》的演出。我這一輩子還沒看過西方歌劇。我點擊了廣告，傳出了《卡門》裡的序曲。這曲子我聽過好幾次，很喜歡。我決定當晚去看歌劇。打電話過去問還有沒有票，對方回答說歌劇一般當天票都沒問題，只是便宜的都賣完了，只有貴票和站票。我就賣了一張貴票，$269。

　　說了別人不相信，在默西學院留學到來曼哈頓上班，在紐約兩年多，我居然都沒去過林肯藝術中心。不過，這不稀罕。很多華人住在紐約地區，僅為了一份工作糊口，僅為了這裡有中國城可買到中國食物，從來不去欣賞藝術。如果用一把鋒利刀子切

割紐約，它三分之一是叮當響的銅錢，三分之一是物質至上的腐朽，另外三分之一才是丁香花瓣似的歌舞昇平，而這歌舞昇平裡則有很多世界一流的頂尖藝術。

這是我第一次看歌劇。事先做了一些功課，才知道它是法國歌劇，雖然講的是西班牙故事。好看！我從一開始就被吸引住了。坐在歌劇院裡聽歌劇就是不一樣。舞美，指揮，氣場，排山倒海的合唱，詠嘆調，把我完全給鎮住了。我真沒想到我會喜歡歌劇！我對音樂懂得不多，雖然小學和初中都上過音樂課。小時候父母逼著我跟私教老師學鋼琴，學了兩年被我拒絕，死活不肯學了。

從《卡門》開始，我迷戀歌劇而不能自拔。我每個月至少看三到五場。有時候臨時買站票，演出馬上要開始時看到還有空座位就坐下來。《阿依達》，《露露》，《奧泰羅》，《蝴蝶夫人》，和《鼻子》……。我也去聽音樂會，特別喜歡聽鋼琴獨奏。郎朗和李雲迪在紐約演奏，我都去聽了。我還收集了三十幾張出色鋼琴家們的碟片。晚上睡覺，就戴著耳機聽音樂睡著了，耳機被我壓壞了好幾副。

喜歡上音樂，是我生命中很幸福的事。它是我唯一能從中感受到神存在的藝術。七個音符，那些荳芽和線的標記，能使作曲家們創造出成各種各樣旋律節奏優美而又抽象的音樂，這本身就是不可思議的神性。音樂，是上帝神跡的再現。

到我海歸前，我看了二十多場歌劇！它們像溫柔的手指，一往情深牽引我陶醉在一個完全不同於現實的世界。在那個世界裡，我忘記莫莉香，忘記老爸病痛和憂鬱，忘記工作，忘記自己是內向矮醜的小個子男人。

2.

　　可是，人總要回到現實，而現實給人的意外如果是負面的，則往往是很大的傷害。

　　11月的紐約，還沒下雪。下旬，上午老是陰天，有時侯突然刮風起來，冷颼颼。到了中午，太陽卻出來了，圍著圍巾穿了風衣出去吃午飯，身上又熱了，我有些煩躁。晚上下班離開辦公室，則寒意料峭。我很不喜歡早晚冷中午熱的天氣。

　　月底最後一個禮拜五下午，奧莉婭把我叫到辦公室。她意味深長地看了我一眼，目光神祕兮兮，臉色略微不定，有些緊張。她跟我說，「現在是年終評估。你來豐通工作了五個多月，根據你的表現，老闆決定給你『4』。很遺憾。」

　　「4？」我心裡涼了半截。豐通僱員工作表現被分為五級，「1」是出類拔萃，「2」是極有效率和超出要求，「3」是保持效率和到達要求，「4」是部分達到要求和需要三個月改進，否則就會被解僱；「5」則達不到要求。「1」幾乎沒人能得到，少數人得「2」，大多數得「3」，極個別得「4」，得「5「則被立即解僱。

　　我很不高興，不理解：「黃姐，你知道我盡了很大努力。在我來之前，這裡很多報告都沒自動化，我來了以後把所有的月報和季報都用程式把它們自動化了，所有的文件都被電子分類歸檔了，把這個部門數據電腦處理方面的很多老大難問題都解決了。當然，我的英語不行，帶有濃重的柳州口音，性格內向。所以，我沒指望拿『2』，但拿『3』沒問題。」

　　奧莉婭停頓了一會，右手拿著一支筆煞有介事地在她桌子上的筆記本畫了幾下。「我們看員工的表現，不是僅僅看這一個人，而是拿他同級別的員工比較。我們部門的工作需要很強的溝通交

流能力，你這方面太欠缺，這不單單是英文問題。你說呢？」說到此，她看著我，「其實，這不是我做主。我也有壓力。」

「我來了這麼短的幾個月時間。你知道，我很內向。溝通能力……不是……一兩天就能提……高……的。」我說著說著，就結巴起來。我明白，我很難提高溝通能力。這與我的天性內向和社恐症有關。但再怎麼的，我的工作表現也不可能是「4」。再說，雖然我們這個部門需要和別的部門溝通，但我本人職位和工作範圍並不需要與別的部門溝通。否則，我應該是在她的職位。

我聽得出來，老闆不瞭解我而要給我「4」，而奧莉婭作為我的頂頭上司沒把我所有的工作告訴老闆，不站出來為我說話，那我就死定了，肯定拿「4」，無可挽回了。我一言不發地走出了奧莉婭的辦公室。「4」，意味著我需要改進，如果三個月後老闆覺得我進步不大，我就會被解僱。很多老闆通常用「4」把自己不喜歡的人趕走，因為拿到「4」的人知道自己面臨解僱的可能，在這三個月裡跳槽走人。可我拿的是實習簽證，很難跳槽啊。

我氣急敗壞，走回自己的格子間。發呆了好久，一籌莫展。

時間過得很漫長，好不容易熬到下班。我突然發現，我的手機沒了，怎麼也找不到它。想來想去，最有可能我把它忘在奧莉婭的辦公室。我記得在她辦公室會談時我曾把手機放在她的桌子上。

我趕緊又去她辦公室。一到門外，我舉起手剛想敲門，聽到裡面有人說話。我不想打擾，估計不用等多久，因為已是下班時間，又是週五。我就在她辦公室對面沒人的格子間拉了一張椅子坐下。可是等了二十來分鐘左右，她還沒出來。

這年頭沒有手機就沒法過日子。我不想再等了，站起來走過去。剛想敲門，我聽到房間裡面傳來做愛的呻吟，聲音很小，但非常清晰。我被嚇著了，懷疑自己聽錯了。回頭看看，整個樓層

像死一般寂靜，我確定聲音是從奧莉婭辦公室裡傳出來的。

我倒退兩步，不知如何是好，頭腦不聽使喚似的。她膽子這麼大，敢在辦公室做這種事。裡面的那個男人是誰呢？她老公？我又上前走了一步，正猶豫要不要湊近聽個清楚，腦袋卻一不小心撞在了門上。

「誰啊？」是奧莉婭驚惶的聲音。

「對不起。是我，韋鋼。我的手機是不是在你的桌子上？」

「等一下。我看看在不在。」

只聽見裡面一片混亂的聲音，好像她手忙腳亂。過了一會，她左手拉開一點門，右手把我的手機遞給我。她滿臉通紅，很不高興：「你這人怎麼丟三落四的！」

沒等我來得及說謝謝，她把門關了。這太反常了！我琢磨著她幹嘛要臉紅幹嘛那麼不高興，平時她很會裝逼的呀。我走出十步遠，站在那裡似乎被釘子扎得牢牢地，不願挪步。我想看看她到底葫蘆裡賣什麼藥。

週五我們這樓裡大多數員工都在家裡上班。我們這層空蕩蕩。奧莉婭肯定以為下班了這樓層裡沒人，才如此放肆。

我走進一個能看到奧莉婭辦公室門口而她出來卻看不到我的格子間裡，想等著看西洋鏡。

「Something has been going on.」（一定發生了什麼事）。我自言自語。

果然，又過了大概五分鐘左右，一個男人從她房間裡走了出來。是我們老闆！我簡直不相信自己的眼睛。

只見老闆做賊心虛地朝四週看了看。我立刻明白了奧莉婭剛才為啥臉紅。

老闆朝我躲藏的格子間方向走過來。我緊張地心跳起來，立馬蹲到桌子底下，彷彿自己在某部電影裡扮演偵探角色。我非常害怕老闆發現我知道了他和奧莉婭之間的祕密。幸好，他沒發現

我。只是他從旁經過的腳步聲把我嚇得半死。

奧莉婭出來了，她把門關了後，卻朝我的格子間走去。她顯然是想看看我還在不在，刺探我是否發現了她和老闆的祕密。

我等了十來分鐘，估計她一定走了，才回到我的格子間，拿了我的上班包，下樓坐地鐵回住處。走在樓梯上，我心仍有點怦怦跳。事情太出人意外了，我簡直不相信自己耳聞目睹的。這個女人太不尋常了！

地鐵車廂裡很擁擠。站在我身邊兩個美國人在聊工作評估。聽得出來，他們是豐通銀行僱員。其中一個人說：「全都是辦公室政治。你工作好壞並不是最重要的，最重要的是你老闆是不是喜歡你，他是否知道你幹的全部活。每個部門都有一兩個『4』，這有名額的。老闆當然要考慮給哪位。」另一個回應說：「那還用說！答案肯定是給不喜歡的員工和老實不敢鬧的人。既然要給你一個『4』，老闆自然會說你不行，抓住你的軟肋不放。」

聽了他倆對話，讓我想起相聲演員馮鞏說的一句著名的話：「說你行，你就行。說你不行，你就不行。不服不行。」美國和中國，人性都一樣。

我老闆是信用風險控制總監。他管好幾十人。我工作結果報告大多不可能都抄送給他。一想到奧莉婭在這關鍵時刻不事實求是地幫我說話，我心裡直冒火。

冒火有什麼用呢？說實話，想撕逼奧莉婭的念頭都有了，但我明白在任何場合都不能說出這念頭。在美國，如果說這話，哪怕是開玩笑，你就等著被解僱吧，甚至被告打官司被關進拘留所或監獄，因為你有所謂的人命威脅。尤其是「911」恐怖襲擊後，這種言論有可能會立刻被報警。

無論在美國還是在中國，碰到這種情況只能不服不行，忍氣吞聲，鬧沒有好處。公司總是保護老闆的，最終還是下屬滾蛋。這種時候，人們都選擇跳槽，跳不了，只好老老實實聽話，老闆

說啥都得挺著聽著。我拿的是留學生實習簽證在豐通工作，還要申請工卡呢。

剛才在奧莉婭門口聽到的做愛呻吟聲，這時在我腦海裡回盪。切！我如果能有視頻就好了，拿證據做抵押，不管是奧莉婭還是老闆肯定不敢給我「4」，肯定不會給我小鞋穿，這樣我便可在豐通銀行混上兩三年撈上資本，騎馬找馬，即找到國內銀行的工作後才回國。

我明白了，難怪奧莉婭幾乎從來都關閉她的辦公室門。有一次開會她當眾說笑話：「一個女人應該多夫。」當時我沒在意。現在看來這笑話來自她內心欲望。每次我們這部門大家一起去吃飯，她點菜吃下去的食物相當於別人的兩份。想必她老公不能滿足她。他媽的！現實比小說電影還精彩。這女人絕對是心機婊，用性交易來做職場上的潤滑油和跳板。跟老闆搞，既能滿足性欲，還能暢通職場，一箭雙雕。

各種想法在我的腦子裡像旋風樣飛速旋轉。我氣得要命，越想越覺得自己是窩囊廢，與奧莉婭相比，自己無論是私生活還是職場都一敗塗地。

走出地鐵站，沒料到天已下雪。雪花打在我的臉上，一股寒氣。我的呼吸和牙齒都是冰冷的。走了幾個街口，我分不清走向，感到自己是從天空飄落下來的雪花，不知要飄到哪裡。風吹，地滑，我在街上好幾次差點摔倒，像是一顆被從地上拔根而起的小樹在空中搖搖晃晃。水泥柱上的流水線狀路燈，宛若液體一樣灘流一地。黑夜深邃，隱匿著紐約這個大都市的競爭壓力，喧鬧無聊，曖昧色情。一輛輛汽車從身邊呼嘯而過。我感覺這黑暗中有一隻貓頭鷹抖動它腥溼的翅膀。馬路柔軟虛幻，我如同走在哈德森河過江輪渡的甲板上，跟隨它左傾右斜，有些噁心暈眩。

可能是把火氣憋在心裡沒法釋放出去的緣故，在風雪中回家後那天晚上我說好多夢話。夢話裡總是罵娘吵架。罵娘幾乎都用

柳州話，一般夢話則英語、普通話和柳州話都有。最糟糕的是，剛睡著就大聲叫喊，把我自己都驚醒了，醒來後腦子裡仍然是一幅幅被碾碎的破敗場景。這搞得我白天去上班很睏，咖啡和茶輪流往肚裡灌。奧莉婭看到我這付睏兮兮的樣子，懷疑我得知自己要得「4」而破罐子破摔。她裝出一副很關心的樣子問我：「怎麼樣？你好嗎？」

我心裡實在不想理她，但又不可能不搭理，除非我把工作辭了。「還能怎麼樣？One day at a time」。這句英文可以理解為過一天算一天，但通常用來表達日子一天一天地過，有珍惜生命的含義。

「Good。」她跟我約了時間，和老闆一起面談我年終工作評估。

3.

面談很糟糕。老闆開始十來分鐘都沒說話，坐在奧莉婭旁，一直在觀察我，眼睛死死地盯著我。他和奧莉婭可能都在猜我是否知道了他們之間的祕密。

奧莉婭給我一份年終工作評估表，上面有我已寫好的自我總結和她寫的評語。她全盤否定了我的自我總結！我絕對沒想到在美國會發生這樣的事：她給我的評語裡一句表揚的話都沒有，既沒有針對我的自我總結，也沒有例舉我為部門做的任何貢獻。

切，沒有功勞也有苦勞啊！在默西學院讀書時，美國文化給我的印象是以鼓勵為主，即使批評也是先表揚了一番再指出哪裡可做得更好些。難道美國公司不是這回事？

她評估裡有很多根本就不是事實，說我向她抱怨「這工作太累，沒法按時下班」，說我「經常早走」，我大吃一驚。我從來沒說過這樣的話，我只早走過一次，因為我要去看醫生年檢，

是向她請假的！她說我連最基本的下載數據和電腦系統管理都不會⋯⋯。完全是無中生有！她這不是造假嗎？

我崩潰了，語無倫次地說，「It is not … the truth! It is not true!（這不真實！這不是真的！）」

老闆看著我，露出一副冷漠和無動於衷的臉色，漫不經心地冷笑著。「我們看一個人的表現，是看人的整個面貌。」面貌這詞，他用的是英文 Picture。

靠！Picture！我不就是長得不帥當眾不善言辭嗎？難道就為這天生面貌，我無論在哪裡都低人一等嗎？不是說美國不准歧視嗎？

奧莉婭看看老闆，轉過頭對我說：「如果你不同意我們對你工作表現的評估，你可以打電話給人事處。」

我智商沒那麼低。人事處難道會為我說話嗎？他們不也是公司下屬部門嗎？我又不是傻逼。我不需要在這件事上為自己的智商充值。

走出老闆辦公室，我垂頭喪氣，怒火滿腔。回到我的小格間，我無心再工作，把桌面上的東西全都扔到垃圾桶去。旁邊格子間的兩位美國同事看到我這樣，知道一定發生了什麼。」Are you OK?（你沒事吧）」他們問我。我無語，說什麼也白搭。

我打電話給奧莉婭，說我不舒服必須請病假回家。她說：「Take care!（保重）」她知道她自己幹了什麼，她明白任何人在這種情況下都會不痛快。

回到住處，我把工作包一扔，倒在床上。望著天花闊，我心裡悶得難受。我幹嘛要在美國受這份窩囊氣？可是回國又能怎麼樣呢？難道我就回去靠王力成給的那個空頭職位高級董事來支撐我的面子嗎？回到中國，我這麼幾個月的經歷太沒說服力，很可能找不到工作，即使找到，情況可能比美國更糟糕。現在中國是物質主義上昇階段，更累！一想到這些，我心如亂麻。

我一點食欲也沒有，在樓底下隨便買了一塊披薩回到住處，咬了兩口，沒再吃。

　　晚上，我迷迷糊糊剛睡著，叫了幾次夢話，就再也睡不著了。白天的事情像電影一樣播放著，一幕幕浮現在腦海裡。翻來覆去，我只好爬起來，在床頭櫃裡找到上次醫生給我開的安眠藥，吃了一顆才睡著。

　　第二天，我實在提不起精神去上班。我只好寫了一個電子郵件給奧莉婭，請病假兩天。在美國，請病假不需要告訴什麼病，屬於隱私。你要說出什麼毛病，是你自己的事。豐通員工一年有不連續的六天病假。我五月下旬開始在豐通上班，累計有三天病假。眼下我的這副精神狀態，實在沒法去上班。不請白不請。

　　兩天病假，我都泡在音樂裡，用它來療傷我。第一天晚上，聽了慕尼克交響樂團來紐約演奏的馬勒的第二交響曲《復活》，太好聽了！整部交響樂震撼著我，其中合唱和獨唱彷彿來自天堂的聲音，既空靈又飽滿，每個音部層次分明。第二天晚上，看歌劇《藍默莫的新娘》，這是我看過的義大利歌劇最打動我的一部。新娘在其兄欺騙下簽了婚約，發現自己深愛的男人背叛了她，在婚禮上精神失常。讓我兩次幾乎哭出來。新娘花腔驚艷震撼悲痛。此劇六重唱是歌劇裡的名曲，可惜我沒聽出味道來。

　　欣賞完歌劇回家，我沒坐地鐵，而是再次沿著百老匯大道走回家。我的住處在哥倫比亞大學附近，112街，房東是一位人類學教授。她去非洲做兩年研究，把房子租出來。從林肯藝術中心走到我的住處，我走了一個多小時。選擇走，主要是心煩，不想在擁擠的地鐵裡見到太多的人。可我漫步時才想起這時已半夜，地鐵不會擁擠了，反倒是馬路上有很多遊客，想必他們是為看曼哈頓夜景。我的選擇是錯誤的。想起剛才看的歌劇裡新娘精神失常，我有點擔心自己會不會也這樣？如果發生，太慘了。

　　一陣寒風。一陣心酸。我把大衣領子豎起來，把圍巾圍緊。

我的內心難以名狀，而這本身就是我所處困境的一部分。天已黑，樹的影子縹緲起來。月光過於清涼，像剛從冰窖裡取出來似的。冬天來了，凋零的樹愈來愈多。我能從稀疏的樹影裡辨析出自己的影子，它與樹影瑟瑟相依，不禁使我涔然淚下。地面枯乾的樹影，使我更感到不勝寒冷，只好向在樹影裡的我告別。然而，當我剛剛脫離枯乾的樹影，我的影子立刻變成了像一棵樹，搖曳在冰冷的寒風中。

　　我孤獨地走回到住處。打開鑰匙，走進房間把門關上後，我一動不動，站在那裡感到這世界格外冷酷。這冷酷是如此安靜，奇特而擴大，就像一個自轉地球在我的公寓裡，而孤獨本身就像重力一樣，把我往下拉，拉到了一個近乎遲鈍的沮喪狀態，大腦一片空白，裡面什麼都沒有，身體處在癱瘓之中。我看著玻璃窗外黑濛濛一片，感覺自己完全是在一個封閉的空間裡。

　　我完全是一座孤島。

4.

　　第二天中午，我給王力成微信，「你小日子過得如何？」

　　他給我留言：「我明天早上跟你聊。」

　　我意識到柳州這時是晚上 12 點多了。他肯定在家和張曉丹在一起，說不定都上床睡覺了。

　　我心裡鬱悶得厲害。我沒有莫莉香的微信號，便跑到她的 QQ 空間上去。沒辦法，這女人就是漂亮。她那種漂亮是張曉丹沒有的，美麗之中有南方女人的水靈通透。男人身體出軌，是因為心理出軌，需要在性愛上釋放，以便能回到日常軌道上。我總是處於一種回憶往事的幻想。看著她的照片，我想像自己扒了她的衣服。

　　空虛無聊無奈寂寞，我什麼也不想幹，對網上遊戲和聽音樂

都一時沒了興趣。

晚上 10 點多，即中國的早上同時間，王力成微信我，「哥們，現在有空嗎？沒睡吧？」他獨自在外，於是我們在視頻上聊了起來。

這小子賊心沒死。婚後這兩個月，他和帥哥有過一次來往。這我不奇怪。人的欲望一旦燃燒成火，很難熄滅。我好奇的是，難道他不怕張曉丹遲早會發現？彎男圈子和又彎又直者圈子在柳州難道很大嗎？他沒給我講細節，這畢竟太隱私。他頗為神祕地說：「人的欲望是很多層面的。有些東西，非常個人化。」

我給他講了奧莉婭和老闆對我工作的評估。他沒心思聽進去，「切。我不是跟你說過了嗎？回國吧。你不缺錢，圖什麼？你那點工作經驗回來也沒多大鳥用。除非你到北京上海那些大銀行的風險管理運作部門。你那屌樣，去北京上海人家也不會要你。就算要了你，你招架得住嗎？現在中國年輕人在這種地方，一個比一個牛逼，捲得厲害，而且很多帥哥美女。你這人這麼容易嫉妒。你去了不是累死，就是氣死！」他笑了起來，停了一會：「別圖樣圖森破了！你就在柳州哪個銀行找個工作混吧。混不下，還有我給你的高級董事頭銜。」

王力成說得很有道理。可是，放下電話後，我心裡仍然沒有平安。我一定是患了焦慮症。晚上我莫名不安，老是聽到有什麼動靜，好像有人在屋裡走動，要傷害我。我心裡知道，根本沒人，可那種感覺趕不走，輾轉床上，很難受。在黑夜裡，我胡思亂想。一會兒想念莫莉香，一會兒恨我老闆和奧莉婭，越來越覺得人生就是一場假面舞會，最終閉幕都是人走房空，結局就是葬禮。

一頭烏黑的大鳥從中國飛來，直接飛進了我老闆的辦公室，原來是莫莉香。她一絲不掛，那極為性感的豐滿乳房和臀部發出誘人的香氣，老闆向她撲了過去，奧莉婭在旁邊咬牙切齒，又恨又嫉妒。只聽見莫莉香大叫：「韋鋼，我來幫你忙，用我美麗的

身體把他倆拉下水！讓豐通銀行把他們開除出去！」我立馬一躍，騎在她背上。她載著我，飛快地朝柳州飛去。我興奮地大叫：「我們不需要過海關！」

我在她的叫聲中高興醒來。

這夢非常離奇。我感到窒息，房內的空氣變得難以呼吸。我又開始焦慮。我想喘一口氣，大喊一聲，再也睡不著了。我渾身是汗，頭髮也給汗水浸得溼淋淋的，氣喘吁吁，無奈只好從床上爬起來，不安地吃了一顆安眠藥才又睡著。

我想還是要再去看心理醫生，反正醫療保險包括心理醫生諮詢。鑒於上次很難約到心理醫生的教訓，我就打電話給銀行的員工緊急援助線，這電話線是由銀行簽約的諮詢公司管理，負責保護隱私。果然管用，他們幫我找到離我住處很近的一個心理醫生，第二天就可以去看。

第二天是禮拜一，我上班後打電話給奧莉婭，我會早下班去看醫生。

她顯然不高興，「你剛請了兩天病假，今天又要早走。」

「那我有病……不看，在辦公室出了問題，你……負責嗎？」我的這句話把她嚇回去了。美國公司最怕的就是員工在上班的時候出事而告公司，很多律師等著這種官司來打，以便賺大錢，因為被告是公司，開價賠償可以是巨大數目。

「有病當然要看。我沒別的意思。只是提醒你一下，一番好意。」她放下電話時把這句話重複了兩遍。

尼瑪！老闆要給我「4」的時候，你為什麼不一番好意把我實際做的工作告訴老闆，反而在我的評估裡造假，捏造那些烏有子虛。

5.

　　這次見的心理醫生是女的。我把工作上的問題先給她講了，但講得結結巴巴。她一點都不在乎，很有耐心聽我說。

　　開始敘述時，一陣陣冰涼滑過我的心房，那種冬天裡觸摸室外不鏽鋼的感覺。然而，跟她敘述完後，我心裡好受了一些，好像一塊凍土因為天氣溫度昇高而有了一點點暖意，在冒著熱氣。人很賤，就因她如此耐心聽我說，我眼淚汪汪。她從對面的辦公桌上站起來，拿了一盒手紙，走到我面前遞給我。

　　我接過手紙，把眼淚擦掉，有些不好意思。我窘態地說，「對不起。」

　　她非常可親地笑著，「你不必道歉。你的醫療保險付給我的錢裡包括你的眼淚。」

　　我被她逗樂了。「我想像中的心理醫生是你這樣的。」

　　「是嗎？那太好了！謝謝。」她的話，她的笑容，都有一種讓我放鬆的氣場。

　　她回到自己的座位上，目光帶著詢問的神情，彷彿是一臺測量器，把我從頭到尾地打量了一下。在她循循啟發下，我把老爸傷痛而憂鬱，對莫莉香多年暗戀以及自己長相難看和性格內向都道了出來。我第一次對一個陌生人講這麼多。我還沒來得及聽她講，時間已到了。她安排了我一個禮拜之後再去見她。

　　第二次見面，她第一句就問我：「你感覺如何？」我如實回答，晚上睡眠好多了，只是工作上面臨著有可能被解僱的後果。

　　「你上次不是提到你沒有金錢的後慮嗎？既然如此，你的這個結，為什麼你解不開？」

　　「這就是……我為什麼來找你。這是你的工作。」說完，我意識到這位心理醫生的確能激發我的話語。

她樂了。「你說得非常好！這就是我的工作。我認為，你現在不會有大問題。你的意識很清晰很有邏輯，你很明白自己的心理狀態。」

　　「可是，既然我自己明白，我心裡還焦慮煩躁憤怒呢？我沒法控制……自己。」我目不轉睛看著她，等待她的答案。

　　她不緊不慢，略帶微笑地說：「你最根本的原因是這個世界對你的長相和性格內向呈現出不公，你內心不平。你對此過度敏感，甚至因此有社恐症。」她用筆在她的筆記本上勾勾畫畫。「你的個性顯然有偏執，英文叫 Paranoia。無論你對那個女同學的暗戀，還是你工作上的事情。你的焦慮，從表面上看是這些問題引起的。比如，暗戀本身和性生理需求有關，而這種需求由於上述不公而使你焦慮，如果這種不公不存在或者你不敏感，你很可能不會煩躁憤恨，焦慮就會大大降低，甚至沒有焦慮。生理需求可通過其它途徑得到滿足。工作上問題也是如此，真正根源在於這種不公因為你的偏執個性，使你對這種不公有意無意地過度敏感。你說呢？」

　　我說不出話來，愣了好一會。

　　她臉色和眼神裡露出關注的表情和同情的目光。「你仔細想想，這不公程度是不是在有些時候因為你的過度敏感而被你誇大了呢？」

　　「也許……是吧。」我嘴裡承認，卻放不下心來。「那我該怎麼辦？」

　　她繼續微笑，低頭看她的筆記本。我估計她在閱讀我上一次跟她說的那些話而寫下的建議。我希望她的建議能讓我受用，盯著她的眼睛，等待她的回答。

　　她抬起頭來看我盯著她。我顯然希望她賜給我良藥。「你上次走後，我寫下了我的建議。如果你記不住沒關係，我這有你的電子郵箱，你上次登記寫下的，我會寄給你。」她給了我講了七

個方法，說要我先集中在前三個方法（1）接受自己不完美，降低目標（2）深呼吸，和（3）選一種體育運動。她認為，只要這三點我能堅持，其他方法可以忽略。

我心裡很清楚，除了第二點我可以做到，我很難做到其他兩點。我的問題是內外交迫，既長相差個矮又太內向，這本身會讓我在社交或需要與人打交道的工作中產生語言交流障礙，我是被動的，而不是我是否接受自己的不完美。我從小不愛鍛鍊身體，不喜歡任何體育項目，這很大原因是小時候我父母根本不重視，他們太忙顧不上，我在奶奶家自由放任，等到我大了，老爸老媽意識到了這問題，已經太晚了，我什麼體育項目都不行，比如足球：別的小孩能踢能跑，我連球都接不住，太丟臉，我打死都不願去了。因而，出去玩體育活動，我一內向二很自卑。我之所以遊戲玩得那麼好，乃是我一個人可以完全玩得很開心，在網上也能跟別人玩兩人對弈遊戲，不用說話。我早就知道，身體健美能改變人的心理免疫力，可我實在不喜歡鍛鍊，上健身房練那些器材等於讓我上刑具。

我沒法跟這心理醫生徹底講清這些問題。我很擔心地問她：「你做了多少年的心理醫生？在你手下有多少人向你諮詢但仍然沒解決心理問題而最終導致精神失常的？」

她沒有立刻回答，臉上表情由得意轉向嚴肅，緩緩道來。「我當了二十四年的心理醫生。不過，我跟大多數心理醫生不同的是，我只做緊急援助線推薦來向我諮詢的人。我和幾個大公司簽有合同，專門為其僱員緊急需要時給予心理諮詢。」說到這，她停了一下，「關於你的最後這個問題，我坦率告訴你，完全恢復而沒有精神失常者都是有堅定信仰的人。信仰拯救了他們。我的諮詢只不過是起了一個疏通的輔助作用。而沒有信仰者，幾乎全軍覆沒。」她的目光裡很快地閃過一絲悲涼。

「信仰？」這我沒想到。

「是的。這些獲救者一般都是虔誠基督徒，少數是佛教徒。你知道，美國人中有信仰的人多數是基督徒。我說的基督徒包括天主教徒。」

她的回答，讓我頗為吃驚。但我相信她，因為信仰是精神層面，主導人生價值和對生活的態度。如果是一位很虔誠的信徒，信仰一定會在困難中幫助他。

她問我現在在吃什麼藥，我把上次醫生開的安眠藥名字告訴她。她點點頭：「這藥很好，抗焦慮，會對你很有幫助。你最好每天做三次以上深呼吸，每次5分鐘。這對你平靜自己有好處。」

諮詢結束時，她說：「我跟你們銀行緊急援助線聯繫過了，他們不同意你再來找我諮詢，也就是說你的緊急援助諮詢到此為止，我可以向你推薦其他心理醫生，如果你需要繼續諮詢的話。」

我想了一會，說：「好吧。」

她給了一張名片。我接過看了一眼，放進上衣口袋。她和我握手。我很感激她，向她表示我的謝意。她叮囑我，「要學會不在乎。祝你好運！」

走出她的診所，我便在手機裡上網蒐索她所說的 Paranoia。原來就是中文的偏執狂，也叫妄想症。偏執狂個性多有自負、敏感、強硬的特點，這種人會有色情狂，愛慕之情礙於客觀情況，不敢公開表明戀愛心境；有過度誇大和愛嫉妒，具有極度焦慮及恐懼特性的思考方式，且經常非理性與妄想。這些跟我的個性心理特徵很吻合呀！

它沒有根治的方法，只能靠藥物和心理治療控制情緒。不過，這位心理醫生關於信仰拯救了人的回答，給了我一份心理保險的指南。我需要這份心理保險。

6.

那天晚上，我給默西學院趙教授打了電話，向他請教基督徒信仰。他有點吃驚，我時隔這麼久跟他打電話，而且問的還是信仰問題。

「那你應該來我們教會。我們星期五晚上學習《聖經》，禮拜日做完禮拜後還有分班討論，我們有一個慕道班，專門回答你提出的這種問題。」

數碼年代了，還需要人親自去嗎？我對趙教授說：「我搬到曼哈頓了，離你們教會太遠了。你能不能向我推薦一些好的網址可以回答我的問題，比如耶穌母親瑪麗亞沒有通過性行為而懷孕生下他。」

話剛說完，我意識到自己可以在網上蒐索問題的答案，找到我需要的網站。放下電話，我便開始谷歌，閱讀基督信仰的真理。網上有非常豐富的資料，而且很多都是連圖帶視頻的，也有星期天做禮拜的直播視頻。

除了瑪麗亞無孕生子和耶穌復活，我接受基督信仰。可是，如果這兩點不能接受，就不可能是基督徒。我自圓其說：即然耶穌是上帝，相信他是神，那麼他必然無所不能，瑪麗亞無孕生子和耶穌復活，便是最大的神跡。

我學會了用禱告來給自己平安，消除難以釋放的焦慮情緒。信仰這心理保險，多多少少幫助我度過了這難熬的時光。當然，我從不在奧莉婭或別人面前談起信仰，這是我和上帝之間的個人關係。在美國公司，宗教信仰是隱私，它和政治是公司裡員工忌諱談的兩大話題。

每天禱告給我益處，使我的焦慮在其中得到釋放，我掏空雜念，只求上帝的安慰和保佑。我開始寫奧莉婭對我年終評估的反

饋。我的文字平和卻有力，列舉並附上證據，指出那評估裡的造假部分，看不出我的抱怨和憤怒。我把反饋材料交給奧莉婭，她很吃驚，啞口無言。

隨後，我被分配到一個美國人珀萊雅的手下，直接向她匯報。珀萊雅對我的工作表現很滿意，在給我寫的工作評估裡，全都是讚美的詞語。

這期間，發生了一件事。

珀萊雅要我幫她做結算報告。我把兩個數據系統裡調出來的數據進行核實，要求同一變量的兩個數據必須一樣，否則就必須找出差錯或讓有關部門作出解釋。我發現，有好些很重要的損失和盈利數據在這兩個系統裡不一樣。我便把結果交給了珀萊雅。她顯然有顧慮，因為如果查不出原因，老闆要負責任，弄不好甚至會走人，因為2008年美國金融風暴後監管機構對此要求很嚴。讓我最詫異的是，有個數據差異竟達168％！

按理說，那些有差異的數據都是經過數據模型部門推算出來，不可能有這麼大的差異。難道這裡面有造假嗎？我知道，那些部門幾乎都是到美國留學而定居的物理或數學統計博士學位的華人。我不敢把自己的懷疑告訴珀萊雅。但我內心有一個更大的懷疑，即2008年那場金融風暴其實也和那些在美國銀行裡做數據模型的華人造假有關，這些人的美國老闆數學太差而不可能發現造假。

我利用自己的推算和電腦系統裡的數據，重新把報表的百分比列了出來，不但減少了差異，而且凡是有差異的數據都一一給瞭解釋並附有解釋的根據。珀萊雅很高興。

她對我的評價很好。她常在奧莉婭和老闆面前說我的好話。可是沒多久，珀萊雅調到另一個部門。臨走時，她對我說：「我實事求是地在對你的評估裡寫下了你的進步。你在我手下表現很好。」她走後，我又被歸回在奧莉婭手下。這時，我馬上就要工

作滿一年了。

　　我以為，有了珀萊雅的評估，這下我會安然無恙。我萬萬沒想到在我工作滿一年的那天早上，奧莉婭把我叫去一個會議室，裡面有我老闆和另外一個我不認識的人。老闆叫我坐下，指著一下他身邊的人：「這是人事處的馬克‧哈里斯先生。」他有點緊張，「鋼，謝謝你這一年來的努力。」他把頭轉向馬克，意思讓他接著講。

　　馬克非常鎮定，「鋼，根據我們銀行對這部門的重視和要求，很不幸，我們決定不繼續僱傭你。」

　　我頭腦裡轟地一聲爆炸，六神無主，不知所措。馬克後面說的話，我全都沒聽進去。眼前發生的一切，就像一場突如其來的大雨，把我澆得渾身上下溼透而我卻毫無主意如何對付，任憑大雨接著敲打我，淋溼我。只記得老闆和奧莉婭先後說，如果我在美國繼續找工作，他們會給我寫推薦信。

　　我看了奧莉婭一眼，彷彿在看國產電影裡一個叛徒的嘴臉。她那冷酷的官腔十足的表情和緊閉的嘴，使我渾身冰涼。我非常憤怒地狠狠瞪了她一眼。她臉色蒼白，知道自己做了虧心事。我把雙手握成了拳頭，彷彿體內有一頭猛獸在大聲尖叫。

　　「你現在可以回家了。我陪你一塊下樓。」馬克對我說這句話，站起來朝門口點點頭。門口站著一位五大六粗的保安，是個混血黑人。我一句話沒說，腦子缺氧地跟著馬克走出老闆的辦公室，保安走在我們身後。

　　我在自己格子間拿了我的外套和包，正要打開書桌的抽屜，保安把我攔住了：「你不能動。我們會把你任何私人東西快遞寄到你的住處。放心吧，只要是你的物件，一樣也少不了。」

　　我很驚訝。我成了罪犯似的。仔細一看，我的辦公電腦已被關閉。我很意外詫異，無言以對，灰溜溜地跟著臉部面情仍微笑的馬克和鐵面無私毫無笑容的保安，坐電梯下樓。走到大樓門

口，馬克伸出手，「再見，祝你好運。」

我沒和他握手，用一句中文對他說：「老子撒尿也不會再朝你這裡撒的。」

他很迷惑：「你說什麼？」

我沒解釋，轉身朝地鐵站走去。

7.

一路上，我非常沮喪。剛才保安不准我拿自己的私人物品而押送我出辦公大樓的那一幕太刺激我的神經了。我受到如此人格侮辱！在這個處處高喊人權尊重個人的國家裡，上演的卻是這種鳥戲。

坐在地鐵車廂裡，我很清晰意識到自己心理失控了。我經歷的這一些事，看到的一些東西，我多麼希望自己說出來，哪怕自言自語也好。地鐵到達我住處附近的車站停下，我接近窒息。

我戴上耳機，想要用音樂來阻止我的發瘋。這是我唯一能做的。然而，沒用。所有平時慰籍我的音樂和歌曲都成了非常模糊的背景而已。我的腦子像是一個不見底的毛坑，很多聲音像一群蒼蠅在那裡嗡嗡飛舞作響。

回到住處，我外套沒脫，身上的包也沒拿下，像每次心裡不痛快一樣，一頭倒在床上。保安押送我出辦公大樓的情景，怎麼趕都趕不走，不斷重複地出現在我的腦海裡。我擔心自己會瘋掉。實在無奈，我想到了禱告。

「上帝，我承認我是罪人，但我至少不是奧莉婭這樣兩面三刀的造假者，賣工還賣肉。我丟掉了工作。我回國無所謂的，即使沒工作，我也能活下去。然而我心理有毛病，控制不住自己的意念。天父，你是萬能的神！請把這件事從我腦子裡趕走吧。我知道，我不配做你的信徒，我也沒有受洗。可是，你愛世上每個

人，你肯定也愛我。我有得罪你的地方，請原諒我！世界上，人都是自私的，只有你可以依靠。上帝，謝謝你聽我的禱告！我的禱告不配，奉基督耶穌的名，阿門！」

我一遍又一遍禱告，至少持續了半小時以上。保安押送我出辦公大樓那一幕被趕出了腦海，我迷迷朦朦沉入了睡夢中。醒來後，我為自己沒瘋掉而欣喜若狂。禱告的確有它的力量！難怪天下無論哪種信徒，都喜歡禱告。

這時我肚子餓了。我沒吃午飯。正要出門到外面去買吃的，我的手機響了。

「你是韋鋼先生嗎？」

「是。」

「太好了。我是佩居獵頭公司的凱瑞。去年這個時候，你向我們遞過履歷表，我們聊過。」

我的確把履歷表給過佩居公司。但我記不起我和這個凱瑞聊過。當時為找工作，我和好幾個像他這樣的獵頭談過，但幾乎都是沒聊幾句因為我的外國學生身分和沒工作經驗，他們就沒興趣繼續聊下去了。事隔一年他給我打電話！我預感，他要給我介紹工作。我情不自禁地在心裡說：上帝，謝謝你！你聽到了我的禱告。

凱瑞告訴我，他最近又看到我的履歷表，在職業網站上蒐索到我，知道我在豐通銀行工作，想知道我工作如何，是否願意跳槽。他說，舊金山有一個金融小公司正急著需要一個懂電腦已在風險控制領域工作的人，而且還幫辦工作簽證和綠卡。他覺得我很合適，問我感不感興趣。

「當然！」我脫口而出。

「那太好了！」

在約定的第三天下午，那個金融公司風控部門老闆用 Skype 視頻對我面試。他問了幾個如何用電腦程式來改善風控報告的問

題，通過視頻要我解答一道難題，看我如何改程式。他對我的回答和程式修改很滿意，當場答應錄用我，年薪比我在豐通銀行的工資多兩萬五千美元。

我高興得說不出話來。「你對我給你的報酬滿意嗎？」他迫不及待地問我。

我心裡明白，這時我可以向他提出更高的報酬。「能提高一些嗎？」他立刻痛快地又加了五千美元，我非常高興地接受了這工資報酬。

面試一結束，我興奮地跳了起來，發瘋地大叫：「感謝上帝！太感謝你了，上帝！」

第二天，凱瑞打電話給我。「祝賀你！那個老闆已告訴了你工資報酬，而你已接受了，對嗎？」

「是的。我沒理由拒絕。」

凱瑞哈哈笑了起來，「通常一個公司請我們幫忙找人，是不會把年薪直接告訴被面試者。他們會通過我們向被面試者提出。即然這老闆當機立斷向你說了工資報酬，你也答應了，這事也就定了。你什麼時候可以上班？他們希望你越快越好。」

我不願把我已被解僱的事告訴凱瑞，美國公司僱員一般跳槽都是提前兩個禮拜通知公司。「兩個禮拜以後吧。」

然而沒想到，他最後說對方要求我提供三個 references，即和我一起工作過的推薦人，這樣對方可以瞭解我在豐通銀行的工作表現。想來想去，我只能把珀萊雅、奧莉婭和我老闆的辦公室電話給他。珀萊雅對我工作表現很滿意，她應該沒問題。奧莉婭和老闆，在我被解僱時對我說他們會給我寫推薦信，雖然我不敢肯定他們會寫出好的推薦信，但我實在沒有其他人可以做我的推薦人。我想，人都有憐憫心，他們怎麼也不會在我需要新的工作時再對我投石落井吧。

可是，事與人違。過了兩天，凱瑞通知我，「鋼，對不起。

真沒想到！那個公司最後決定不錄用你。」

彷彿一桶冰水從頭澆到腳，我的心頓時涼透了。我估計：問題肯定是出自推薦人。不出所料，凱瑞說，對方通過我提供的推薦人得知我因「溝通能力很差」被解僱而決定改變主意，不錄用我了。

我憤怒至極！疼痛在我身體裡攪動，我能感覺到它流動在我的皮膚上擴散開來。我不但被解僱，而且在解僱後還被奪去了再有新工作的機會。這不是明擺著要至於我死地嗎？這樣，我只有回國了。在美國，我已經沒戲了！金融風險管理這行業，很多公司聘人要求 references。

我一句話都說不出。疼痛最後盤繞在心裡，如同一根憤怒的彈簧，讓我失去了理智。我沒跟凱瑞說下去，就放下了電話。扔下手機，再次聽到它響了。不用看，我知道是凱瑞打回來的。我沒接。默默地走到窗前，我恨不得跳下去算了。

這是一個陽光明媚的日子。可是聳天而立的摩天大樓把太陽給遮住了。我心裡烏雲滿天。我望著窗外。那些矮個樓房在摩天大廈的陰影下，如此不堪而言。

8.

人身上很多東西不是自己能左右的。對無法控制的人和事，人自己都說不清，是偶然還是天生的神經類型或過去經歷所造成的。我明明知道自己回國有王力成給我的高級董事頭銜，可我還是沒法過這個坎：奧莉婭和老闆在我被解僱之後又在我背後狠狠地捅了我一刀！這一刀太痛了！

我氣得發瘋，撥通奧莉婭辦公室電話，能聽得出來她接起電話很意外。我咬牙切齒：「你太狠了！記住，到江湖混是……是要還的！你這個……心機婊！」

放下電話，我聽到門外有人敲門的聲音。警察？不可能！我電話裡說的話並無人命威脅。「到江湖混是要還的」是網上流行的一句話，沒法說成是威脅之言。可是，她會不會因恐懼而把這句話意思譯成英文時變成含有威脅她的意思而報案呢？她會不會把「心機婊」作為性別侮辱而報警呢？人恐懼，什麼事都做得出來的。不過，就算她報案了，警察也不可能來得如此迅速。

　　若真是警察，那肯定是奧莉婭在陷害我。我真愚蠢，幹嗎要給她打電話呢？美國辦公室電話都有錄音可查。她既然敢造假，既然敢跟老闆啪啪啪，就一定要防止我報復，就有可能以我電話裡的氣話做證據來先下手為強。我開始像落葉一樣顫抖，感到身體在昏眩之中飄拂著，就像斷了翅膀的鳥在風中無力地飛翔。

　　我走到門口，把門打開。並沒有人。難道敲門人走了？

　　我意識到自己很可能是焦慮症犯得嚴重了，剛才聽到的敲門聲是幻覺。我試圖抵抗著大腦裡紛至遝來的幻覺，然而又感到自己正朝著幻覺走進去。我判斷自己精神出毛病了。想起默西學院那位女護士對我說的話「如果你覺得有任何出事的感覺，請打911」。我撥動了手機。我不想瘋掉，那太可怕了。

　　很快，救護車到了我住處樓下。幾個救護人員跑進我房間。領頭者問了我幾個問題。我把情況跟他說了。他和藹地回答：「我理解。你沒了工作。這種情況很普遍，是 panicattack（驚恐症發作）。很多人都會有這種情形。你能走嗎？不能走，我們抬你下去。」

　　我沒讓他們抬，自己走了下去。進救護車裡，救護人員讓我躺下，給我量血壓脈搏。一個護士問了我一些問題，她把寫在一張表格上，服務態度極好。

　　到了急診室，他們把我送進一間病房。護士把我安排好後，叫我等一下。我見她出去和醫生商量，為了故意不讓我聽懂，她和醫生說西班牙語。有兩個警察在房間外接待處，嘰嘰喳喳地議

論。這時，醫生進來給我檢查，問了我好幾個問題。最後，他問：

「你有沒有想自殺的念頭？」

「沒有。」

「你又沒有想傷害他人的想法？」

「沒有。」

即使有，我也不能說。否則我就被關在精神病院裡，那太慘了。其實，我有殺人念頭。如果我此刻手上有槍，我會把奧莉婭這樣的造假者統統嘣斃了。

聽醫生口音，他應該是俄國移民。這讓我聯想到曾看過的一本描寫前蘇聯特工克格勃的書。這家夥長得就像個特工人員。他非常冷靜：「我們給你打一針。今晚你在這住一夜，需要觀察你一下。」

打一針？住一夜？不！美國電影裡精神病院裡給病人打針後那種要死不活的慘景，我可受不了。「不！我不要打針！我不要在這住一夜！」

誰知道這一夜會發生什麼？打針後我像個死豬，我不就讓人隨意擺弄而胡說八道嗎？萬一說錯了什麼，我自己都不知道。我死活不肯打針。醫生盯著我看了好一會，走了出去。

護士沒辦法，只好用西班牙語嘰裡咕嚕說了一大堆，顯然是說給床簾外面的人聽的。「我能聽懂西班牙語。」我故意嚇唬她。她很吃驚，也走了出去。

一個黑人護士助理走了進來。我跟她說，我沒事了，我不需要在這裡打針住夜，我會很害怕，對我只有弊無利，萬一我被送進精神病院，我這一生完了，現在是全球化資訊時代，我父母和認識我的人很容易知道我進過精神病院，會用有色眼鏡看我，我父母會傷心死的。我說著說著，眼淚流了下來，我的哀求感動了我自己，感動了護士助理。她點點頭，「我幫你去說說看。」她轉身離開了病房。

過了半小時。護士助理走過來對我說，感謝上帝，他們同意讓你回家了，不需要打針。她打開床簾。我高興地從床上起來，謝謝她告訴我這好消息。我沒想到她很感動地說：「今天我經歷了上帝的恩典。」

　　她一定是基督徒，把我不用打針不用住院視為上帝的恩典。此刻，我寧願如此相信。我內心深處感激地說：謝謝，上帝！

　　「你在這耐心等待。他們需要你在出院單上簽字。」她剛說完，負責出院的工作人員走了進來，把我叫到接待處，在出院單上簽字。我看都沒看一眼，筆一揮，就跑出醫院門口叫了一輛出租車，剛才見到的那兩個警察也在門外。我趕緊鑽進出租車，似乎害怕醫生後悔又把我弄回去。

　　坐在出租車裡，我為自己沒被留在醫院裡住下而慶幸。下次再也不會打 911 了，否則如臨大敵，太恐怖了。這世界整個就是一座瘋人院，活在這世界只有三種人：已瘋者，潛在瘋子和未來的瘋子。人們都企圖超越，但都身不由己住在這個瘋人院裡，不瘋也得瘋，只是瘋的程度大小不一。

第十二章

1.

　　沒有拿到第二份工作，對我想繼續留在美國是致命的打擊。我的實習身分到 2017 年底就失效了。從 2018 年開始我沒工作而繼續留在美國的話，將是違法行為，一旦被發現，會被強制遣送出境，將來萬一我想來美國旅遊都拿不到簽證。

　　2008 年美國經濟危機後，紐約州制定法律，規定僱主必須將解僱之事提前三個月通知僱員，否則要付三個月工資。豐通銀行和大多數美國公司一樣，解僱政策是僱員每工作一年給兩個星期的工資。故我被解僱時，總共拿到了三個月薪水和兩個星期的工資。這些錢，扣掉各種稅後就不多了。

　　在美國工作，對我已沒什麼希望了，也失去了吸引力。我感興趣的是，離開美國之前拿解僱費去遊玩一趟。我看了一下手機日曆：7 月 3 日。在簽證失效前，我可以在美國遊玩半年。

　　我現在是超級手機控和網控，除了睡覺，哪怕上衛生間和吃飯，我都時刻帶著手機。手機上網很方便，我已很少使用電腦。打遊戲，購物，許多事情都在手機上解決。我算了算，自己每天在網上至少十五個小時！

　　我手指一滑，打開了微信。自從用微信後，我每天都花很多時間在微信上，加入了好幾個群聊。這對我是一件好事，時間不再難熬。從某種程度上來說，微信解放了我的無聊無趣。尤其初中老同學的那個群，我很關注，因為王力成和莫莉香在群裡。

　　莫莉香一點也不在意我們兩人為結婚一事鬧崩了，接受我進入她的微信朋友圈。她在朋友圈裡發的帖子和照片，我都可在第一時間裡看到。為此，我很開心。初中同學中只有我一人出國留學在美國，大家都羨慕我，讓我有一種優越感。不過，我從來不在群裡得瑟自己，從不在朋友圈裡發帖子。再說，自己已被解僱

而不得不海歸了。世界上沒有不透風的牆，大家早晚都會知道，回到柳州也難免會碰到群裡的老同學。

我把被解僱告訴了王力成，隨後又發了個微信：「你來嗎？和我一起週遊美國？」我深感自己孤獨，這世界與我無關。除了王力成，任何人都不瞭解我。如果王力成能飛過來和我一起遊玩，會對我的心理有療傷作用。他回國後，我再接著把想去的地方玩完就海歸了。

我知道王力成可以來，其公司的事可交給他老婆管。能幹的張曉丹完全能獨當一面。王力成立刻回了話，「恨不得馬上就飛過來！！」

王力成告訴我，張曉丹懷孕了，夫妻倆現在很少同房。他一方面期待孩子的出生，他很喜歡孩子，另一方面藉機想和帥哥約會。

「你他媽的是個罪人！你有沒有犯罪感？你孩子出生長大了，你怎麼跟他講？」我忍不住在微信裡罵他。

王力成不以為然。「這是我的個人隱私，和孩子沒關係。將來我不會和他或她講。」

他迫不及待地用微信直接打電話過來。我們商量了一陣。王力成上次來美國拿的是多次入境簽證，還沒失效。他計劃下星期就飛過來，可以和我玩到 7 月底。夏季旅遊旺季，票很貴，他不能再等，和我聊完，他放下電話就把票買了。

2.

我搬到曼哈頓後，上班不用開車。停車實在不易，我便把自己的那部吉普車賣了。這次王力成來紐約，我坐地鐵去 JFK 機場接他。

「你沒開車來？」一見面，王力成就問我。

「我沒告訴你嗎？賣了。在曼哈頓停車太難了！」

「那你幹嘛不停在停車場？」

「我平時上班不開，放在停車場純粹是燒錢！1小時要20多美元！紐約市民大多數都不買車，坐公交。」

「噢。北京人上海人都應該跟紐約學，這樣環保。平時坐公交，需要用車時租車就行了。」

和王力成在一起，我心情一下子好起來了。看來，人生的確有一知己足矣。在王力成面前，我話變多了，有時甚至口若懸河，變成了另外一個人。

王力成去租了一輛車。我們兩人先到王力成訂的酒店，登記入住，把行李放好，就開車到 Battery Park City。

這是王力成上次來紐約時最喜歡的曼哈頓風景。站在這裡，背後是世界貿易中心和金融中心的大樓，面對可眺望到自由女神像，心曠神怡。他對此大為感嘆，「我喜歡這裡！槓槓的。它是讓我最能感受紐約精神的地方。」他雙腳在地上誇張地扭動了幾下，雙手也握在一起，指間骨節發出嘎嘣嘎嘣的幾聲脆響。

我不以為然，「紐約精神是什麼？」

王力成笑了。他停頓了一下，想了一會。「我也說不準。應該是自由和競爭吧。」

我嘲諷他：「你都說不準，卻能感受到，而且還最能感受到！」

「很多感受都無法用言語說出來的，即使說出來也不準確。」王立成對自己的回答很滿意，又笑了起來。

我們兩人把車停好，坐輪船擺渡到了新澤西對岸吃晚飯。這是一家墨西哥餐廳，除了有美味佳餚，還有來自墨西哥的樂隊演奏。王力成上次來紐約時光臨過，他很喜歡這裡的墨西哥菜和音樂，同時可欣賞到曼哈頓風景。

「你在紐約玩過吃過的地方比我還多呀。」我嫉妒地說。

「那不一樣。我來紐約度假，純粹是吃喝玩樂，你在這裡是讀書然後工作。」王力成帶著幾分得意。

從新澤西看過去，曼哈頓黃昏景色別有韻味，很像一張明信片。霓虹燈閃爍的摩天大樓比鄰而居。燈光使一切都變成了金色的琥珀，黃昏軟綿而神祕。新建的世界貿易中心大樓，在朦朧夜色裡閃爍，張揚著其個性。它是紐約市一張新地標。我注視著窗外夜景。沒有了原來的世貿雙塔大樓，總覺得少了點什麼。

王力成感嘆：「僅從建築來說，紐約現在絕對大大落後於中國一二線城市，沒法跟北京上海深圳比，都不是一個檔次的。然而，紐約給人的感覺是獨一無二的，哪怕那些爛大街小巷破房子，都讓我銷魂。」

我不言語。我知道，旅遊者和工作生活在紐約的人不可能對紐約有同樣的感受和看法。紐約有它的多面，就像人一樣。

坐在這家餐廳裡眺望曼哈頓，很美。層次高低起伏的大樓，像泥鰍一樣蔓延的街道，被燈光打造成宛如繁星點綴天空的背景，在夜色寧靜中讓人內心生長出神祕，分泌出迷亂。

柳州地理，很像紐約市。柳江 U 字型環繞穿梭整個城市，其郊外是很適合度假的地方，山水齊全，風景秀麗，絕對不比桂林差。我納悶，中國怎麼沒有把柳州作為旅遊城市炒紅。老爸提起過，1978 年中國剛開放時，香港商人想把柳州建成中國的一流娛樂城市，可惜那時政府人員不開明，沒同意。

我懷念在柳州划竹排的開心。我問王力成：「還記得我們讀初中時，有時跑到柳江對岸農村去划竹排？」

「怎麼不記得？又一次你的眼鏡掉到江水裡，是我跳下去幫你撈起來的。」兩人回憶起那時好玩的事。「那時好玩的東西，現在怎麼都沒了。」王力成感嘆。

吃完晚飯，我們兩人去坐環遊曼哈頓的輪船。王力成興致勃勃，對著紐約夜景，大談在美國的自由。我皺起眉頭，「你總共

就來過美國兩次旅行，加起來迄今也就十幾二十天，你對美國有多少瞭解？你不就是因為到了美國可以隨心所欲公開找帥哥美女才感覺到它的自由嗎？」

王力成一下子被噎住了，說不出話來。是啊，如果在柳州他也可以隨心所欲地公開找帥哥美女，他也會覺得很自由？

我看到王力成沒吭聲，便把話岔開。「我看莫莉香微信朋友圈挺火的。她發帖最多。她一點都不變，還是如此年輕，像個剛剛高中畢業的女生。她不會整過容吧？」

「不會。她跟我們同歲，不也就才 27 歲嘛。現在的美女，27 歲是很年輕的年齡！你看我老婆，只比我小一歲。我認識她時，以為她才 20 歲剛出頭。營養好，會打扮，現在的男女都顯得年輕。我在飛機上碰到一個來美國留學的中國研究生，都 30 歲了，看上去也是才 20 歲出頭。」說到這，王力成又問我：「你還暗戀著莫莉香嗎？」

暗戀？他的問話，讓我突然覺得暗戀是很優美很詩意的經典詞語，我對「暗戀」這詞本身產生了美好眷戀，就像在夜裡看這美麗夜景，越看越陶醉。我沒回答王力成的問話，沉浸在對暗戀的臆想中。我極目望去。紐約，這個全世界都為之瘋狂的國際都市，錯落有致，帶有夢幻色彩的夜晚散發著浪漫和野性。哈德森河水拍打著郵輪。被撞擊的聲音，和郵輪上正放著的輕柔爵士音樂交織在一起，給人既溫馨平安又衝動的感覺，心裡癢癢欲試。難怪美國有關城市裡的愛情電影故事一大半都發生在紐約。暗戀，此時在我心裡變得高大上起來。在遙遙無期的暗戀中，有沒有結果已不再重要，重要的是暗戀本身，它最終已演變成一種生命儀式，一種生活方式。它以一種貴在追求的精神充實了我。這感覺並非來自外界，它來自我的幻想，讓我的生活有了盼頭。

3.

　　那天晚上，下了郵輪和王力成告別，回到住處，我反覆輾轉側躺，無法入睡。月光憂鬱而神祕地透過玻璃窗照射進來，整個房間朦朦朧朧地灑滿了月光。

　　拿起手機，進入莫莉香微信的朋友圈，一張一張地看她的帖子。我仍然不明白自己中了什麼邪，這些年了怎麼還會如此暗戀她。自己愛她什麼？僅僅因為她的漂亮？她的風騷？她的直爽沒心沒肝的性格？似乎都是。莫莉香巫女般的魅力牢牢地抓住了我，而這魅力是沒法說得清的。一個人對生活對自己總有不理解的地方。這個世界，無論是人還是物，都變得越來越不可思議。我仔細想想，自己的確沒有碰到過像莫莉香這樣吸引自己的女人。如果自己是很吸引女人的高富帥男了，恐怕早就有很多女人看上自己了，那麼暗戀恐怕就停止了。我嘆了口氣。暗戀，是一場顧影自憐。

　　從莫莉香的貼子，看不出她現在有男朋友。如果有，像她這樣的性格，早就曬出來了。然而，她好像不工作卻有錢花，到處去旅遊，雲南，新疆，都去過了。難道有男人包養她？一想到這點，我心裡一陣酸楚。想了很久，我給她發了微信：「你日子過得很好呀！」

　　等了十幾分鐘，沒見她回音。王力成倒是來了微信：「明天早上9點鐘，我到你那兒接你。」他曬了幾張現在酒吧裡瘋狂的照片。我不用問就知道，這小子一定在酒吧裡和帥哥美女泡在一起。看看時間，已是淩晨1點半了。我把手機放在插座上充電，就睡了。

　　也許是太晚才睡著，我下半夜睡得出奇得好。一直到第二天上午王力成打電話來叫我起來，我才醒來。

見到王力成一臉興奮地停車在我住處樓下門口等我，我好奇：「昨晚你瘋到幾點才睡？你怎麼看起來不睏！」

　　王力成笑了：「我太幸福啦！」

　　「怎麼了？昨晚碰到美女還是帥哥了？」我睜大眼睛，把眼鏡往上推了推。

　　「不一般的帥哥！你猜我碰到誰了？」

　　「我哪裡猜得到？你總不至於把美國總統睡了吧？」

　　王力成把駕駛座位讓給我，「你來開車。我才睡了兩個小時。」他拿起車裡一瓶礦泉水，打開瓶蓋，喝了幾口，又樂得笑了起來：「估計你到死都猜不到。我碰到了目前美國最火最叛逆的搖滾歌星藍姆！」說完，他把手機裡自己和藍姆合影拿出來給我看。

　　藍姆，在美國偶像真人秀節目裡一舉成名，紅得發紫。我看過他的視頻 MTV，非常酷，一股無所畏懼的勁頭。

　　「啊！你把他睡了？」

　　王力成很得意，「怎麼樣？我夠可以的吧？」

　　「尼瑪，你夠噁心的。」我嘴上罵他，卻能感受到自己心裡的那份嫉妒。

　　王力成從我的目光裡看到了嫉妒，「你這純直男有啥好吃醋的？」

　　「我當然吃醋！嫉妒你總能找到你想要的，男女通吃。你要有本事，就別娶老婆，還把張曉丹肚子搞大了，人家蒙在鼓裡。」我的話，一下子把王力成搞得灰溜溜的，頓時一臉土色。

　　王立成扭頭面朝車窗外，好一會沒吭聲。我知道自己把話說重了，「對不起。」我萬萬沒想到，王力成把頭轉過來，臉上一副很痛苦的表情。

　　他似乎有點痛不欲生的樣子而陷入沉思，把雙手合攏。我們兩人都沒說話。我把車啟動了，把兩人商定要去的紐約郊外的百

事可樂公司總部打進導航器裡，緩慢地開入曼哈頓西邊9A大道。我把兩邊車窗都打開了。風從哈德森河吹拂過來，我們頭髮都被吹得豎了起來而不停湧動著。我開著車，望著車前窗遠處天地交界處一片似有似無的藍色發呆，似乎在等著他開口。

王力成捋捋頭髮，「不好意思。阿鋼，你看，我們從初中到現在，我們認識了這麼多年。你是我老同學中唯一知道我是又彎又直的人。我非常感激你的友情。在你面前，我可以無所顧忌地袒露真實的我。有時侯，我痛恨自己，非常蛋疼！剛才你那番話讓我一下子再次痛恨自己起來，痛恨我的自私。我所做的一切，無非都是為了我自己的快樂而不考慮張曉丹。如果她知道我跟帥哥來往，這將對她打擊太大了！我都無法想像她被傷害得有多深。我這次回柳州後絕對不再碰帥哥！」

「我不理解你的意思。你又彎又直，那你再碰到很性感對你很有吸引力的美女，你會不會因為結婚了而不碰她們？」其實我心裡不指望他回答我，只是聊大天而已，這就像我對莫莉香的暗戀匪夷所思，我也毫無答案。

王立成很認真地想了好一會。「你這問題問得非常好。我很清楚自己是又彎又直者，既和美女啪啪啪，也和帥哥打炮。我很少和你談這些事，一這是很隱私的問題，二我不想讓你很嫉妒我。你發現了我和李子強好之後，你才知道我的性傾向。我和你是從那時才開始談這問題。和張曉丹好了以後，我必須收斂，否則我們不可能走到一塊。我非常愛她。我不需要也沒想到再和別的美女滾床單。我的婚外情對象只能是彎男或和我一樣又直又彎的帥哥。和張曉丹走在一起時間不算很長。從我們結婚到這次來美國旅行前，我只碰過一個帥哥。在美國，的確是被美國帥哥給吸引住了。美國帥哥太多了！……我現在面臨的是如何讓張曉丹接受我的又彎又直，讓她知道這不會影響我和她的夫妻關係，不會減弱我對她的愛。這次旅行回去，我會想辦法跟她講，說服她。

至於如何講，我還得再好好琢磨一下。」

「你剛才還說回柳州後不再碰任何帥哥了，現在又改口要說服張曉丹讓她接受你的又彎又直。」我笑了起來。王立成搖搖頭，自己也傻笑了，只是沒笑出聲來，很痛苦很糾結，再也沒說話。

我也沒有再開口，準確地說，我不知說啥。我相信，他內心非常矛盾。從骨子裡說，他想不再又彎又直了，可他的天性和審美情趣都已決定了他江山難改。

車在 42 街紅燈前停了下來。我打開車裡音響，接上手機裡的音樂。第一首就是 Gary Jules 唱的《Mad World》（瘋狂世界）：

And I find it kind of funny（我感到很滑稽）

I find it kind of sad（我很悲哀）

The dreams in which I'm dying are the best I've ever had（我正渴望的夢是我迄今為止最好的經歷）

I find it hard to tell you（我很難告訴你）

I find it hard to take（我感到很難承受）

When people run in circles it's a very, very（人們在圈子裡打轉，這是一個非常）

Mad world，mad world（瘋狂世界，非常瘋狂的世界）

王力成呲地一聲笑出聲了。「這幾句歌詞，唱的就是我！」

綠燈了。我猛地一踩油門，車快速跑了起來。哈德森河對岸的精緻美景一次又一次映入我們的眼簾。可車窗外風吹進來有點涼意，我只好把它們關了起來。

4.

百事可樂公司總部，是一個很大的室外雕塑花園，離紐約市

開車一個半小時。一路上，我都在聽音樂。王力成很快就睡著了。我掃了一眼，看他睡得那麼香甜，可以想像得出他昨晚只睡了兩個小時的瘋狂。王力成把美國最紅的年輕性感男歌星睡了，我自己呢？我回憶起和阿妮塔的打炮。人很荒唐，為了快樂，為了身不由己的衝動，忘乎所以。我們心裡都有魔鬼，刺激著我們的生活。

到了百事可樂公司把車停好，我把王力成叫醒。兩人拿著帶來的食品飲料在野餐桌上吃喝了一些，才開始去看雕塑。真沒想到這花園蠻大，有 168 平方英畝，把當代最偉大雕塑家們的作品幾乎都收集了一兩件，有四十多件雕塑作品散落在花園裡。沒走多遠，我們兩人就累了。只好坐下來休息。「我們這一代人算是完蛋了。文不文，武不武，又沒有出色的業餘愛好，只會上網玩手機。中國早晚敗在我們這些人手裡。」

王力成不以為然。「誰知道。每代人都有他們自己的命。現在全世界的人都在上網玩手機，絕不只是中國人。我在歐洲旅行時，每到一個國家，到處都看到人們都在玩手機。」

我感嘆，「但美國人普遍身體比我們健康，注重戶外運動。」我望著花園裡那些健壯的美國人，「你瞧，這些老美就不像我們這樣沒走多久就累了。」

王立成不服氣。「昨晚我睡得太晚了。否則，這個雕塑花園對我來說，一點問題都沒有。」我們兩人轉了一圈，大致看一眼花園，沒一一仔細看每一件雕塑。欣賞完花園全景，我們對百事可樂公司這種企業文化理念大為讚嘆，這既使得公司具有美得別具一格的環境，又讓當地居民在週末來此輕鬆愉快，造福百姓。

我們去的第二個風景名勝是千島湖。到達那裡，已是黃昏。很多船在湖上遊走，水天相映，一色絳黃，淡淡的暮靄裡落日殷紅。我們兩人肚子餓了，就先去吃飯，反正旅館已在網上訂好了。兜來兜去，最後在一家日本餐廳吃。進去坐下了點好菜，才發現

這家日本餐廳是華人開的。這幾年，美國幾乎有人的地方就有中餐館，價錢普遍比較便宜，很多老闆捨不得對飯店本身投資，室內裝修大多數都上不了高檔次。因而有些華人就索性開日本餐館，除了生魚片壽司要認真學一下，日本菜對於華人廚師來說實在是小菜一碟。日本菜不需要大火大油，賣的價錢又高，有錢投資漂亮的室內設計，很容易吸引美國富人。我和王力成兩人都喜歡吃生魚片，大吃了一頓。走出餐館，我們兩人都有點走不動了。

千島湖位於美國和加拿大之間，國界線從湖中分開。王力成訂的旅館在湖邊，能從落地窗看到湖的風光。天已黑了。湖對岸別墅的燈光閃爍，異常迷人，讓人覺得它們是宇宙裡的星星。

一進房間，王力成迫不及待打開窗簾。美呀！對面一家旅館非常別致，所有外觀都由玻璃組成，明亮燈飾把整個旅館模樣顯示了出來，在黑夜裡是童話裡的一座現代宮殿。燈光在湖面上海市蜃樓般變幻著形態，飄浮在空中。神祕輪廓似刀的山連著山，黃褐色漸趨藍色，藍色漸趨黑色。

我們走進陽臺。四週都是紗窗，空氣暢通。湖面吹來的風非常涼快。難怪網上說這裡是富人夏天度假的天堂。王力成高興得手舞足蹈地叫了起來，「太爽了！」

那天晚上，在陽臺上我們兩人聊了很久，從我老爸的病痛和憂鬱，到王力成和張曉丹，以及我要回國的計劃，都聊了一遍。

像以往一樣，我們談得很投機。不同的是，以往都是王力成話比較多，我更多是問問題。這次相反，王力成問了一些有關美國的問題，我一一回答。我們兩人都很喜歡這樣的交談，說者和聽者搭配完美，彼此知根知底。

「在美國工作一年你最大感受是什麼？」王力成很想瞭解美國公司運作，看看我有什麼經驗，他可以藉用在他自己的公司裡。

我連思考都沒思考，「那就是順從。公司目標就是賺錢，你必須為這個目標順從你的老闆，他叫你幹啥就幹啥。」

「這跟中國沒什麼區別嘛。」

「天下烏鴉一般黑。你這個狗屁肯定也是一隻烏鴉！」

「莫罵人。你被美國人炒魷魚了，連我都不放過。」他沒生氣，反而笑了起來。「美國不是提倡個性張揚嗎？在美國公司，部下如何向老闆進言提意見？」

「給別人幹活只能變得順從。美國人在公司裡的張揚，是順從的張揚，一定要讓老闆知道幹的活進展如何，幹得多漂亮。整個公司僱員都在竭力討好上層老闆。」

王力成又問了幾個問題，我都搖頭表示不知。王力成覺得奇怪，「你這一年在不在豐通銀行？怎麼什麼都不知道。」

我懶洋洋地回答。「你知道個屁！美國大公司都是一個蘿蔔一個坑，分工很細，每個人都只幹很具體細節的一種活，不知道其它部門甚至同一個組的其他人如何幹他們的活，更別說公司運作了。同樣風險管理，我只懂一點信用風險，對市場風險、操作風險、司法風險和其它風險，我根本不知道。財務部門，銷售部門和營業部門，我一竅不通，等於隔行如隔山。」

「看來，國內到海外招人總想招那些 100 強或 500 強的大公司員工是個誤區。」

「中國人就喜歡走極端。特別是剛創業的小公司來招美國大公司的人，那就大錯特錯了。」

說到人際關係，我很有感觸：「美國公司裡人際關係同樣非常重要。在豐通銀行工作之前，老是聽華人說美國公司裡人際關係單純。根本沒那麼回事！我們公司的廣告招牌就是「Relationship is everything」！這種赤裸裸的「關係就是一切」的口號，太說明問題了。我頂頭上司奧莉婭動不動就當眾把秘書說成是我們的「媽媽」，夠肉麻的吧？老闆和他工作有來往的其它總監一起吃午飯，下班後去酒吧 happy hour（快樂時刻），其目的就是熱絡關係。」

「那為什麼華人普遍都說美國人際關係單純呢？」王力成不解。

「因為華人移民到美國，大都是螺絲釘，不是高官，不涉及辦公室政治，當然相對單純。現在中國不也是一樣嗎？如果你不想當官，不在公司任高官，人際關係不也相對單純嗎？這種所謂美國人際關係單純的普遍說法，是從 50 後到 80 後大陸來的華人移民嘴裡說出來的，因為過去中國雇主幾乎都是國營，包一切：住房，幼兒園，食堂，你的檔案，無所不包，人際關係當然複雜。」我一反常態，說起這話題頭頭是道。

王力成點點頭，「這倒是。看來，你在美國工作這一年沒白待啊。你這說法，我還是第一次聽到。」

這時，一艘小帆船從我們眼前慢悠悠走過，轉移了我們兩人的注意力。一對男女在甲板上做愛！我和王力成聽到他們吱吱哇哇的呻吟。

「真夠瘋狂的！」王力成說完，對著那對男女吹起了口哨。那兩人壓根沒搭理，也許他們根本顧不上，沒聽到。

王力成好奇，「誰在掌舵啊？」他和我站起來，左看右看，帆船上只有這對男女！小夥子凸起的臀部在月光下起伏，姑娘兩條腿高高翹起來，分別搭在小夥子的肩膀上。

夜如此安靜。那對男女氣喘吁吁，呻吟聲劃破湖面。「他們一定知道我們在看他們做愛！我敢打賭。」王力成看得津津有味。

我坐下來，「他們讓帆船順著風浪漂，沒人划槳。難怪走得這麼慢。」

不知是不是被旅館陽臺外的樹林掉下來的樹枝擋住了，帆船居然停了，在我們陽臺左側不走了。可這對男女毫不領會有人在觀望他們，仍激情似火。王力成叫了起來：「這不是存心要我們欣賞到底嗎？不看白不看。」

我下面硬了起來，有些尷尬。正好，王力成看過來，目光落

在我褲襠凸起處。

王力成笑了，奚落我：「你太沒吸引力了。」他詭異地做了一個鬼臉。

我明白他內心想的是什麼。「屌尼瑪的！噁心。你這個野仔！」被他點了死穴，我有點不爽。

王力成二話沒說，把 T 衫和海灘褲脫了，只剩下一條三角褲。「看男人不看臉，看身材肌肉，看下面！」他腹部隆起的八塊肌肉，像一片棕色巧克力的分塊。

的確，他肌肉很美，每一塊線條都分明畢露。他的臉不難看，只是談不上很英俊，但這副高大身材肌肉一露，顏值大大加分。我看呆了。自從上次從美國回去後他上健身房健身，很注重鍛鍊，但沒想到他現在這麼健美。

王力成低頭看了一眼他自己三角褲前面被突突地頂起，又看看那八塊腹肌和類似青蛙大腿的腿肌，兩隻胳膊上的二頭肌像被湖水沖擊過的鵝卵石，堅硬而平滑，鼓脹著一道道暗青的光澤。他摸了摸那二頭肌，很得意自己的這副身材。「怎麼樣？老子可以吧？」他高興地笑了起來。

「嗯。的確很棒！難怪你把藍姆睡了。去年你來紐約，沒發現你是肌肉男嘛。」

王力成頓時興致勃勃：「就因為上次來了，大受刺激。美國那些帥哥們衣服一脫，一個比一個健美！這不僅讓他們身體吸引力大大加分，更重要地是改變了他們的心理素質，很自信，精神面貌煥然一新，心理上無形之中佔了上風。上次來了之後，我才理解為什麼我們中國人在老美面前再聰明也容易唯唯諾諾畢恭畢敬，人家高富帥啊！不富也至少又高又帥。人心理會潛意識受暗示的。你看，我們國家領導人來美國，一點都沒氣場，為什麼？你身體和言語都散發不出心理氣場！我們的領袖人物當眾言說能力不行，眼睛盯著稿子唸。你說美國人能會對中國人平等看待

嗎？如果你是美國人，你就是有意識地想平等，潛意識裡也難做到啊。去年一回去，我就開始練健美，很有成效。否則，藍姆怎麼可能被我吸引。當然，今年我的英語有了長進。我上次回國後，請了網上老美英文私教老師，每週視頻一次。」

我們正說著起勁，有人在陽臺外對我們說話：「對不起。打攪你們了。」

我們回頭一看，是剛才那對男女中的那位小夥子。他一絲不掛，那身材肌肉可和王力成 PK。他用左手捂著自己的寶貝。「那是我妻子。」他指指帆船上趴著的裸女。「我們兩人只顧做愛，衣服掉入水中被沖走了都全然不知。我們這副樣子，沒法進旅館，你們能不能藉條褲衩給我？我們的旅館就在對面不遠。等我拿到我們的衣服出來時再把褲衩還給你們。」

聽他這麼一說，又經我翻譯了一下，王力成笑得前俯後仰，捧著肚子，眼淚都笑了出來。他打開紗窗，把自己剛脫的海灘褲扔給那男人。「你不用特地又跑回來還。送給你了。我還有一條。」

那老美接住海灘褲，連聲道謝，回到帆船穿上它。他老婆還趴在船上向我們兩人擺擺手，表示謝意。夫妻兩人也大笑起來，把船划走了。

看著他們的船影，回頭又看到王力成只穿三角褲的裸體，我感嘆：「你們這些人對裸體毫無害羞。墮落啊！你知道嗎？《聖經》裡亞當和夏娃犯了原罪之後墮落就是從意識到他們自己裸體開始的。」

王力成不解。「上帝造人是按照他的形象造的，他造的就是裸體。」

「可是人有罪性。裸體會讓人產生衝動和邪念。」

「那是人的問題，不是裸體本身。」

實在太晚了。我懶得和王力成爭辯。我們各自回自己房間睡

覺。我卻一下子睡不著。我想，如果自己有王力成那樣的身材肌肉，也能在吸引女孩上加分。彎男也好，直男也好，在吸引力上都是一樣的，只是對象不同罷了。我對著天花板嘆了口氣。我太清楚自己的懶惰。我沒有王力成的毅力去健身，那太苦了。再說，我沒那動力。個子矮長相不行的人就是肌肉男，也沒吸引力。

5.

這次，我和王力成訂的旅館是套房，有兩個臥室。早上醒來，我給隔壁房間的王力成發了微信：「起來了嗎？」好久沒有回音。手機上顯示：9 點 28 分。他一定還在夢裡。

昨晚到旅館時天已黑，我沒看到千湖島的真面容。我爬起來，拉開窗簾。湖水清澈湛藍，微微顫抖。湖中岩石和小島散落地露出水面，它們有許多裂痕、岩洞、暗礁。許多島上都有小樹生長，七長八短，長勢旺盛繁茂，有的伸出巴掌大的葉子，有些地方竟還有一小片鬆林。湖對面的幾棟別墅，即使在白天，看起來的確像遙遠的海市蜃樓，讓我感覺置身在世外桃源。我們的房間被一個深入的大陽臺環繞著，似乎隱藏在陰影裡。紅瓦的屋頂往下伸展開來，像一艘倒置的小船兩側。

陽光緩緩散漫開，一副可愛景象。黎明，帶著這個世界的消息回來了。不遠處，玫瑰色天空中一束白灰色菸霧突然合併起來，在湖裡像一部倒著放映的電影片。我又像往常一樣，打開微信去看莫莉香在朋友圈上發的帖子。她現在香港玩，拍了很多在那裡的照片。從距離能看得出來，大多都不是自拍的，即便用自拍神器也不可能拍到人在幾米之外。誰幫她拍？照片上都是她一個人。她還是單身，不願披露誰是她目前的情人？依她那沒心沒肺和愛秀的性格，如果再婚，她一定會在朋友圈裡發照片說出來的。

我給她私信。「來美國玩吧？我年底海歸，這幾月不上班了，到處玩。你來的話，我們一起玩！」

　　莫莉香這次很快回答了我。「好啊！太好了。做不了夫妻，做驢友。」

　　「你能請假嗎？」

　　「能！我是自己的老闆。我的生活我做主。只是擔心被拒簽。」

　　「不會吧。現在中國人有錢，老美惦記著我們的錢包。」我力圖說服她。

　　「你現在幹什麼工作？」我問。從她朋友圈曬出來的照片看，她整天吃吃喝喝，遊山玩水，吃的是高檔飯店，住的是五星酒店，如果沒人包養她，她如何這樣消費？她父親官不大，再說早已退入二線了。她哪裡有錢如此揮霍？

　　「別打聽隱私。反正有錢賺就行了。哈哈。」

　　「問一下幹什麼工作，這不叫隱私。」我把打字改成語音對話：「除非你給國家安全部工作。」

　　「告訴你吧，我的工作是從享受中賺錢。」

　　享受中賺錢？我腦子裡很快地過了一遍，什麼樣的工作是既享受又賺錢？品酒師？飯店評估師？旅遊景點評審員？不可能。如果是這些工作，她那大嘴巴個性，早就在微信裡披露了。

　　「我猜不出。算了，我也不想知道了。你保留你的隱私吧。」

　　「有你當我的翻譯，一定會玩得嗨皮！」她呵呵地大笑起來。

　　聊完後，我很激動，想把這事告訴王力成。我又發微信給他：「你起來了？」仍然沒有回音。已經11點了。我只好打電話過去。「你這懶蟲！11點了。」

　　王力成拿起手機走出他的臥室，搓搓眼睛。「我眼皮都睜不開。我們睡的時候都早上3點了！」

　　我們各自在自己房間浴室洗完澡後，磨磨蹭蹭，到酒店就餐

部去吃早餐。服務員說，都要吃午飯了，哪裡還有早餐。我們兩人找了一個面對千島湖的陽臺坐下來。服務員把咖啡送過來後，兩人一邊喝一邊等午飯開始。

王力成感嘆，千島湖真美！青色荊棘叢，沿著像小河一樣的湖邊，在受風摧殘而凋蔽的岩石之中。一群牛，就那麼一種姿勢，動也不動在對岸草地上，真像明信片。湖邊一座座別墅，在綠綠蔥蔥樹蔭下若隱若現，而那些裸露在湖邊的別墅，就像我們住的這家酒店一樣，窗臺和陽臺上都擺滿了花。風吹動著，把這些花特有的氣味散發出來。王力成把鼻子湊近陽臺上的一盆茉莉。「美國的花都比中國的香。」

我搖搖頭，「你這個野仔！美國人的屁都是香的。」

正說著，王力成手機響了。他對我眨眨眼，「張曉丹打來的」。

「怎麼樣？玩得開心嗎？」電話裡傳來張曉丹那廣播員似的普通話，很好聽。

「開心啊。韋鋼剛才還說我把美國的屁都聞成是香的了。」他戴起耳機站起來，跑到一邊和張曉丹去聊天了。

我看到王力成在一旁靠著陽臺眉飛色舞地在跟張曉丹聊天，滿臉幸福的樣子，我很難想像他又彎又直！人怎麼可以這樣？看王力成那副很愛妻子的模樣和表情，不是裝的。他也沒必要裝。見鬼了，人都是精神分裂者。

王力成聊完，走過來對我說：「我太高興了！我老婆告訴我一個好消息，我們的孩子是女兒。」

你不更想要兒子嗎？我問。

「不，我更想要女兒。如果只生一個，我寧願要女兒。女兒永遠是爸爸的小情人，媽媽的小棉襖，長大後對父母的體貼肯定比兒子細膩溫柔。張曉丹就是最好的例子。她每天都要給父母打電話，微信不斷，問長問短，幾乎每個月都飛回青島看父母一次。兒子有幾個這樣的？我認識的哥們中沒有一個能做到。」

我聽了無動於衷。「現在都是獨生子女，沒有兒子，你家香火不就斷了嗎？你女兒將來嫁出去，生的孩子跟別人姓。」

　　王力成瞪著我。「尼瑪的。你還是留學美國的！太封建了！姓管屁用。你死了，你什麼都不知道。就算你知道，誰在乎你那個爛姓！就算是老毛的兒子孫子，現在也沒人在乎。」

　　服務員把我倆點的菜送上桌，聽見我倆嗓門這麼大，就用右手放在嘴巴上「噓」地一聲，意思讓我們說話小聲一點。王立成抱歉地說：「Sorry!」。

　　王力成打開啤酒，倒好兩杯，把一杯遞給我，壓低聲音。「如今這個世界看的是本事，誰看你的姓。你有本事能賺大錢，姓狗姓羊都無所謂。再說，現在女人有本事的話，一點不比男人差。」

　　我無話可駁。王力成把酒杯裡的啤酒一口喝下去。他拿起叉子，把一塊小牛排放進嘴裡不斷地嚼，好像那是一塊永遠有味道的骨頭。他把嘴裡的骨頭吐出，感嘆萬分。「說了我自己都不會相信。婚後幾個月，我發現我越來越愛張曉丹了。她不只是有漂亮的外貌，工作能力也很強。我來美國，她把公司事情都處理得非常好，根本不需要我操心。我運氣太好了！昨天早上你說我時，我就想告訴你，但我怕你這狗屎又嫉妒我。」

　　我相信他，半開玩笑半認真地問他：「將來有沒有可能被改造為純直男？」

　　「不會。」他衝口而出。「昨天我回到房間後想了很久。我內心挺矛盾。那天來千戶島的路上，你說我把曉丹肚子搞大了還又彎又直，我很難受痛苦，因為我內心太糾結而不知如何是好，又擔心以後萬一張曉丹發現了我又彎又直後我們會很悲劇。」說到這，他停頓了一會，好像喉嚨裡有一團火要用口水把它熄滅了，吞下去。他喉結使勁地上下動了一下，說：「我必須承認，我是不折不扣的又彎又直。我說的愛，是夫妻感情上的。或許，這樣的表達不是很準確。當你對一個人有了感情，特別是這個人

是你的生活伴侶，你不可能不在肢體動作上有所體現，而感情越深，你和她做愛就越投入越有味道。可是，我的的確確對帥哥也會有感情，只是我現在結婚了並且我愛曉丹，我不會再發展與帥哥的感情罷了，但有打炮的慾望和激情。你能明白嗎？」

我搖搖頭，「最後一句不懂。對男人之間做愛，我永遠不懂。由此看來，結婚不能改變一個人的性取向。」

王力成對我的不懂反而很理解。「我沒指望你都懂。真的。我想，你知道這點後就不會再嘲諷我罵我。我越來越愛曉丹，隱瞞讓我內心很糾結。」

「哪你？」我問。

王力成放下手中的叉子，拿起酒瓶往酒杯裡倒酒，猛喝了一口。「我在猶豫，要不要告訴她我其實又彎又直？如果她萬一接受不了，怎麼辦？她是山東妞，剛烈直爽，如果知道了讓她氣瘋了，說不定趁我睡著把我的寶貝割掉這種事情，她都敢幹的。想來想去，過這樣雙面人的生活，是我唯一選擇。」

「那你會有內疚感嗎？」我拿著酒杯，既不喝又不放下，明知故問，等待王力成的回答。

他毫不猶豫：「有！這幾天我在反思自己。如果在美國生活，我不會和異性結婚。現在看來，和曉丹結婚是我生命中最大的罪過，最大的的欺騙！」他把右手握成拳頭，捶捶他的頭。「可是，如果我不結婚，意味著我不可能繼承父業做 CEO，不可能繼續又彎又直……」。

「什麼意思？如果不結婚，你就不能當 CEO？你就不能繼續你又彎又直的生活？你和曉丹結婚前，你父親不是就把公司交棒給你了嗎？」我把手中酒杯舉起來，喝了一口。

「是。如果我一直不結婚而沒有女友，人們遲早會懷疑我的性取向，一旦被發現，我必須公開我是又彎又直者，會毀掉我的前途！我不可能繼續做 CEO，我父親肯定氣死，我不可能有

今天這樣隨心所欲想到美國來玩就來的機會。這樣說吧，一旦結婚，這一切就迎刃而解，人們不會懷疑我的性取向。就這麼簡單。」

我再次搖頭，「你這狗屁！那我問你，你跟帥哥做愛的快感超過與美女做愛的快感？」

「這是不是太隱私了？」王力成拿起桌上的餐巾紙，抹掉牛排在嘴上留下的醬汁。「不一樣。你是直男，我沒法跟你講得清楚。這樣說吧，和美女做愛，溫馨柔軟。跟帥哥做愛，堅硬陽剛。美女如花綻放，帥哥如鐵熾熱，這是兩種完全不同的性愛。如果一樣，我肯定能斷了和帥哥做愛的欲望。」

聽他把兩種做愛說得那麼美，文學似的，我笑了起來。「你跟帥哥做愛，不就是把你的那玩意兒插到對方屁眼裡嘛。夫妻之間也可以那樣啊。不需要找帥哥來解決。如果是你想被插，叫張曉丹用人造玩意兒幫你弄不就很完美了嗎？還能增添夫妻情趣。啊哈哈。」我笑得有些支撐不住了，但這次我絕沒有嘲諷他的意思。

王立成拿起酒喝了一口，放下杯子：「尼瑪的！說正經的。」

「好，說正經的。當初結婚，你為的是成家。在這之前，你找美女帥哥，別人都管不著，兩廂情願。現在你如此愛你老婆，你的責任就是不再找帥哥！」我指著千島湖，說：「美國和加拿大兩國分享這條湖，但加拿大就是加拿大，美國就是美國，不會混淆的，法律責任分明。應該有個法律，凡是彎人或又彎又直者娶了老婆或嫁了老公後再找帥哥美女做……屬於……犯罪！」說到最後，我竟然結巴了，這是我第一次在王立成面前這樣。

王力成笑了，「你今天話這麼多。嫉妒改變人啊。」

我承認：「是。我非常嫉妒你，有個漂亮能幹的老婆，還把藍姆給睡了。不過嫉妒歸嫉妒，我還是勸你規矩一點，張曉丹對你多好啊！」

「是的。山東女孩在大男子主義文化裡長大，把老公當作老爺子來對待的。我們去商店血拼，她甚至不讓我拿商店裡給的商品袋子。她認為，男人手拎著大袋小袋，太娘，掉價。」

我提醒王力成，「你不擔心天下沒有不透風的牆？萬一有一天你被發現，張曉丹知道了，她會怎麼樣？愛得深，恨得切！」

「這正是我剛才開始說的意思，這是我唯一擔心的。我非常小心。我有三個微信號。一個專門用在和我的帥哥美女聯繫。曉丹從來不看我的手機，她很瞧不起那些看老公手機的女人。」說到這裡，王力成有意識地切換著微信賬號，給我一種很戲劇性的感覺，好像國產電影裡地下黨組織成員在隱瞞身分的鏡頭。

我有一種直覺，王力成這小子很可能會出事，就像當年地下黨員被人跟蹤或抓進監獄而犧牲。富二代，CEO，美女老婆，又彎又直，都集於他一身。天下哪有這等美事！不出事才怪呢。

「阿成，我心裡有一種直覺，你早晚會出事的。我說這話，絕不是嫉妒。真的。我很相信直覺。」

王力成看看我，「是嗎？」

「信不信有你。我只是擔心，too good to be true。我不知到如何翻譯成中文才恰當。樂極生悲？不準確。直譯的意思是美好得不真實。」我對自己的翻譯不滿意。

「這句英文，我聽說過，通常是說你想要得到的東西。我現在的情況是，我已擁有了我想要的一切，都已成真。」

我們誰也說服不了誰。我不想再奚落朋友。直覺是直覺，我內心可絕對不希望他出事。

吃完午飯，我們兩人租了一艘汽動小船。王立成在柳江玩過好幾次汽船，他對此駕輕就熟。千島湖面狹窄，到處都是小島，彷彿在峽谷裡穿梭，不能開太快。不過，看著汽船後面翻滾的白浪，我們很興奮。湖兩岸陡峭險峻，滿是綠色灌木和鬆樹。很多灌木根須裸露，盤繞在一起，有些牢固地紮進岩石縫裡，有些擠

壓在側壁上。最讓我們驚嘆的是那些從石縫裡生長出來的小花，
有黃有紅，活得那麼自在。

我們兩人玩得很開心。我把被解僱的事拋在腦後，忘得一乾
二淨。

6.

離開千島湖，我們去了弗蒙爾州，目的地是一個教堂。這
個教堂是專門為狗設立的，是美國唯一的狗教堂。這實在太新奇
了。從網上得知這教堂後，王力成特別想去。他最近養了兩隻狗，
非常喜歡它們。他告訴我，他已不再吃狗肉，因為現在狗已被他
看成是人類的家庭成員了。路上，王力成把手機裡他的兩隻狗的
照片給我看。離開千島湖之前，他在一家照相店洗了其中他最滿
意的一張，把它帶到狗教堂去，準備貼在教堂裡，希望那兩隻狗
得到上帝的祝福。

一路上，風景非常漂亮。王立成不斷地用手機從車裡往外拍
照。橫穿彎彎曲曲的州界，我們貪婪地越過一條條高速公路，在
心蕩神馳的靜謐中滑過光澤熠熠的黑色柏油馬路。流連風光，迷
人景緻，一次又一次映入我們的眼簾。北美鄉間的寬闊畫面乍一
出現時，讓我們驚奇不置，那些綠色塊的農莊弄得我們如癡如醉
——一排排樹、一座穀倉、一匹馬、一條小溪，一個花園，一堵
石垣，一座墨如油畫的山。我們對陌生的美國東北部田園風光，
漸漸地越看越親切。在整齊農耕地以及像大玩具積木一樣的各種
單棟房（國內稱為別墅）的上空，一個橘紅的太陽泛著金白色光
芒，宛若剝了皮的桃肉的暖色撒遍大地。

那天是禮拜日。我們把車慢慢地開進一個小村。村頭一座
山，像天空降下來的一扇大門，迎接人們的到來。山坡上，一座
座白色狗墓碑豎立，讓人想起了華盛頓的阿靈頓國家墓地那些戰

死軍人的墓碑和越南戰爭紀念牆。天還早，整個山坡上空無一人，十分寂靜。通向村裡的路口有一棟紅色糧倉，在綠蔭一片汪洋裡顯得格外引人注目。我們把車停在附近，便去拍照。

這教堂創建人是一位民間藝人，非常愛狗，生前建了這教堂。他和妻子先後去世，這座教堂卻保存完好。它白色精緻，估計六百平方米，門還沒開。四週都有狗的雕塑，其臉都朝外，彷彿保護著教堂。我們迫不及待好奇地從窗口往裡看。只見教堂裡到處都貼著狗的照片和祝福的留言。中間一排排座位，跟普通教堂沒什麼兩樣。難道狗跟人一樣，會規規矩矩地虔誠做禮拜嗎？我們兩人已經等不及要看禮拜了。

各種各樣的狗，有主人帶著來做禮拜。比人做禮拜還熱鬧。有些狗是從外州來的，甚至有從夏威夷和國外飛來的。它們都挺有紳士淑女風度。公狗很多都戴著領結。母狗則花枝招展，有些則穿著超短裙，煞有介事。有些狗之間還會打招呼，互相親吻，摟在一起。太逗了！王力成不斷地大叫大喊，非常驚奇。

「這些狗比人可愛！」我感嘆。

「你一定要養狗！你回國後，我送你一條狗。狗比人更忠誠，它不惹你生氣，聽話，懂得討你歡心，更不會罵你，你罵它，它絕不回嘴。」說到這裡，王力成樂了，對我眨眨眼睛。

我知道王力成在說我。「人有時需要被罵。人很賤的。不罵不成才。」

「得了吧。你白在美國留學和工作了。美國文化不是鼓勵表揚讚美為主嗎？你這德性，即使你老爸老媽在你長大的這二十幾年裡也沒罵過你幾次吧。至少，在你成人後他們肯定沒罵過你。」

我想了想，「的確。除了我小時候被罵過，這些年來我真沒被他們罵的。」

王力成想起了我父親傷痛和憂鬱症。「但願你老爸情況會有好轉。」

我不免嘆氣：「真沒想到他晚年結局會是這樣！看來，美國不是我們家的福地。我老爸的精神給徹底摔跨了，而我工作一年就被解僱，還沒法跳槽，必須滾蛋。我回去也就罷了，可老爸一蹶不振。他完了！」

　　禮拜十點開始。教堂鐘聲響了。我們走進教堂。好家夥，夠神的。所有狗都由主人牽著，每條狗都蹲或坐在座位上，居然都很禮貌，乖乖的不動，而主人都站在座位後面。顯然這些狗都受過良好訓練。只有一隻小狗不懂事，哇哇叫了起來，想離開座位，主人只好把它抱起來，放在懷裡，撫摸它哄它，它不再叫了，探著頭東看看西瞧瞧。

　　凡是不帶狗的遊客和狗主人的親朋好友，都站在教堂四週牆邊，全都站滿了。王力成和我擠在人群裡，被這場景震住了。

　　大家都很自覺，每個人都不說話，只是對狗做禮拜的的模樣和動作不斷發出會心微笑。

　　儀式很簡單。一位女牧師主持禮拜，她讀了一段聖經，講了一段話，大體意思是上帝是天父，創造萬物。她講完後，狗全部下座位，站到地上。一個司琴彈了一首聖歌。另一個人上去，讀了另一段聖經。狗全部趴在地上。兩位女士走上臺，二重唱讚美上帝。完畢後，狗由主人們牽著，排隊繞著教堂裡走了一圈，同時所有人一起唱讚美詩，結束。

　　我和王力成還沒從禮拜氣氛了緩過來，只見一條條狗從主人手裡放掉的狗繩裡快樂地飛奔而出教堂大門。有些狗搶不到領先位置，就從門旁的小狗洞裡鑽出。它們直往山上跑去。

　　我們趕緊搶著給狗拍照。王力成笑得前仰後翻。我則被一條跑得很快的大狗碰了一下，手機被拋了出去，好在是草地，手機沒摔壞。

　　我們兩人互相看對方搶拍的照片。我一邊看，一邊直點頭，「回國後，我一定要養條狗。太可愛了。」

我們走回教堂，去看那些祝福的留言和狗的照片。仔細一看，才發現很多是遠方不能來禮拜的人寄來的狗照片。有些人寫下熱情的信件。有些是父母為了滿足孩子的願望，代替孩子寫的留言。其中有一封信，是一位即將離世的老人寫給其名叫達達的狗。信的旁邊，有達達的照片，是一條非常可愛的德國金毛犬。

　　「親愛的達達：

　　我要離開這個世界了。上帝揀選我去天堂了。我要萬分感謝你，是你陪伴了我十三年。你知道我的孤獨寂寞，總是對我不離不棄。你幫拿東西，你睡在我床邊。晚上我起來尿尿，你幫我跑到衛生間開大燈。有一次我不小心摔倒在家裡，爬不起來，把額頭碰出了血，是你跑到屋外大叫，鄰居聞訊趕來救我起來，送我去急診。

　　親愛的達達，你是那麼懂事。每次我禱告，你都會靜靜地一聲不吭，蹲在我的身旁。當我禱告完畢說阿門，你居然會叫一聲，點點頭。你不知道，你去世時，我傷心了兩個禮拜，我的心碎了。如果不是上帝給了我憐憫，讓我有活下去的勇氣，我早就跟隨你而去了。

　　我決定把你的骨灰寄到弗蒙爾州的狗教堂，給他們付一筆款，把你葬在教堂的墓地裡，委託他們請人定時打掃你的墓地⋯⋯。

　　我的達達，但願上帝讓我在天國能見到你！」

　　我把這信的意思翻譯給王力成聽。王力成很感動，差點掉淚。他問我：「我們是不是也應該捐點錢？」我們往教堂奉獻箱裡投了錢，才高高興興地離去。

第十三章

1.

參觀狗教堂，給王力成這次在美國旅行帶來意外欣喜。他把教堂每年舉行狗節的日期拍下，存進手機裡。他說，下次他到美國旅行要想辦法帶他的兩條狗到弗蒙爾州度假，到狗教堂去做禮拜。

那天晚上，我們回到旅館，在一樓酒吧剛坐下，就聽到有人在說中文。抬頭看去，一個文質彬彬中年美國男人正在打電話。他的中文非常流利，只是有一點台灣腔。他坐的我們旁邊的座位上。等他打完電話，他用中文主動與我們打招呼：「你們好！是從中國來的嗎？」

這人看上去大概 45 歲，長得高大帥，英氣十足。他的眉宇間充滿了一股風流倜儻的俊美瀟灑氣息，有點像是演美國故事片《鋼琴家》裡的那位電影演員布魯迪，但鼻子比布魯迪更好看。布魯迪的鷹鉤鼻子太長。

我心想：壞了，這不是王力成的菜嘛。一個人單獨在飯店吃飯，單身可能性就大。如果是單身，那就有 50% 概率可能是彎男。

果然，他倆四目相對，那眼神在我看來已經彼此心儀了。有些東西是不需要言語的，你完全可以感覺到。那傢伙一定是彎男！

王力成故作鎮靜，「我是從中國來度假的。他是我初中同學。」然而他的臉上已露出不同尋常的喜樂。兩人眼睛發出光亮。

我沒吭聲，點點頭算是打個招呼。

那人自我介紹，「我叫大衛，我是帶狗來參加禮拜的。我在狗教堂裡就看見你們了。當時我就猜出來你們是中國人。」

「那你的狗呢？」王力成問他。

「旅館有托狗處，有人幫照看。」

「這麼好啊？」

「是。這家旅館為來狗教堂參加做禮拜活動的旅客提供這種服務。」

大衛告訴我們，他是弗蒙爾大學東亞系中文教授。他大學畢業後，在臺北教過兩年英語，愛上了中國文化，學會了講中文。回美後，他考上了哈佛大學中文博士生，畢業後在弗蒙爾大學任教，現在是中美比較文學教授。

我又是多餘的。王力成和大衛聊得火熱，像是多年老相識。我只顧自己喝酒，對他倆彼此的心有靈犀一點通，置若罔聞。偶爾，為了不冷落我，他們和我搭腔，可我心不在焉，只想離開。當我聽到大衛說，他住的是和我們同一家旅館，我馬上說：「阿成，我先走了，我要回去跟莫莉香那妞打電話。」

回旅館房間，我馬上讀微信。莫莉香在廣州給我發了好幾條微信。她被美國領事館拒絕了簽證。最後，她留語音：「我還是謝謝你，雖然去不了，你的心意我領了。」

我立馬從微信上打電話過去。我不相信她被拒簽。這年頭中國人極少被拒簽的。國家跟人一樣，都是很勢利的。中國人現在有錢了，外國都歡迎我們去旅遊，想撈錢。據說美國很快就要給中國人為期 10 年的簽證。

莫莉香沒接電話。在千湖島時，她給我微信過：「我明天就去廣州簽證。」難道她真的行動如此快，都已到了廣州去過美國領事館了？

這時，王力成倒給我來了微信。「今晚不回去了。我在大衛這裡。明天見！」句子後跟著幾個開心的符號。

王力成先是和藍姆幹上了，現在又和大衛好上了。這個世界的確不公平。我即使是彎男也肯定吸引不了別人。如今，顏值已成了極為流行的中文詞！翻譯成英文，它就是 value of appearance。這不是赤裸裸的長相歧視嗎？如果在美國誰敢公開正式場合和職場用這樣的詞語，肯定會被告。中國招工廣告明確

要求性別和年齡。在美國，沒有一個公司敢如此做。只有美國華人聊天會赤裸裸歧視。記得那次我去默西學院趙教授所在的華人教會，那些獲得博士學位、最不該有歧視而應該有博愛的基督徒們言談中非常歧視黑人。

我越想越嫉妒王力成，越嫉妒就越不是滋味。這種感覺很奇怪。作為直男，我理智上明明知道這沒啥好嫉妒的，再說王立成是我這麼好的朋友。我只能猜想，在我潛意識裡自己很可能把他和帥哥好，當作了對我本身的反照，折射出我的個矮長相不行的痛苦，一定搔到了我自尊的癢處。

我想像著他和大衛在一起的情景，把大衛和他切換成莫莉香和我。我的身體藏在黑暗裡，宛若撫摸霧靄中呈現在水平線上的小鳥，我伸出右手猛然抓住自己，糾纏在我的手掌中。我閉上雙眼，夢見莫莉香那迷人的笑容，被熾熱的火焰包圍著。我在夏夜深處近乎於自虐，使勁加快節奏。「啊！」我在黑夜裡發出大聲喊叫，卻沒有獲得我平時的那種快感。我蜷曲在旅館的床上，透過寂靜再次念思莫莉香，彷彿我的身體已從我內心裡遊蕩出去，讓我感到了時間的流動，而她在這種流動中芳香不變。

2.

第二天早上醒來，另一張床整整齊齊沒動過。王力成還沒回來。

我正在淋浴時，聽到手機響。我箭一般飛快沖出去。我估計是莫莉香打來的電話。拿起電話，卻是老媽的聲音。

「文輝，本不想跟你說的。可我實在扛不住了。你爸想自殺。今天他想上吊。幸虧我發現得早。現在我和保姆輪流看住他。你早點回來吧……。」說到這，老媽哭了起來，聲音很無奈，充滿了悲傷。

這消息讓我吃驚。「好的。」我決定取消周遊美國的計畫，提前回去，乾脆和王力成坐同一航班飛機回柳州。我知道他的回程票是 8 月 1 日。

我還沒來得及轉身去浴室，旅館房間門開了。

王力成回來了。他看到了我全裸的整個身體。我們雖然是多年好友，這是他第一次看到我的全裸。我很窘，趕緊鑽進浴室。我大聲在浴室裡罵他：「操尼瑪的。在外面鬼混了一夜，回來也不打個招呼，也不敲敲門。」

「操你公龜的。我哪曉得你光著身子一個人在旅館裡悶騷，搞什麼卵！這麼難看的。」

「屌尼瑪。難看不是給你看的。你的身材好看，還不是為了操蛋！」罵到這裡，我想起了剛在微信一個貼子上再次讀到「在江湖混，總要還的」。

我把這句話原封不動地扔給王力成，如同上次我在電話裡把它扔給了奧莉婭。王力成急了：「你這個野仔！你就希望我身敗名裂。」

他這麼說，我立刻住嘴了。我再嫉妒，也不希望他那樣。

洗完操從浴室出來，我告訴他我老媽打來的電話。「我本來想待到年底才回去。現在既然如此，我就和你一起回去吧。」

「那你得馬上訂票。很可能都沒票了。現在中國人在美國這麼多，僅留學生暑假回國就至少二十萬人。」說完，這哥們立刻打電話給他老爸：「爸，阿鋼他爸想自殺。他媽扛不住了。你能不能打個電話過去勸勸他。必要的話，再幫找個保姆過去，別讓阿鋼他媽為難。」他爸在電話那一頭答應馬上就去辦，並說會把他家保姆的妹妹從融水縣叫來。

我很感動。王立成不是一般朋友，這是鐵哥們。

上網一查，和王力成同機的國航票最便宜的要 1754 美元！我立馬訂了，否則再晚就沒票了。

按照計畫，我們收拾行李準備去波士頓。這時，大衛給王力成打來電話，說能不能在波士頓見面，他問我們旅館定在哪裡。我在一旁嘮叨：「你們倆剛混了一夜，就等不及了！阿成，算了，這樣吧，到了波士頓你乾脆和他住一起，省得你來回跑。」

大衛當晚不能和王力成見面，他約王力成星期二晚上在我們旅館等他。

星期一和星期二，王力成和我逛了哈佛大學和麻省理工學院。我們都很喜歡這兩個名校。我跟王力成說，早知道當初努力來這上學。王力成樂了：「你這種德性鬼樣子，來這？做夢吧。」

我們的旅館就在哈佛大學旁邊。我特別喜歡坐在哈佛廣場發呆。星期二下午，我累了，買了自己最喜歡喝的香草拿鐵，坐在廣場咖啡店門口的陽光裡，哪兒都不想去。王力成坐了一會，很想開車去別處轉轉。我和他商量一下，約好六點在旅館見面後一起去吃晚飯。

下午一點多。波士頓夏午的陽光並不猛烈。一條很帥的狗靠在咖啡店外，被拴在一棵很粗很大的老槐樹下，懶洋洋地趴在地上，它那對明亮有神的眼睛東張西望，非常老練地巡視著這條名叫「麻省大道」上的路人。那些手裡拿著書或背著書包的男女學生走過，顯然是哈佛大學的驕子。他們朝氣蓬勃的精神面貌，彷彿向這世人宣佈：他們是這世界的精英，宇宙是屬於他們的。幸福，從我坐的桌子旁那顆老槐樹葉縫裡由斑斑點點的陽光撒在這些人的身上，從咖啡館門外牆上半明半暗的陽光和陰影之間流出來。

我坐在那，目睹這些人幸福洋溢。我一直認為，像我這樣的人從本質而論無幸福可言，我需要快感來填補幸福的缺乏。

我無所事事地打開微信。莫莉香給我留了言。她的確被美國領事館拒簽了。她把護照上被拒簽的圖章和日期拍了照，貼在微信裡給我。我這狗屎的，沒豔福的命。中國人現在浩浩蕩蕩到世

界各地旅遊移民留學，美國馬上要給中國人十年為期的簽證，這妞竟然被拒簽了。我們註定沒緣分。

估計她很可能是在面試中說話不慎，讓領事官員懷疑她有移民傾向。我連給她回言的興趣都沒有。既然木已成舟，再說也白搭。

我突然覺得，自己經歷的事情都像是虛構的小說，永遠成不了現實。這讓我很失落。我無聊地盯著來往行人看，一切都好像不真實，如同幻覺。難道我只有活在幻覺裡？

我三點多回到旅館，睡了個午覺。醒來五點多。到了六點，王立成沒消息。我給他發了微信，「我在旅館房間裡。你到了就微信我。」可到了六點半，他仍然沒有給我回音。我急了，給他撥電話。沒人接。怎麼回事？我在弗蒙爾州的直覺一下子跳了出來。不會出事吧？

我不斷給他發微信，打電話，都沒法收到他的回音，也沒人接電話。等到快八點，我無心吃飯，但又不得不去充饑。我哪兒都沒去，就在旅館裡餐廳點了一碗義大利面。我吃了幾口，就再也吃不下去了。我一直盼望著王力成的回音，忐忑不安。這樣的不安，帶著某種神祕的恐懼。

我叫服務員把麵條打包，我帶回房間去，以便晚上餓了可放在房間裡的微波爐熱熱再吃。回到房間，我心煩意亂，想起大衛今晚要來我們旅館與他見面。是不是他和大衛已見面而瘋得忘了時間？到了差不多十點了，仍然沒有任何消息。一定出事了。王力成不是這樣的人，約了六點見面，如果不出事，他一定會微信給我或打電話的！

最後唯一的可能就是他手機沒電了。如果是這種情況，他會找公用電話告訴我嗎？借用別人的電話給我打電話？我擔心王力成打過電話到旅館而在那裡留言。如果他手機沒電了，他借用別人的手機或用公用電話，很可能是打到旅館，因為有了手機後人

不會用腦子去記電話號碼，都存在手機裡。我跑到服務台，問有沒有人給我留言。服務員說，沒有。

　　我又不斷微信給他，打電話，就是沒有回應。我猶豫要不要報警。可是報警的話，警察一定要問我線索，王立成還認識誰，跟誰接觸過。那我就得說出大衛。如果真出事，透露到電臺報紙一報導，很快就會通過網上傳到國內，那麼他的隱私就會曝光。我都不敢再接著往下想。恐懼一下子佔據了我的腦海。這種感覺，讓我覺得波士頓是一個難以忍受的世界，甚至連哈佛大學都變成了令人窒息的地方。

　　我無能為力。只有等待。

　　那一晚，早上三點前我幾乎徹夜未眠，非常不安。只要外面有一點點響聲，我就立刻爬起來，往窗外停車場看看，甚至打開門看，是不是王力成回來了。我的手機插在電源上，在床頭櫃上打開著微信停留在王力成的微信號上。我每隔幾分鐘就看一眼。到了早上三點多，我實在太睏了，迷迷糊糊地睡著了。

　　也許心裡惦記著王立成會不會出事，六點多我就醒了。我立馬看手機，微信和短信都沒有任何消息。他的微信朋友圈，也沒有新內容。到了9點半，他仍沒任何消息。我的直覺告訴我不能再等了。我正要撥911，我的手機響了！我連看都沒看誰打的。一定是王力成！

　　「操尼瑪的！你在哪裡？老子不斷地給你微信和打電話！」我的擔心一下子成了生氣。

　　「Are you Mr. Gang Wei? Can you speak English?」（你是韋鋼先生嗎？你會說英語嗎？）不是他！對方和我說的是英文。

　　打電話給我的是警察。王力成出事了！車禍！他死了！恐懼和悲傷頓時在我身體裡發酵。

　　警察問，我和王力成是親人還是朋友，如何通知他的家人。看來，生活本相很難超出人的常識所及的範圍。王力成的手機是

沒電了。這就是為什麼他沒跟我聯繫。出事後，警方給他手機充電，因為要解碼，直到今天早上到太平間抓住他右手大拇指通過指紋才得以進入他的手機，發現通話記錄上第一個電話號碼就是我的手機號，而且這幾天電話和短信記錄上大都是我的號碼，尤其昨晚全是我的電話號碼。

車禍發生在波士頓市立圖書館附近。他的車在一個十字路口被一輛大貨車撞得很厲害，整個車報廢。警察告訴我，王力成超速開車。他車裡還有一個美國男人。王力成當場死亡，美國男人受傷。

我立刻起床，按照警察給的醫院名字 Massachusetts General Hospital，打的趕到醫院。

王力成屍體放在一張病人擔架上，靜靜地躺在急救中心的太平間。接待我的護士說，王力成胸部被撞得稀巴爛，醫院做了防腐處理。她和警察問了我好些問題，做了登記，出示我的駕駛執照，才讓我走近去看他。

我走過去。他一身都被蓋著白布，只有頭露在外。我頓時哭出聲來。我死死盯著他，不相信他已死了。完全出我想像之外，王力成臉上帶著微笑，沒有任何痛苦表情。怎麼可能？那一定是他在車上和那美國男人談笑風生，被大貨車撞上沒來得及痛苦就即刻死了。是的，肯定是。我恨那美國男人！他是大衛吧？

我問護士，那個受傷的美國男人在哪個病房，我想問問出事時的情況，等一會給王力成家裡打電話時也好交代。我一邊說，一邊控制不住流眼淚。

護士帶我去見了那個受傷的美國人。果然是大衛！他半睡半醒的樣子。我走進去，他無反應。我走上前去，拉拉他的被單，想把他完全弄醒。誰知我用力過猛，被子竟然從他身上滑落下來。他一絲不掛，整個左臂和肩膀被石膏固定著。他那遍身是毛而有白晃晃的身體就像等待被殺的豬，讓我噁心。我趕緊把被子

給他拉回去蓋好。

　　我轉頭對護士說：「我認識這受傷者。他是王立成先生的朋友。我能⋯⋯單獨和他談談嗎？」護士看看大衛，意思是要他同意。大衛點了點頭「可以」。她便輕輕地關上門，離開了病房。

　　大衛完全睜開了眼睛。「你還認識我吧？」我帶著一股厭煩仇恨的心理，沒好氣地問他。他又點點頭，緩慢地講述了出事過程。

3.

　　昨天下午，王力成離開我，便開車到海邊去看看。他沿著甘迺迪紀念館，拍了一些照。大衛打電話來，說他現在市圖書館。如果王力成來的話，一起去喝咖啡。王力成說自己六點要回旅館接我一起去吃飯。大衛說，「我們可一起到時去旅館接他去吃晚飯。」王力成看看手錶，才三點多，有充裕時間。

　　到了圖書館，大衛帶他在館裡轉了一圈。兩人便在圖書館旁的咖啡店聊了起來。王力成挺喜歡聽大衛聊天。大衛的普通話比王力成說得標準多了。大衛講的那些事，對王力成如此新鮮。上次王力成到美國來，儘管接觸過一些帥哥，但那時王力成的英文只能聽懂很簡單的日常生活用語，而這次大衛跟他用中文對話，一點問題都沒有。時不時，碰到中英文理解的不同，大衛還教王立成幾句英文和單詞。

　　不知不覺，兩個多小時過去了。兩人完全陶醉在這樣的場景裡。室內燈光柔美，咖啡好聞的香味撲鼻而來，和書香氣息迷漫在一起。大衛講述時，王立成那對眼睛始終沒離開過他。與其說那是一對眼睛，不如說是神祕莫測的容器，使大衛獲得了從未有過的無限想像力的夢境，讓他有一種失去任何抵抗力的渾身發酥的感覺。這種感覺，他從沒有過，夢一樣恍恍惚惚，身不由己。

他內心有一個聲音：「我愛這個中國小夥子」，他默默地對自己說。

王立成讀懂大衛的心思。他伸出左手，在咖啡桌上握住大衛的右手，脈脈含情看著對方。他們彼此感到，自己的整個生命都被對方握緊了。

「壞了！」王力成突然叫了起來。「六點了吧？」他一看手機，沒電了。糟糕！怎麼辦？

「已經六點十六分！對不起！都怪我，只顧講，忘了時間。」大衛看完他自己的手機，說：「要不我給他電話？」

「好。噢，不行。我記不住他的號碼。我都是直撥他的微信號或他的手機號，手機顯示的都是名字。」

「沒關係。我們趕緊走。花不了多少時間。十來分鐘。」

兩人匆匆忙忙拿起手機，剛走到停車泊位，大衛發現自己忘了拿包，落在咖啡店了。他飛快地跑回去拿了包衝出來。一上車，王力成猛踩油門，車揚長而去。

王力成沒來得及在車上的 GPS 上輸入旅館位址。大衛說，不用輸，我很熟悉這一帶。他讀博士時在這裡住了六年多。「你聽我的指揮。左拐，下個十字路口，在左拐。」說完，大衛湊過去在王力成臉上親了一口。

王力成想回吻。說得遲，那時快。車已到十字路口。他看到左拐後有下坡，他立刻踩閘。由於車速太快，踩閘後，車旋轉起來，橫在馬路的那一瞬間，一輛滿載貨物的大貨車對著他倆的的車攔腰直撞過來。貨車司機想打方向盤往左轉，避開他們。可還是撞在他倆的車頭。因為坡度，大貨車又重，撞得很厲害，王力成當場身亡。左側車頭駕駛室被撞得癟下去。大衛被卡在車頭裡出不來，是趕來的警察和救護人員用電鋸子把車駕駛室鋸爛，才把他弄出來。

大衛說到這裡很痛苦，流下傷心淚水。「都怪我，沒把握好

時間。」

透過近視眼鏡片，我兩眼怒火盯著他。他變得很醜，那模樣很猥瑣，垂頭喪氣，眼睛再也沒有放亮的目光。我向他怒吼：「你該死！你怎麼不去死呢！你……知道嗎？王力成是我一生中唯一的好朋友！你害……死了他！」

大衛沒吭聲，他沒想到我會對他如此怒吼。我氣憤地瞪了他一眼，離開了病房。

4.

警方和我再次談話，影印了我的駕駛執照留作檔案記錄。

一位警察把王力成的手機給我，讓我找找王立成家人的電話，以便通知。我心裡納悶，不知警方當時用什麼方法把王立成手機密碼給消除了，看到我的電話號碼而找到我。我看了一眼那警察。他猜出了我的目光，「我們今天早上用他的指紋打開手機。哦，我已在他手機設置裡解除了需要指紋或密碼才能進入手機的要求。」說完，他對我眨眨眼。

我找到張曉丹的電話號碼，給她打過去。我強忍住眼淚，非常簡單地把王力成出事告訴了她。她好一會沒轉過神來，起初不相信，接著聲淚俱下，大聲痛哭起來。我再也控制不住自己，也哭了起來。站在我身旁的警察拍拍我的肩膀安慰我，他也聽到了手機裡張曉丹傳來的哭聲，他連聲說對不起：「Sorry to hear that」，好像他對王力成死亡負有責任。

打完後，警方把王力成手機收了回去，說等王力成家屬來了後會交給他們。

接下來那幾天，我不知自己是如何度過的。只能用四個字來形容：極度悲傷。在我沒有愛情的生命裡，王力成是我的火爐。他是地地道道的暖男。他給我的友情，沒有別的任何東西可替

代。我的悲哀，可能都不亞於張曉丹。我和王力成從上初中開始，已是十幾年的哥們！如果沒有他，我說不定都先死了。我對他的感情，遠遠大過對我父母。準確地說，我的生命一半已死去了。這友情，不是什麼直男彎男能夠解釋的。

張曉丹和我又通話了兩次，第三天飛到波士頓。我沒跟她說這些。她怎麼可能理解呢。

翌日，在醫院領取王力成屍體時，我帶她去了大衛的病房。大衛大吃一驚。他顯然不知道王力成是有婦之夫。他語無倫次，跟張曉丹說了幾句話，就推脫自己不舒服，請我們出去。

我心裡百味雜陳，有點後悔帶她去見大衛。我也不知道自己為什麼要帶她去見大衛。可能我當時內心想讓她知道王力成的死跟我沒關係，是這個大衛害死了他。

張曉丹問我，王力成怎麼認識大衛的，大衛怎麼會坐王力成的車，為什麼我沒跟他們在一起。

我不能在好友死了之後透露他的隱私。既然這對張曉丹是一個祕密，希望它永遠成為祕密，隨著王力成的消失而消失。

「在旅館酒吧認識的。他中文說得很棒，是大學中文教授。他是哈佛大學畢業的博士，很熟悉波士頓，帶我們玩。當時我累了，想睡個午覺，沒跟他們去。」說完這番話，我心裡發毛，擔心張曉丹看出把柄。

張曉丹對此一點都沒懷疑。如果大衛是美女，恐怕就不好說了。她怎麼可能想到，老公跑到美國來為的是基情滿滿而需要釋放。

張曉丹極其痛苦地帶著王力成的骨灰，第四天晚上就飛回中國去了。我送她去機場。在上飛機前，她告訴我，她還沒整理警方給她的王力成遺物，她怕觸物生情太痛苦了，準備回柳州後心情好一些後再好好看一看。

我心裡咯噔了一下。遺物裡有手機。她到時肯定會發現老公

的祕密。

　　晚上我一人回到旅館，精疲力竭。可我怎麼也睡不著覺。躺下去，爬起來，又躺下，又爬起來。反復了很多次。我把通向陽臺的門打開，走到陽臺。遠處天空低垂一彎殘月，它的姿影宛若一把弓弦拉成水準，寧靜而美麗。月正當頭，閃爍著一顆明亮的星星，我極目眺望它，它卻轉眼消失了。我敢肯定，那月亮是上弦月，然而我卻不能確定那顆流逝的星星。它的飛快消逝，讓我再次又想起了王立成的離去，禁不住潸潸淚下。

5.

　　王力成的死，對我打擊太大了。他的死亡陰影在我身邊無處不在，悄悄地在四周走動，如同一對看不見的穿著襪子的雙腳，隱藏在每個角落裡走動，在音樂裡反響，在書本裡回應。死的記憶，比生的記憶更持久。

　　我無心整理海歸的行李，東西能扔的就扔，最後只有一件大行李。看著空蕩蕩的公寓，我百感交集，腦子再次湧現出王力成的屍體，傷心欲絕。我自責，為什麼那麼放任他去和帥哥尋歡作樂。如果我極力勸阻他，他也許會聽我的話而有所收斂；如果那天下午在哈佛大學我跟他一起去海邊轉轉，也許這悲劇不會發生。可是，這個世界沒有如果，否則我們的生命都可以重寫。

　　上了飛機，我沒說一句話。空姐問我要不要飲料，我搖頭示意。我始終坐著，直到產生些許困意為止。我的座位靠窗，看著時而若隱若現時而忽遠忽近的天空，覺得自己上輩子是這天空，空洞渺茫，不諳世事。我漸漸地閉上了困頓已久的眼睛。我突然看到王力成從天空裡走出來，走進機艙，邊走嘴裡還一邊嘀咕著，而我老爸則哭天喊地在機艙裡往外爬。我極力想阻止他倆。

　　「喂，站住！」我大聲吆喝。

睜開眼，飛機裡周圍的人都看著我。坐我旁邊的是一位中國大媽。做惡夢了吧？她問。我什麼也沒回答。

　　王力成這場人禍，我老爸摔傷而憂鬱想要自殺，讓我越來越意識到人生的無常。對無常，人是不能把握的。人們不是不知道這一點，只是需要欺騙自己，需要自圓其說，讓自己活得快樂。我們更願意把這認知冰凍在腦子裡的某一角落，只在需要時把它拿出來解凍，提醒自己，提醒別人。想清楚了這一點，我悲觀到了極點。飛行一路上，我不斷禱告，用這種方式來擺脫自己的苦悶。

　　王力成的出事，是上帝對他的懲罰。他如此愛張曉丹，卻不能改變他的基情。想到這，我又自責起來。我有過王力成會出事的強烈直覺。這種直覺，似乎成了對他死亡的詛咒，至少是一種先兆。因此，不管王力成的慘死是否與我有關，我在得知他出事後內心沒有安寧過。這種不安寧，加劇了我的悲傷。

6.

　　我一出機場，卻一眼看見了莫莉香！她一身打扮得非常引人注目。她那漂亮白淨的臉和性感身材，在迎客廳裡第一排顯得格外突出。她上下身都穿緊身衣褲，上身是淺棕色緊身短袖衣，把她豐滿的雙乳裹得輪廓分明高聳；下身是黑色貼身牛仔短褲，很好地展示了她迷人的雙腿。她沖著我的方向舉手微笑。她來接我？她怎麼知道我今天回來？不可能，絕對不可能。但我還是希望她是來接我的。我正想跟她打招呼，她叫了個名字。那名字不是我。

　　我有一種衝動，想走過去擁抱她，管她是來接誰，假裝不知道。就在我膽怯猶豫的瞬間，一個看上去差不多四十歲的男人從我身後快步超過我向她走去。

顯然，她剛才沒看到我。

那男人把莫莉香擁在懷裡。我嫉妒得恨不得上去把這男人給劈了。那一刻，我問自己：我怎麼了？僅僅因為我暗戀她？我跟莫莉香八字沒一撇，她既不是我的現任女友，也不是我的前女友。

我傻掉了，滿腹悲哀，很藍瘦（難受），香菇（想哭）。

7.

到了柳州，接到的第一個電話來自張曉丹。「韋鋼，你必須告訴我，你知不知道那個大衛到底是什麼人，和王力成是啥朋友？」

聽到她的口吻，八九不離十她已知道真相了。她很可能在王力成手機裡讀到或聽到了王力成打給大衛的電話留言或短信。我啞口無言，一時不知如何回答。

張曉丹可不是省油的燈。她不等我回答，「這樣吧，我們晚上在東環大道的休閒時光酒吧見面。反正你要倒時差。七點。不見不散。」她把酒吧地址從微信裡發給了我。

我 6 點 55 分到了休閒時光酒吧。酒吧精緻，不過分的高雅裝飾，我在曼哈頓都很少看到過。一排排螢火蟲式的小燈不規則地亮在各個角落，所有的牆壁都是綠色，被光打照得如在鄉村。張曉丹很有品味，挑了這家酒吧。

張曉丹打電話過來，她要遲到半小時。我走出酒吧，在東環大道逛逛。這裡離我上大學時住的地方挺近。那時這裡有點荒涼，現在全是摩天高樓，不是住宅就是商城。柳州變化太快了。準確地說，整個中國變化太快了。快到一種程度，讓人沒有安全感，一切都好像變化莫測高深，如同做夢，如同科幻電影，虛無縹緲。

回到酒吧剛坐下，張曉丹到了。她臉上露出很疲乏的神態，看上去瘦了一圈，眼睛顯然因為哭得太多而有些紅腫。她懷孕的肚子沒什麼凸起，如果不是因為我知道，看不出來她已懷孕。她在波士頓那兩天，我完全忘記了她肚子裡有王力成和她的孩子。她穿著一件寬鬆的紫色連衣長裙，套著敞開的白色無袖衫，很有一番風韻。我心裡叨咕，王力成真他媽操蛋！有這樣的女人還不死心，把自己葬身在基情裡。

　　我們點了兩杯雞尾酒。她喝雞尾酒「霓虹」，我喝「綠燈」。我依然默默無語。一方面是自責，自責我的直覺成了王力成出事的詛咒，自責我沒實話告訴張曉丹有關大衛的真相；另一方面，我實在不知道對她說什麼。

　　還是她先開口，「你沒吃過飯吧？這家酒吧供應飯菜。故我特意選了這家。」她的聲音有點沙啞，抑制著難言的心事，像是抑制著一段淒淒哀曲，但我還是感受到了她是那麼想穿越回憶之網，去解開王力成的謎團。

　　服務員走過來，我要了毛豆炒田雞和一盤空心菜。「你要什麼？」我終於開口。她想了想：「我就要兩個荷包蛋吧。」她叫服務員多放點蔥和薑蒜。

　　酒吧裡，綠色燈光柔和，但暗了些，我看不清楚她的目光。她說話的聲音和酒吧裡的鋼琴聲摻雜一起。有時鋼琴聲是背景，有時她的話反倒成了背景，我忘了注意聽她講，她不得不停下來問我，你在聽嗎？你怎麼不回答我？

　　事情不出我的意料。

　　張曉丹回到柳州後，在王力成的手機裡聽到和讀到了大衛和王力成之間的語音留言和短信視頻，極度震驚和痛苦，簡直都不能相信自己的耳朵和眼睛。她反覆地讀那些短信，一遍又一遍地聽和看。其中有一句，是王力成在留言裡問大衛：「讓我做你的老公吧，願意嗎？」這句話讓她噁心死了。可偏偏就是這句

話揮之不去。她躺下來,她開車,她去哪裡,這句話都出現在她的腦海裡。王力成當初向她求婚時,也說了同樣這句話!只是她搞不清楚,大衛比王立成大十幾歲,為什麼王立成不說「讓我做你的老婆吧」,他們雙方如何確定誰是老公誰當老婆,兩個都是老公?她很困惑,上網去查。有人說取決於性愛時占主動的上方,有人說取決於性格,眾說紛紜。她很好奇,查了英文。如今美國彎女結婚後雙方都是 wife(妻子),彎男婚後雙方都是 handstand(丈夫)。沒讀其解釋為啥如此稱呼,她就再也讀不下去了。這世界咋這麼亂啊!她以前一直對彎人和又彎又直者持理解態度,別人對其說壞話,她還反駁別人。此刻,她才意識到:自己其實根本不瞭解他(她)們。她深深地歎了口氣!事情不臨到自己頭上,人很難去努力瞭解實相。現在,她不想再去弄明白,多想只能讓她感到噁心,真有心裡吞下蒼蠅的感覺。

「你早就知道了王力成又彎又直,對嗎?」她問我的口吻裡明顯有怨恨。她哭了起來,趕緊拿起一張手紙擦眼淚。

「你沒看我和阿成之間的微信?」我好奇地問。

「看了一點,沒看完,不想再看。你什麼時候開始知道他又彎又直?」

我想了想,「應該是我出國留學後第一次回國的時候。」話一出口,我腦海裡浮現出王力成和李子強在那家高級會所按摩床上摟抱著的情景。

「他當初找女友啦,打算娶我啦,他都跟你講了?」

「你……問這些問題有什麼用呢?還不如不知道。一句話,王力成不可能……公開他又彎又直,他需要老婆……需要家庭。否則,別說外界,就是他……老爸這一關都過不了。」

我跟她講了王力成婚前婚後都很愛她,講了他得知她懷孕的喜樂,講了王立成跟她結婚後發誓不再碰其他美女,但我都是一句話一件事,沒有任何多餘和重複的話。她一點都不滿意我的回

答，「你這人，真是悶頭雞！多一句話都沒有。給點細節！」我不理解她為什麼要知道細節。這不是讓真相虐心她自己嗎？

「悶頭雞」這三個字刺痛了我。她的話讓我內心翻江倒海。

這下輪到我眼淚止不住地流下。張曉丹很吃驚。她從飯桌上抓起一把手紙給我。我的話語一下子洶湧澎湃，宛如被堵塞得太久的岩漿被打開了。「你失去了老公。我失去了唯一的朋友。你很可能再嫁，我卻不可能再有像阿成……這樣的朋友了！阿成一定跟你說過，除了他，我沒有……任何朋友。我從小就木訥內向，長得不帥又矮小，父母學校老師同學……沒人正眼看我鼓勵我，弄得我很自卑。阿成和我從初中開始就……是朋友。只有在他面前我話很多。現在他走了，我比你還難受。在這講究顏值的高富帥時代裡，像我這樣的人很慘！而你這樣的美女……不愁再嫁。」

她瞪大眼睛看著我，憂鬱目光沉甸甸但又很驚奇。她沒想到，我失去王立成這個朋友的痛苦居然如此大，不亞於她失去老公的痛苦。她沉默了許久，說不出話來。此時，美國著名歌手科恩紅遍世界的《哈利路亞》這首歌，在酒吧裡輕輕回蕩著，代替了我們的對話。我幾乎所有歌詞都沒聽進去，只有那句「哈利路亞」反復地唱著，我聽進去了。哈利路亞，意思是感謝上帝。對於張曉丹，王立成突然在這個世界消失，其實是一種哈利路亞，結束了被隱瞞的夫妻生活，否則如果有一天她當場發現並目睹了王立成和男人的基情，非把她氣瘋不可，那樣的打擊更大。

張曉丹終於用苦笑打破了我們之間的沉默。「我理解你。可我，肚裡的孩子沒出生，就沒了爹！」她顫抖了一下，好像輕微的寒涼，又像是從沉思中緩慢地醒來，她的臉色突然變得更憂鬱陰沉了。

她告訴我，她來酒吧晚了半小時，是因為她去了王力成老爸那裡花的時間比預計要長。她原打算把胎兒打掉的。王力成老爸

非常傷心，本來兒子已沒了，現在未出生的寶寶也要沒了。他把張曉丹叫去，給她一個鉅款存摺，「這裡面的錢都是你和這孩子的。這一輩子，你不用擔心錢財上的一切。」

張曉丹再次對我苦笑，「我打消了墮胎念頭和錢無關。它們大相逕庭。即使他老爸不這樣慷慨大方，我相信，我這一輩子自己有錢花，我會繼續賺錢。但王力成這件事讓我啞巴吃黃蓮，有苦說不出。心裡難受啊！他把我娶回家，我居然絲毫沒察覺他的性取向，如此愛他，還懷了他的孩子！我怎麼如此窩囊！我一開始跟他爸說想墮胎，就是因為這窩囊氣引發的。後來想想孩子是無罪的，我不忍心。」

我勸她，人很複雜，有些東西我們自己也搞不清，王力成也未搞懂他自己為什麼不是純直男。「不管怎樣，王力成很幸福。他愛上你，又有了孩子。可是即便這樣，他還是不回頭是岸，一定有他不能控制的力量。我其實挺……反感他又彎又直，但這不影響我們的友情。現在他已死了……。」說到這，我說不下去了。我好想念王力成！我再也沒有朋友了。我極度絕望，眼淚再次打濕了我的眼眶，模糊了我的視線。我摘下眼鏡，抹掉眼淚。

從傷心意義上，我和張曉丹同病相憐。她被我如此看重王力成的友情所打動，心裡好受了些。人可能就是這樣，看到另一個人比自己更悲傷，就會覺得自己的悲傷不重要了，至少可以放下。

分手時，她明顯心情好多了。「謝謝你今晚上陪我說了這麼多的話。這對你很不容易。你也要振作起來。人不能沒有朋友。你要想辦法再交上新的朋友。」張曉丹給了我一個實心的擁抱。

我什麼也沒說。我知道，說了也沒用，沒有切身經歷，人們怎麼可能完全從對方角度去理解對方呢？

回到我的汽車裡，我腦子一片混沌。我勸張曉丹，誰來勸我？我發現，無論在美國還是海歸，自己的孤獨生活是空洞的，

它的淺薄令我感到窘迫，就像穿著一件沾著污漬而破損了的衣服給人帶來感覺一樣，我的人生一直可憐兮兮的又被人討厭。我終於從心裡明白：我的世界只有我自己一個人。外面風景，看似周遭嘈雜，各色人等男女老少，本質上我還是一個人的世界。我永遠是一個孤立無援者，一個異己分子，一個牆外者，我走不進這個時代。意識到這點，我從來也沒有像此刻這樣傷心。車外，格外昏暗，令人窒息。

第十四章

1.

在時光休閒酒吧和張曉丹見面三個多月後，我收到她的微信，說她已辭職回青島去了，本來走之前她還想跟我聊聊，但一想到那只會引起我和她對王力成的懷念和痛苦，就算了。

人們都說，時間是最好的良藥。可這副良藥，要把它喝下去，對我實在太苦味了。失去王力成這哥們，意味著我的心理沒有了正常釋放的出口，悲哀如樹椏般蔓延，如鬚根般滋長。

痛苦中，我給莫莉香發微信，包括留言和電話，她都不回不接。我想在初中微信群裡問一下，可擔心露泄我的暗戀。我關注她的微信朋友圈。她明明讀微信的呀！幾乎每天她都在朋友圈放帖子。她為什麼不理我呢？想來想去，一定是她知道我海歸了，沒戲可唱了。她當初要跟我結婚，無非是要去美國，把我當跳板而已。想到這，我很失望。

不過，我冷靜下來後想想，又覺得恐怕還有別的原因。因為她在初中群裡也不冒泡。我回到柳州後就沒見到她冒過。她為何潛水呢？這不符合她直爽沒心沒肺的性格。

如果王力成還活著，我一定會叫他幫打聽。可是人去事非，時過境遷。王力成永遠走了。我是孤零零的獨舟，漂浮在一望無際的汪洋大海之中，它的下面始終潛伏著令人寒心焦慮不安的暗流，以隱秘方式湧動著。

我正面臨消沉的危險。我對這種危險的感受強烈而真實，以至於我經常不堪重負。有時，我希望自己能找到一種方式徹底地放縱幾個月，直到那重負逐漸消退。有時，我覺得自己內向孤僻是好事，否則我把自己的感受付諸言語，它們聽起來一定會像嬰兒可憐的哭號。然而，我不想自己一個人待著，可是又毫無辦法。我需要被愛，被撫觸，被擁抱。令我尤為驚恐的是那種需要的感

知，彷彿揭開了內心那個無底黑洞的蓋子，我變得越來越暗戀莫莉香。

我食欲變得小了，吃得很少，這也加劇了我的焦慮。當寂寞的真實面貌顯露無遺時，我感到匱乏，覺得自己缺失了人人都有的一些東西。這種無處不在無可爭辯的感受深入我的骨髓，毫無疑問地證實了我作為一個男人的失敗。所有這些情緒，因為老爸病痛而加速向我襲來。

這些日子，家裡就像死潭。老爸整天躺在床上，憂鬱歎氣，身心兩傷。原來那位全職看護李嫂實在受不了我家裡的這種氣氛，已辭職走了。我們出多少錢都留不住她。王力成老爸當初幫找的那位融水縣山裡來的女孩小紅，擔不起這個重擔。因為老爸吃喝拉撒幾乎都在他自己那間臥室裡，連床都不起。他左腿的骨折癒合了，可脊椎骨折卻給他留下後遺症，一直疼痛，尤其是陰天和雨天。他變得越來越憂鬱，沉默寡言，幾乎是一個啞巴。

我和母親想再請一個全職看護來照顧老爸。可來者一看這情形，不是乾脆拒絕，就是來了幾天就辭職不幹了。無可奈何花落去。我和母親商量，只有把老爸送到全職看護的老人院去。我和母親跑了好幾家老人院。接受不能自理的老人而二十四小時提供看護的老人療養院很少。最後母親跑累了，只好叫我一個人去找。我好不容易在郊外找到一家滿意的，卻爆滿了。那家負責人告訴我，他們那裡是死一個人才騰出一個床位來，才有可能接受一個老人進來，等待入院者名單早就排到三位數以上了。

跟這位負責人談完後，我走到該院的後山腰，想獨自清醒一下。死一個人才接受一個活人進來，這不是排隊上天堂嗎？想想也是。我們每個人都在排隊離開這個世界。王力成插隊離開了，僅僅是早走了而已。想到這一點，我心裡好受了一些。

山上有點風。地上斑駁光影晃動著。山腳下寂靜的樹林綠色不齊，有淺有深。遠處時續時斷有不知名的鳥叫。朦朦朧朧的田

疇，稀薄的天光浥下來，有稠絨感。青蛙和昆蟲齊鳴。郊外的空氣，讓人感到恬淡。遠處天空給夕陽照得一閃一閃的。落日眼看著就要沉沒在山背後了。有些人往山頂上走，鍛鍊身體。如果上帝看好他們，這些人應該排在同齡人的隊伍之後去天堂。可是，誰知道呢？這世界總有那麼一些人是不排隊的或插隊的，儘管他們不願意提前離開這個世界。

2.

　　回到家，我把所見所聞告訴老媽。她很傷心，愁腸百結。怎麼辦呢？吃晚飯的時候，她不停嘮叨。小紅提出：「要不，把他送到我們農村去吧？我們家人多，輪流看住他。」

　　老媽和小紅你一句我一句。我一開始沒在意，可後來聽聽，我認為這是好主意。現在農村，年輕人都出去打工了，很多父母在家沒事，只看管孫子孫女。有些農民工乾脆把孩子也接到城裡。這些人的父母有些才 50 歲左右，身體還很結實。他們需要再找點事做，增加收入。

　　小紅家裡很樂意接受我老爸。事情決定後，選了一個週末，小紅約了兩個在柳州打工的融水縣老鄉，都是年輕力壯的小夥子，把老爸弄進一輛大麵包車裡。這車原來是老爸自己開的，自從他去美國摔傷回來後，這車一直閑著，現在才派上用場。

　　我開車，老媽、小紅和她那兩個老鄉坐在車上。到了融水縣，這兩個老鄉再幫忙把老爸抬下車。他們順便搭這個便車，回家度週末，周日下午跟我回柳州。

　　小紅父親原來是生產隊長，可是這十幾年在村裡說話沒有份量了。誰也不聽他的，不把他放在眼裡。小紅有一個哥哥阿森，在各地打工很多年，積蓄了一些錢，家裡的住宅是用他的錢蓋的，很大，有兩層，很氣派。去年在工地他被壓壞了右手，動彈

不方便，回家吃老本了。跟他在一起打工的老婆阿嬌，也跟著回來了。兩人回到融水後，在鎮上開過餐館，生意不好，農民捨得經常吃餐館的畢竟少，常來吃都是一些鎮裡和縣裡當官者，可這兩年政府一再嚴禁公款吃喝，餐館一年下來虧損太大，只好關閉了，正閑著沒事幹。小紅跟他們說看老爸的事，他們一聽我願意付每月 2500 元，一口答應。即使在柳州城裡，這樣的老人看護最多也是 4000 元，在融水縣裡 1500 元至 2000 元不到就搞定了。

老爸被安排住在一樓靠東最裡面的一間臥室，裡面還有一張床是晚上負責看護他的小紅老爸或阿森睡。白天由阿嬌和小紅母親輪流看護。他們四人的任務除了照顧他，就是看好了不讓他尋短見，二十四小時都有人陪著他。

老爸倒是願意呆在這農村，沒有怨言。到小紅家當天，小紅父親把他背到院子裡躺在睡椅上曬太陽，自己坐在旁邊勸導他。「大哥，活到這把年紀，沒有什麼想不開的。現在的日子，比我們年輕時好百倍。你說，對嗎？」

老爸頭髮幾乎全白了，臉毫無光澤，消瘦，皮膚鬆弛。他看看小紅父親，彷彿看一個外星人，嘴唇翕動了一下，什麼也沒說。

看著老爸這樣子，我感到很陌生，宛如看到一幅髒兮兮從垃圾桶裡撿來的破舊畫裡的人物，心裡很痛。病痛，居然能讓人變化如此之大，讓我不可思議。老爸一貫的言談舉止個性，竟蕩然無存，消失得無蹤無影。

我突然很理解老爸想自殺。一個人活得無動於衷，還真不如自己選擇離開這世界，不給家裡和別人添麻煩。

我很感恩小紅一家能收留老爸。農村空氣新鮮，人相對單純樸實，遠離了老爸那些生意圈子裡的人。

老爸很要面子，不希望別人打電話和登門來看望自己。在柳州時，那些人打電話問候或有事找他，他不接電話，知道我家裡位址的一些朋友就會登門造訪。他覺得自己這副屌樣很丟臉，不

願見人。

這下好了。外界誰也不知道老爸在這裡。想到這，我心裡好受多了。

那天晚上，我和母親都住在小紅家裡。晚飯很豐盛，有柳州人愛吃的白切雞，豆腐捏成的芹菜肉餡丸子，鴨血粉絲湯，鴨肉燉竹筍，腐竹炒香菇木耳，芋扣肉，空心菜，四季豆，涼拌黃瓜。我最愛吃豆腐做的丸子，裡面肉餡不多，芹菜很香。這丸子被油炸過，可不油膩，吃起來又爽又嫩。老媽則最愛吃鴨肉燉竹筍。除了香菇木耳，蔬菜都是小紅自己家種的，下午老媽跟著小紅去菜園裡摘下的。雞鴨也是小紅家自己養的，做飯前才殺。

老媽感歎，農村裡的東西吃起來就是不一樣，新鮮，香，味道好。她用筷子夾起一塊鴨肉：「我已經至少二十年沒殺活雞了，更別提活鴨了。」

阿森拿出一個土製酒壺，說：「這米酒也是我爸爸自己做的。」

我第一次喝米酒，好香，聞起來欲仙欲醉。喝了一口，我嗆了一下。再喝第二口，香呀。小紅父親想跟我划拳，我不會。小紅父親便和兒子划了起來，划拳聲彼起此伏，聲音越來越大。我聽著，看他們開心地認輸和贏對方。我在心裡對自己說，人不需要太複雜，活在農村挺好，簡單，容易滿足，又沒有城裡的霧霾。

我唯一看不慣的是，阿森和阿嬌的兒子阿豆都已經三歲了，卻還在他媽媽懷裡吃奶。阿嬌解釋，沒辦法，獨生兒子，少爺一樣地被伺候著。「村裡還有六歲的男孩還在吃奶呢！」阿森不好意思地搖頭。

我老媽好奇，她對阿森和小紅掃了一眼，問小紅父母：「我見過小紅的姐姐阿梅。你們怎麼可以生三個小孩？」

小紅媽媽臉上露出詭異的笑容，「小紅爸是壯族，我是苗族，因為是少數民族，不受一胎政策的限制。」說著她瞟了一眼

小紅父親：「本來生了阿梅就打住了。小紅是計畫之外，不小心懷上的。」

「那你們沒被罰錢？按理說，小紅爸爸也不能因此當生產隊長啊。不是還要開除公職罷官嗎？」老媽說到這，想起了自己當年懷孕老二被強行勒令打掉的痛苦，心裡一陣難過。

小紅爸爸拿起酒杯，喝了一口米酒，把酒杯放下。「小紅她外公那時健在，是公社黨委副書記。當時正書記調到縣裡去了，書記位置空缺，所以他實際上是老大。我們這裡是山區，山高皇帝遠。老虎不在，猴子稱大王。他為了我們能順利生下小紅，便將只要夫妻有一方是少數民族就可生兩胎的優惠生育政策，解釋為如果夫妻雙方是不同的少數民族，可再多生一個，即三胎。農民們巴不得這解釋，因為我們這裡夫妻是不同的少數民族很多。我們這村是壯族，可周圍村莊幾乎都是苗族，因此和苗族通婚者不少。」

老媽很羨慕他們有兩個女兒。「我要有個女兒就好了！」

阿嬌笑著看看我，「你趕快結婚，生個女兒。」

阿森跟著起鬨：「孫子孫女是寵物啊！努力，小夥子早點結婚。」

我不吭聲，勉強地笑了一下，猶如病人在痛苦中對來訪者發出的忍疼之笑。

一頓飯下來，我沒說幾句話。大家都看得出來，我挺內向。倒是老媽和小紅、阿嬌、小紅媽媽聊了很多，比在家裡高興多了，儘管說到老爸現在這樣子，她有時難免傷心流淚。

酒喝多了，我很睏，睡意朦朧，九點剛過就上二樓睡覺去了。這一覺，睡得很踏實。醒來時，才六點不到，天卻完全亮了。小紅一家人和我老媽都沒起來。我便一個人在村裡散步，想看看如今農村是什麼樣子。

天很藍，泛著白亮的釉色，飄著一絲絲白雲，紗巾一般。草

地上濕潤，踩在上面有點滑。遠遠看去，有一層白霜覆蓋在草地上，像撒了鹽似的。一朵小黃花開心地搖曳，晨曦把它籠得如此嬌羞可人。風吹過來，我走過去，它瘦長的枝條微微動了一動，像是跟我打招呼。整片草地上只有這朵小花，很獨特很顯眼。我拿起手機把它拍了下來。這時，我才發現草地上的草都長得有點像麥子，風吹起都朝一個方向波動。我對著它們，用手機裡的植物軟件拍下來後確認它們是象徵著暗戀的狗尾草。這個發現，讓我一下子對它們親切起來，想起了莫莉香和我這些年對她的念想。我順手拔了一些狗尾草弄成一紮，對著它們情不自禁地說：「暗戀，暗戀。原來你就是暗戀的象徵！」

安寂在這鄉村落腳，極度恬靜。零零落落地，我偶爾聽到鳥的咕咕聲和遠處傳來的公雞打鳴。這一切讓我覺得與世無爭。村裡很多人家都蓋了大房子，想必這些人家都有人在外打工賺錢。蓋不起大房子的農民家，老房子破舊不堪，陡險的屋頂垂下來，彷彿一頂頂拉得很低的帽子。佈滿青苔的牆上有裂縫，其中有些已鬆動了。這些老房子夾在新蓋的大房子之間，截然不同的新舊兩道風景不倫不類地交織在一起。我拿起手機拍了幾張。照片還挺好，畫面上的老房子顯得有藝術氣息。

不遠處有一座孤零零的大山。我看不清山上有沒有樹。這山好奇怪，形狀像是一塊方方的摩天石碑，農民們把這座山叫做石碑山。昨晚我聽阿森講到這座山，說是這石碑山背後就是連綿起伏的山區了，農民們砍柴都是去那裡。

我很好奇，回到停車處把車發動了，把那紮狗尾草放在車裡，朝石碑山方向開去。這是一條黃泥路，很寬。馬路兩邊都是我不認識的樹，高大一排排像是士兵守衛著兩旁，通向石碑山。柳州人常說，望山跑死馬。可開車並不遠。10來分鐘，我就到了石碑山面前。

我把車熄火了，走下車。寬闊原始的風景，一覽無遺展現在

眼前。我感到自己不是在柳州郊外，而是站在北方大地上，如此陌生。山頂猶如雕塑而成，別饒風致。在天空下，山的方方輪廓勾成一圈深綠色，像一幅墨畫。清寒襲身而來。山下田野，橫無際涯。這裡像剛才在村裡看到的一樣，也有很多狗尾草，被晨霜露水覆蓋著，但不同的是，這裡沒有小路，我只能瞎走。一隻迷了路的鳥兒，不知從哪個高處垂直掉下來似的，降落在我面前的狗尾草裡。我掏出手機又開始照相。荒涼的感覺瀰漫著四周，瀰漫著我自己。我感到空洞，讓我有點顫慄。在這廣闊的天地間，人渺小可憐得簡直可以忽略不計。

我回到車裡，繞著石碑山，開到它的背後。果然，這裡是完全不同的另一個世界。山連綿不斷，一座接著一座，天空被遮蓋了不少，根本看不到地平線。我把車停在山坡上。坐在車裡，感到很失落很渺小。我不敢出去。明明知道這裡不會有什麼危險，但我莫名其妙地感到害怕。荒蕪人煙啊！我沒在那裡停留太久。彷彿見到了北方的狼，我逃跑似地開車走了。

我沒有直接回到村裡，而是停留在村口一大片竹林幽徑裡。不遠處，一匹水牛靠在一塊閃亮的大石頭摩擦身子，然後它滿懷希望走向荷葉浮在水面上的水塘巡行，想尋找配偶。我坐在車裡看出去，竹林環繞，村裡煙囪冒出炊煙嫋嫋和山上的霧混合一起，有些像李安電影《臥虎藏龍》裡的布景。這個世界，真的像假，假卻似真。人活在真假難辨的現實裡，不易呀。我很迷惘，很寂寞。這種迷惘，這種寂寞，讓我湧起強烈衝動的欲望。環顧四周，空無一人，我打開手機，解開褲帶，找到莫莉香的微信，打開她的美照放在那叢狗尾草上，一個人車震，毫不顧忌地呻吟。

3.

把老爸送到農村後，家裡一下子安靜了。

每個人都松了口氣。老媽每隔一個禮拜去一次融水，有時只是週末待在那裡，更多的時候是在那裡待一個禮拜甚至更長的時間，回柳州家裡待幾天再去。她很喜歡小紅一家人，每次跟阿嬌和小紅媽媽聊天，一起幹點活，她都感到實實在在的平安喜樂。尤其是小紅媽媽，外面世界翻天覆地變化，對她好像沒有任何影響，穿著樸實大方，即便是新衣服也還是幾十年前的款式，不喜歡被人用手機拍她，可是說起話來卻像年輕人，經常用「正能量」「非誠勿擾」「粉絲」和「淡定」這樣的詞語，幽默風趣得讓大家直樂。

　　去看過老爸一次後，我懶得再去。不是我完全不想去探望，而是見面後兩人無言可說。老爸那副憂鬱愁苦的模樣，使我抓狂。

　　老爸如此大的變化，讓我不敢想像：自己將來老了碰到大的病痛，如果也變得像老爸這樣，那就太可怕了。我希望自己老了後最好在睡夢中死去，沒有任何折磨疼痛，啥都不知道，那真是上帝賜給的一種天大福氣。

　　老媽不在家的時候，家裡就更靜了。有時，我一天都不說一句話。有事就給小紅發微信。即使我在臥室裡，小紅做好了飯，叫我吃飯時也是發微信給我。兩人變得很默契，就是發微信也很簡短。小紅叫我到飯廳來吃飯，只在微信上打一個字「飯」，我就知道飯做好了。小紅也不等我一起吃，自己管自己吃。因為我吃飯憑心血來潮，她叫我吃飯，我總是拖三拉四，有時一兩個小時後才出來吃。

　　兩人有時一天也見不著面，沒說話的機會。

　　小紅起初受不了這種沒人說話的日子。好在老媽每隔一段時間就回來幾天。老媽不在的日子裡，小紅就泡在微信裡。她很喜歡微信，她可隨意給家人和朋友用微信打電話，不花錢，有時一聊就聊兩個小時。她學會了在微信上直接付帳買東西，太方便了。漸漸地，她也習慣了沒人說話，反正可以在微信裡話嘮，不

會憋得慌。實在受不了，她就晚上約在王力成父親家裡做事的姐姐阿梅出去玩，吃碗螺螄粉，逛逛商場。

有一次她跟朋友在微信聊，朋友告訴她一個交友網站，把其網址給了她。她打開一看，心有點跳得快。她要不要也在裡面開個帳號呢？有人會看得上她這個小保姆嗎？自己才剛 20 歲，是不是太年輕了？朋友勸她，年輕有什麼不好，傻子！年輕是本錢。

小紅對此半信半疑。她用「鄭艾妮」作為帳號名，登記了那個交友網站。這個名字是她在網上言情小說裡讀到的，諧音「真愛你」。她喜歡這個名字，用在這網站正合適。

交友網站要求登記時必須認證身分證，放真實照片，但這家網站與別的交友網站不同，必須在彼此同意後才可以進入對方的詳情檔案看到那照片，封面頭像可任意放別的照片，以免雙方在一開始完全不瞭解對方時就以貌取人。很多人都用風景照作頭像。小紅放的是有關老家融水苗族民俗的一張照片。

完全出她意料之外，登記的當天晚上，她就收到了好幾個男性的留言，其中一個留言引起了她的注意。這個人說他是海歸，在美國留學回柳州，對女生學歷不限，長相過得去就行，但身材要帶得出去。

這個人的頭像放的是一張看上去是在國外拍的照片，可是人頭太小，看都看不清楚。小紅和他在網上聊了一個多小時，覺得對方很不錯，尤其嘴很甜。兩人進入對方的檔案看了彼此的近照。但小夥要求看她的全身照。小紅答應了。小夥說，看了她的簡介，覺得很合適他的選擇，把微信號給了她，並答應也會把本人的全身照發給她。她看看對方的年齡，26 歲。這讓她想起了我。她不知我的確切年齡，但估計我應該 26、27 歲，也是海歸。所以她猜測這人會不會是我。

小紅從來沒有想到過找啃老族。說得確切點，她腦子裡壓根兒沒有想過和我搞對象。我從美國回來有四個月了，都沒和她說

過幾句話。她總覺得我怪怪的，搞不清楚我整天想的是什麼。不過，我自己的確沒對她在意，她是農村來的傭人，又沒上過大學，我好歹是個在美國鍍金過的海歸。至少有意識裡我有這種想法，覺得她太土。

小紅猶豫，要不要發照片給那個小夥。萬一這人是我，這事成不了，往下在我家幹活就做不成了，那多不好意思啊。

關於小紅以上和下面某些細節，是我後來從阿梅那裡知道的。

4.

我最近對小紅話多了些。這讓她又喜又憂，有點害怕。她不知道我會不會喜歡她。如果喜歡，到底喜歡她什麼。她仔細想想，這明明是不可能的事。可她的確高興，有時候情不自禁地會在鏡子面前笑出聲來。她發現自己長得還算好看，尤其是頭髮和眼睛。她的頭髮烏黑發亮，眼睛水汪汪亮亮的。擔心的是，她自己地位實在太低了，即使找別的小夥子，別人也很可能看不上她，除非那些從農村來城裡打工的小夥子。

上次送我老爸去她家的其中一個小夥子，其實對她有意思，只是沒明說，估計是擔心說了不成，兩人就沒法再交往了。兩人是一個村出來的，都在柳州打工，又都在同一個微信群裡，平時有空大家都會在一起和老鄉聚一聚。

小紅雖然也喜歡那小夥子，可是她在內心裡問自己：我這輩子就找個農村來的和我一樣沒文化的男人？她不甘心。如果那樣，將來都沒法輔導孩子的學習。

她很滿意手頭這份工作，很輕鬆。以前我老爸在家時，雖然她不用伺候他，但人多就事多。現在好了。我對吃不是很講究，有一個菜一個湯就行，而且我時不時會出去吃個麥當勞或肯德基什麼的，不需要她做飯。考慮到家裡需要做的事不多，老媽腦子

裡有過辭掉小紅的念頭，可想想她一家對老爸的伺候，就打消了這念頭。

只是近來小紅有點害怕我。老爸沒去她家前，老媽總在家，氣氛不一樣。她也常和老媽話嘮。可自從老爸住她家後，老媽多半在她家住。小紅本來已習慣泡在微信裡打發日子，時間過得很快。可是，自從有了找對象的念頭後，她開始敏感，想到我倆一男一女在同一套公寓裡相處時發生的種種可能。她不明白為什麼我不去工作。她不懂這樣一個海歸者怎麼可能找不到工作。找不到的話，我家經濟條件好，雖然不是土豪，但開個店難道不行嗎？

她心裡有一絲絲不安，因為她無意中有一次聽到我屋裡傳來電影裡男女做愛的聲音。我會不會打她的主意？這是她的連鎖反應。那種聲音本身，讓她有一種恐懼感。她能猜得出來，我在網上看電影，可能忘了帶耳機。家裡根本沒有別人。我一個朋友都沒有，她從來沒看見我和誰來往，在電話上也很少聽到我跟人聊天。對她來說，我是一個難以琢磨的人。現在我開口說話，會讓她心慌意亂。這明顯從她臉色和眼神裡看得出來。

這天，小紅做好晚飯，就發微信給我。這次我立刻從我房間出來了。這是我們兩人頭一次坐在一起吃晚飯。小紅給我盛飯。我說，我只要半碗就行了。她沒聽見似的，仍然盛了滿滿的一碗。正要給我遞過來，突然醒悟過來我只要半碗，她趕緊說對不起，從碗裡扒飯出來進鍋裡，可是把飯扒到鍋外了，弄得桌上到處都是飯粒。她的臉涮地紅了，趕緊找來一塊清潔布來擦。

我頭一次看見小紅臉這麼紅，面如桃花，與她那黑黑的健康膚色融合一起，給我一種特殊的感覺，很性感。我突然意識到自己生理上有反應，有衝動。我使勁在喉嚨吞了唾液，彷彿那裡打了個結，要用唾液把它解開。「屌尼瑪，我怎麼搞的。」我在心裡罵自己想入非非。

飯後，我回到自己房間。剛才小紅的舉止，有點反常。以前我沒注意這女孩，連她的微信朋友圈都沒進去看兩眼。我打開微信，翻閱她的朋友圈，看到她姐姐的照片，這才想起阿梅在王力成父親家做傭人，是王力成父親把小紅介紹到我家裡來的。這讓我聯想起王力成，一陣傷痛隱隱而來。失去了這個哥們的強烈痛楚，依然那樣憂傷。

　　我打開王力成的微信和朋友圈。讀著自己和王力成的那些微信對話和留言，心裡很難過。本來回柳州，至少可以經常到王力成的公司轉轉，有個高級董事頭銜招搖過市。最重要的是能每天和王立成聊聊天，至少說幾句話。現在一切落空。我決定第二天去拜訪王力成父親。

5.

　　王力成父親的公寓，離我家不遠。剛從美國回來時，我去過一次，但只待了十來分鐘。當時王力成父親痛苦不堪，躺在床上。安慰了一兩句話，我就走了。

　　這次見到王力成父親，他已從痛苦中解脫出來了，精神狀態良好，與上次判若兩人。我很意外。為紀念兒子，他把公司名字改成「立成發展聯合公司」，自己再次當總裁。見到我，他很關心我老爸的健康。「你爸怎麼就這樣垮了呢？真沒想到。實話實說，阿成的死給我帶來的痛苦遠遠超過你爸的痛苦。痛苦難免，但痛苦過後只有爬起來，繼續加油，快樂地活著才行。」他交代我把他說的這番話轉達給我老爸。我嘴上答應「好的」，心裡卻相信這是基因作用，外界事件只不過是刺激而使基因被啟動罷了。王力成父子倆肯定沒有憂鬱內向的基因。

　　王立成的後媽，即王伯伯那位三十多歲的第二任妻子很熱心地一邊給我倒茶，一邊拿點心給我吃。

我想跟王伯伯提提阿成生前讓自己掛個高級董事頭銜的事。直到告別，我沒敢提。我一方面覺得沒戲，另一方面實在開不了口。畢竟我和王力成之間的友情不是王伯伯能夠給予的。好在王伯伯很給面子，沒問我現在幹什麼工作，免得我很尷尬。

　　開車回家的路上，我一直這樣想：如果王力成活著，一定會全力以赴兩肋插刀地幫助自己。到家後，這想法就被自責代替了。一切都在提醒我，都是自己無能而不是別的。我很喪氣。

　　小紅看見我沒精打采地回來，打了聲招呼，沒多說話。她已習慣我這副神經兮兮的模樣。

　　我在客廳坐下。窗外是早春的柳江。江水拍打著堤岸，把岸邊塵土帶進湛清的江水。與乾淨清綠的江水迥然相異的是，靠近岸邊的江面上覆蓋著一些水草和黑黃相間的東西，斑斑駁駁地由岸邊向江中延伸出去，宛若鄉間小路。一條灰色的船在江水裡，遠遠看過去，像是被江水吸收了，顯得和柳江同一種顏色，宛如印象派的油畫，在霧濛濛的藍天裡勾畫出船體和纜繩，船顯得更加細小，就像一條細線一般。

　　我打開音響，接通手機裡的藍牙功能，用音樂來慰藉自己，一面聽音樂，一面翻閱微信。我一直把王力成和莫莉香微信號置頂。現在，王力成已人走消散，我只在想念他的時候進去看一會。莫莉香朋友圈，總是我首先看的地方。今天，她在上面又貼了很多照片。剛曬的是在上海拍的，有外灘新天地，紹興路，田子坊……。這女人顯然跟我一樣，不工作。可是人家活得多開心多滋潤！自己為什麼就不能這樣呢。我安慰自己，別瞎折騰了，享受生活吧。

　　照片裡，莫莉香越來越漂亮了！在我認識接觸過的女人裡，尹朵和張曉丹都整容了。尹朵在未整容前，臉蛋談不上美。張曉丹氣質壓倒其長相，更具職業婦女的魅力，她整出來的瓜子臉蛋沒有莫莉香天生的瓜子臉好看，看起來不真實不自然，很可能是

我原來見過張曉丹那蘋果臉蛋的緣故。她原來眉毛也太粗，整出來的又太精緻了，不如莫莉香那原裝正品。有些女人天生就是尤物。莫莉香看起來最舒服最有吸引力。她不像張曉丹穿得幾乎都是名牌，隨便一件衣服搭在她身上，配上她敢笑敢怒天生麗質的臉和魔女身材，都極放光彩。

我很想在莫莉香微信朋友圈上留言，想了想去，我只打了一個問號「？」。我感到奇怪，莫莉香既不把我拉黑，又不理我，已有蠻長一段時間。我忍不住又給她私下發了微信：「你很好吧？」想了想，我又語音留言給她：「莫莉香，你好。從紐約回來後就給你微信。一直沒收到你的回音。希望我們能取得聯繫。」並在她曬的照片和貼子上點贊，以增加她的關注。

小紅走過來，遞給我一杯西洋參粉和芒果粉沖在一起的飲料。這是老媽交代的，每天一杯。我沒接，點點頭示意她放在沙發旁的小桌子上。

「這美女好漂亮啊！」小紅看見我手機正出現的莫莉香照片，驚訝起來。

我抬起頭，深深歎了口氣。「這是我的……女神。」我好像不是對眼前小紅說這話，而是對著不知茫然的抽象世界發出我內心感歎。

小紅很聰明，立馬猜測她在社交網上收到那封信的海歸者不是我，否則我幹嘛要當她的面說出這話。

「她是你的女朋友？哇，你太有豔福了！」

我不但沒有高興，相反很晦氣。我搖搖頭，沒做解釋。

小紅知趣，沒再問，而把話題轉到那個社交網站。「你聽說過『絕對100』這個網站嗎？」她直截了當地說出網站名字。

我再次搖搖頭。「那是什麼網站？」

「交友網站。我剛加入。」小紅嫣然一笑。話一出口，她的表情顯示她後悔自己告訴了我。

「你去那兒找老公？你才多大啊！」我臉上露出茫然不解的表情。

「多認識些朋友，總是好的。我現在認識的男人，很有限，都是我們農村來的。」

我對這說法不屑一顧，聳聳肩。「農村來的人有什麼……不好？誠實善良，不在乎……相貌，不像城裡人那麼注重看臉。」

小紅不以為然，「誰說農村人不看臉？」

「那你說我這個屌樣，在農村能找到老婆嗎？」

「怎麼找不到？美女排隊等候呢。嘻嘻。女人不是很在乎男人長相的。我說的看臉，主要指男人很在乎女孩的長相。」

「現在城裡姑娘早……就變了，很看重男人的相貌。」我不想再說了，說這些只能使自己洩氣。我快快離去，走回自己的房間。

6.

當天晚上，天還沒黑，小紅約了姐姐阿梅去逛商城。兩人逛了三個多小時，最後在中山路夜市坐下來吃螺螄粉。兩人吃得很過癮，只是辣油放得太多了，兩人額頭上直冒汗，都拿著紙巾在擦汗。

小紅一再感歎，「我自己做，怎麼也做不出這麼好吃的味道來。韋鋼從美國回來的頭一個月，天天出來吃螺螄粉，像發瘋著了魔似的！」

阿梅眨眨眼，「上次我去你那裡，碰到那癲仔。他半天也放不出個屁來！哪有這麼內向的人。」

「我看他跟誰都不說話。我聽他媽說，阿成是他唯一的朋友，他在阿成面前話很多的。現在阿成死了，他很孤獨。好在有微信。」

「有微信有什麼用？微信就是用來和親朋好友聯繫和分享的。」

小紅把在交友網站那幾個男士來信給姐姐看。「這個人問我要照片，是個海歸，26歲。起先我還以為他有可能是韋鋼。」

「我在《非誠勿擾》節目上聽到過百合網和世紀佳緣網，沒聽說過這個相親網站。你要小心點。」

小紅若有所思，「那些網站可能都要實名登記網名，頭像要本人近照。這個網站不一樣，兩人相互同意了才可進入對方檔案知道真名，看到真實的近照。這樣不會以貌取人而成為先入之見。我才20歲，我不想這麼早就結婚。但我想多認識些人。我們的圈子太有限了。你認識阿蘇吧，我們隔壁村的。她就在這網站認識了牙膏製造廠裡一個技術員。」

那晚小紅回到我家沒多久，我從微信裡收到了她寄來的一張全身照。我很納悶，內心嘀咕。她幹嘛突然給我寄照片？啥意思？肯定是她在向我有所表示，不知說啥就乾脆寄張照片。

「我這個拙男。」我想了一下，給她回了這一句話，後面是五朵玫瑰的符號。看她如何反應。

很快，又收到了她一條微信。「對不起。不小心，我發錯了。請刪掉。」原來，我給她寫了上面這句話後，她才發現，那位海歸者微信號「Weilaizhe」的拼音字母開頭也是「W」，和我微信號「Weigangny」開頭字母一樣，不知怎地她手一撥，照片寄給了我！

她不明白我寫的「我這個拙男」這句話。她對這個「拙」的意思不是十分肯定。她記得有個成語叫「相形見拙」，好像是相比之下不好的意思。她上網查了一下，「拙」的確是不好不強的意思。她想，自己是沒上過大學的鄉下人，如果說拙，應該是她。

她從來沒有想過會不會愛上我。她能接受我這樣一個男人做丈夫嗎？小紅臉上發燙。她覺得哪怕是想想這一點，都讓她近乎

窒息而呼吸困難。

她放棄去想它，毫無目的走到窗臺。

柳州城裡夜景很美。柳江兩岸霓虹燈閃爍，宛如兩條平行線在太空宇宙裡游動著，江中人工噴水如柱，成為一道亮麗風景，這是全國最大的噴水池。她不明白為什麼要在江中搞噴泉，跟大自然很不和諧。她琢磨不透現在這個世界，就像她琢磨不透我一樣。

她遠遠看去，馬鞍山和魚峰山成了巨大背景，不像白天那樣巍然，彷彿被黑夜吞沒。她打開窗子，夜風吹在臉上，沒有想像得那麼冷。她喜歡柳州城裡的氣候，即使在冬天也不是太冷，不想在老家山裡，冬天很冷，常常要圍在火爐旁取暖。

她很想跟姐姐聊聊她發錯照片和我的「我這個拙男」這句話。一看手機，已經半夜1點多了。算了，睡覺吧。

第二天早上，小紅一大早就醒了。她從來沒有這麼早醒過。一看手機，6點都沒到！怎麼回事。昨夜那麼晚睡，還醒得如此早。

她睜開雙眼，柳江兩岸霓虹燈那兩條平行線依然還在，透過窗戶玻璃，猶如夢幻世界。噢，昨晚自己居然沒有拉起窗簾就睡了。她禁不住又想起了發錯照片這件事。她想，今天最好別跟我碰面，發微信叫我吃飯時我最好磨蹭蹭的，這樣她先吃了回自己的房間去，否則多不好意思，她再解釋都有可能被我誤解。

她看看手機。那位海歸者給她回了信，約她出來見個面。他寄來了全身像，不但長得還蠻帥，身材也不錯，讓她有點不相信這樣好條件的男人會對她感興趣。見就見吧。

她立刻把照片轉給姐姐。「昨天跟你說那位海歸者。他約我見面。」

阿梅馬上給妹妹回音：「你可得小心。別是個騙子。約在白天，必須是公共場所！」

小紅剛看完這微信，電話鈴響了，是阿梅打過來的。她拿起手機，「姐姐。」

　　「剛給你發了微信，看到了吧？我還是不放心。」

　　「我照你說的去做，會約在週末白天，星巴克，讓他請我喝咖啡。這沒問題了吧。」

　　「好。這主意好。我很懷疑這個人。不過真有這種好事，也別放過。說不定，留洋幾年，更喜歡我們農村的，實實在在，會做家務，會伺候人，不會耍心眼。」

　　阿梅左叮嚀右囑咐，叫小紅留心觀察，萬一有什麼，打電話給她和報警。

　　兩人聊了半小時。窗外柳江兩岸霓虹燈那兩條平行線已消失殆盡。天完全亮了。

　　小紅刷牙洗臉後，準備早飯。她到樓下飲食店買了四根油條回來，放在保溫箱裡。她把冰箱裡的豆漿拿出來，盛了兩碗。一看手機，才 7 點半不到。太早了。她把客廳收拾乾淨，把衛生間和廚房都打理了一遍。

　　她洗洗手，給我發了個微信：「早餐吃油條，在保溫箱。豆漿在飯桌上，喝前放微波爐加熱。」她吃了根油條，喝了一碗豆漿，就進自己屋裡，給那位海歸者發微信。

　　她仔細想了一想，最後決定約他在柳侯公園後門那家咖啡店裡，雖然不是星巴克，但環境優美，如果對他感覺很對路的話，可以去柳侯公園裡散步，只要不去沒人的地方，白天不會有問題。

　　微信發出後，對方馬上就回音：「好，週六下午 3 點，行嗎？」

　　兩人商量好後，小紅還是不放心。「你不介意的話，拍下你的身分證，寄過來？我只想確認你不是騙子。希望你理解。」

　　等到中午，對方也沒回音。小紅覺得對方說不定真是騙子。

　　她正動手做午飯，我走出自己的房間。我剛起床，還沒洗

澡。我每天起來都要洗澡，這是我在美國養成的習慣。美國人都早上洗澡，為的是出門看起來很乾淨很精神。

看到我，小紅有點不好意思。「昨晚發錯照片。對不起。你刪掉了嗎？」

我斜眼盯著她看了一會，「我怎麼以前沒發現我們家裡就有個美女。」說完，我一頭轉進了浴室。

小紅看著我的背影，心裡挺開心。「美女」這個稱呼現在已被叫爛了，可這是第一次從主人家的我嘴裡說出來的真心讚美。

我沒吃早飯。小紅剛把午飯做好，我已坐在飯桌旁了。「你不吃油條豆漿了？」小紅問我，語氣像個周到的護士。

「算了，直接吃午飯吧。」

小紅發現，我不斷地看她。我問她：「昨晚你的照片是要發給你說的那個交友網站認識的男人？」

「是。他帳號的頭　個字拼音也是 W，我不知怎麼一撥手就寄給了你。」

「寄給我也沒錯。美女照，我也愛看。」

「我真的是美女嗎？現在凡是女的都可以被稱作美女。」

我抬起頭看了一眼小紅，像是要再證明一下眼見為實。我沒吭聲，喉結動了一下，往裡吞了一口飯。

小紅瞥了我一眼，「你看，不吭聲了吧。」

我很肯定，「我說你是美女，你就是。我能不能看一看要約你出去的那個野仔的照片？」

小紅把要約會的那小夥子照片從手機裡翻出來，把手機遞給我。她沒想到，我反應很強烈，臉上頓時露出難看的表情，說不出是嫉妒還是憤怒。

我把手機從桌面上給她推過去，用力過猛，桌面滑，小紅沒接住，手機掉到地上，「啪」的一聲很響。

「你這麼用力幹嘛！」小紅非常心疼手機掉在地，撿起來一

看，手機已捧壞了，螢幕也碎了！她大叫起來。

　　我走過去撿起她的手機一看，完全不工作了。我一聲不響，連道歉也忘了說。我拿起自己手機，上網買了一個手機，當天快遞。「我賠你一個新的。iPhone。過幾個小時，就到你手裡了。等一下……到了，你簽名，自己打開就……行了。」

　　小紅又驚又喜，但還是責怪我。「你這人真是！你幹嘛生氣？嫉妒人家帥？你賠我一個新手機，也不問問我要什麼樣的？」

　　「不用問。iPhone 是……最好的。」我一邊說，一邊把碗裡最後一口飯扒進嘴裡。

7.

　　晚飯還沒做好，手機就快遞到了。小紅等不及了，把火一關，就打開快遞包來看。果然，一個嶄新的 iPhone！她心花怒放，高興得跳了起來，又喊又叫。她連忙把自己原來手機裡的電話號碼卡取出來，放進這新的蘋果手機裡。

　　打開電源的第一件事，就是先自拍。她知道，iPhone 拍攝的照片比她原來手機好，更清晰。她哢嚓哢嚓，連續照了好多張，直到心滿意足。她太開心了！

　　正想發微信給姐姐，才發現新手機上沒有微信。好幾個原來的軟件，這個新手機都沒有。再仔細一看，根本沒法上網。她急死了，敲我臥室的門，求助我。

　　我走出來，拿過手機，三下五除二，一會兒就幫她接通了網，並且教她下次去別處如何接 Wi-Fi，把她原來手機上所有的軟件和微信都從網上下載了。我遞給她，叫她試試微信。她就寫了「非常感謝你！」發給我。我抿嘴微笑，回到我自己的房間。

　　我從來沒對她這樣微笑過。小紅過後對我說，人不管長得帥不帥，只要面帶笑容，就容易和人接近。因為我的那個微笑，她

頓時對我有了好感。

　　我在自己房間裡，心裡發毛，身上發熱，說不清為什麼。難道小紅喚醒了我對莫莉香以外的女人的欲望？我情不自禁打開莫莉香的微信頭像，吻她的照片。我意識到，自己對莫莉香的暗戀，阻礙了我對別的女孩的注意。只要她活著，自己恐怕不會終止對她的暗戀，不會遇到一個我認為合適自己的女人。說心裡話，現在自己沒工作，雖然是個海歸者，可又有什麼用呢？就算莫莉香給我回音，我要跟她好，她也沒法接受我的這種處境，一個啃老族！多麼沒面子。還是趕緊找工作。可是，找什麼工作呢？當初去留學，就是因為找不到工作才去的。現在很多有錢的中國人把孩子送到國外去，與其說留學，不如說逃避現實，特別是那些到國外讀高中和本科的，其中不少是是低智商，在國內不可能考上大學才去國外混個文憑回來。除非投資移民留下，這些人大多不可能在國外找到工作，勢必回國。因此，海歸越來越不值錢，這就使得像我這樣的人就更難找到工作。

　　我也想到炒股。可是老爸在上一波炒股熱中輸了幾十萬元，立下誓言誰也不能動家裡的錢去炒股。

　　心很煩。我就玩遊戲，聽音樂。我迷上了真人秀《中國好歌曲》節目裡莫西子詩唱的那首《要死就一定死在你手裡》。太好聽了！愛得夠狠的。我聽了一遍又一遍，直到迷迷糊糊睡著了。

　　第二天早上醒來，我望著天花板，心裡很鬱悶，實在不願起床。這世界就這麼回事。若不是為了有一份體面的工作作為社會身分和賺點錢，我完全不想著去找工作，每天睡到想起床時才起來，那才爽。

　　小紅給我發來了微信：「阿鋼哥，早飯好了。」這是小紅第一次叫我「哥」。我心裡甜滋滋。這也是我有生以來第一次有人這樣叫我。語言這東西很奇怪。就這麼一個「哥」，讓我對小紅突然有了想和她親近的衝動。我看了看她的照片，不想刪掉它。

我把它和莫莉香的照片做比較，發現小紅的眼睛其實有些像莫莉香。我納悶，自己以前怎麼沒發現，想必是自己對小紅有了好感。是不是我對任何女人有點好感都覺得其相貌有啥地方像莫莉香？當初我打算和尹朵好時也有這種感覺。

起床後，我洗了個澡刷牙漱口。站在陽臺上，天氣悶熱得讓我有點透不過氣來。抬頭仰望，前途茫茫，讓我覺得自己似乎被世界活活埋葬了。

小紅把早點弄好了。網上訂購的袋裝螺螄粉，她加了一些波菜。我們兩人難得坐在一起吃早飯。我吃得很過癮，一個勁地說：「好，好！」。

看到我吃得如此開心，小紅非常高興。「你好像只會說一個好字，真不懂得表揚女孩子。」她逗我。我被她這句話敲醒了腦袋，看著小紅，我就像一個學生聽到了老師的指導後突然弄懂了一道難題！是呀，我對莫莉香、尹朵、阿妮塔和王力成老婆張曉丹居然都從來沒當面讚美過！

「你不是不知道，我這人太內向。」我喃喃。

「再內向，你也要學會讚美人。人都喜歡聽好話。女孩都喜歡聽甜言蜜語。要不，你很難討得到老婆的。」說到這，小紅嘻嘻地笑了起來，差點把她嘴裡的螺螄粉噴出來。

我臉色顯露出困惑的樣子，不懂小紅笑什麼。

「我笑自己。我比你小好幾歲，高中都沒畢業，居然給你這個在美國留學回來的海歸者講怎樣討好女生。」

「你說得很對，很好。誰說得有道理，誰就是老師。這跟學歷……沒關係。」我總算在小紅面前一連說了好幾句話，而且還是讚美。我自己也發現了這一點。我笑了。

「你看，這就對了。不但要多讚美別人，還要多笑。跟你實話實說，我對你有點怕怕的。」

「為什麼？」

「因為你極少開口說話，不知你想什麼。幸虧現在有微信，可以靠它跟你交流，避免尷尬。你看，你笑會讓別人放鬆。」

　　我意識到自己小看了這融水山裡來的女孩，說話很實在，對我很有心靈雞湯的作用。以前怎麼沒人跟我講這些呢？老爸老媽和王力成，這三個我接觸最多的人，似乎都沒跟我講過。也許，我根本聽不進去而不是他們沒講過吧，或者他們對我太瞭解而不想觸動我的軟肋。

第十五章

1.

　　我和小紅的關係發生了微妙變化。我們不再僅僅依賴微信互動，幾乎每天會聊一下。她繼續開導我，講一些樸素道理，給我喝樸素的心靈雞湯，我居然聽得進去。

　　很多人嘲笑心靈雞湯。其實，每個人都需要它。政府與人民，老公和老婆，老師和學生，老闆和部下，朋友之間，誰不給心靈雞湯？關鍵必須是要有營養味道好喝的雞湯，而不是濫竽充數。如今雞湯成了貶義詞本身，說明了速食泛濫和高科技術對人的立竿見影作用之大。這倒不是說我會像小孩子那樣全盤接受小紅說的，但心靈雞湯喝下去，即使沒有大補，也沒有什麼壞作用，總比完全沒有它要好，只是人不能只靠心靈雞湯活著。

　　我賠了新手機給小紅的那個禮拜，小紅星期三下午就回融水父母家去了。週六上午，她和我老媽一起回來。週六下午，小紅去見那個海歸者。天黑之前，她回到家。吃晚飯的時候，我老媽問她，幹嘛不多玩一會兒，這麼早就回來了。小紅就把事情告訴了老媽。

　　自從我老爸搬到融水山裡小紅家由她家裡人看顧後，我們兩家關係變了，像親戚一樣。老媽本來就很想有個女兒，對小紅就像對女兒。一點不誇張，她對小紅比對我要好多了。

　　老媽聽說她去約會了，大吃一驚。「啊，你 20 歲剛出頭！急什麼呀。」

　　「我的同學有些都結婚了，有些都當媽媽了。我不想那麼早結婚，但我想談戀愛。談三年，再結婚。」

　　老媽搖搖頭。「農村山裡人結婚早，這可以理解。但你不是想在城裡定居嗎？城裡人哪有這麼早結婚！談三年，23 歲結婚，也早。趁年輕，多享受一下個人生活，一結婚你就不能自己想幹

什麼就幹什麼，必須圍繞著兩人世界轉。我是過來人，聽我的，沒錯。當然，有好的男孩子，是可以處起來。那男的怎麼樣？喜歡嗎？」

「人長得不錯，嘴特別能說。不過，問他給我看他的身分證，他說正在補辦。我有點不相信他。我跟他說，等你有了身分證，我們再約下一次。」她抿嘴笑了笑。

我正好從臥室裡出來吃飯，聽到小紅說這句話，讓我對她刮目相看。如果是我約會，我絕對不會想到要看對方的身分證，就是想到了也不好意思去索要來看。

老媽對她這一做法很欣賞。「農村來的孩子就是實實在在，不來虛的。你怎麼想到要看身分證？你倒挺聰明的。」

「我老鄉阿蘇教我的。我姐姐也交代了我。網上約的，誰知道他是什麼人。萬一是騙子，被他騙了都不知道。我也給他看我的身分證啊。互相交換，真心實意。」

我問小紅，「他在美國哪個大學讀書？我可在學校網站查到他的資訊。」

「在聖地牙哥的加州大學。」

小紅把他的姓名告訴我，我隨即在該校網站查了，根本沒有這個畢業生。

小紅松了口氣，「幸虧我沒留下來和他晚飯。我的直覺是對的。他說身分證正在補辦，我就覺得不靠譜。沒有身分證，至少有個駕駛證或工作證什麼的。我問他，他支支吾吾。」

「出國留學前取消身分證是二十年前的老黃曆了。現在出國辦護照不取消身分證。我出國前和出國三年後回來都拿著同一個身分證。」我下意識地把錢包裡的身分證掏出來遞給她看。她左看看右看看，好像要從裡面看出什麼名堂來。我後悔給她看身分證，上面我的照片實在是慘不忍睹。

她盯著我的身分證，「你 2 月 13 日出生！馬上就要過生日

了。」說完，把證還給我。

正在這時，我手機震動了。有微信進來。我打開一看，是莫莉香發來的！我不想當著老媽和小紅的面看她的微信，立馬走進我的臥室。

一句話也沒有。莫莉香發來的只是她的一張照片。她穿著一件淺紫色黑條紋無袖連衣裙，站在魚峰山頂上。照片裡的下方，有一行字：「新年快樂！」我納悶，她會不會也像小紅那樣發錯了照片？我給她回了句話：「好漂亮！祝你新的一年更美麗！」照片上的她，披髮並稍卷的髮型變成了一根辮子，垂在她挺起的胸脯前。這女人怎麼變都迷人！我立刻把它用作手機的新封面。

我彷彿被神奇的線牽著，立刻開始想念莫莉香了，就像一位狂熱的舞蹈愛好者整天想著奔向舞廳。我看了一下她的微信朋友圈，沒有任何新內容。

我實在不甘心。跑到初中同學微信群，發現她已經退群了。我在群裡發了一條微信：「有誰跟莫莉香有聯繫？」收到的回饋都說不知道，只有一個同學說：「我有一天晚上看見她在日本餐廳『北の家炉端烧』和一個男人一起吃飯。」

這同學反問我：「你從來不冒泡，怎麼突然露出水面找莫莉香。是不是要泡這妞？」

我沒搭理，心裡很不舒服。我盯著「和一個男人一起吃飯」這些字。它們刺痛我的神經。讓我想起去年夏天回國在柳州到達機場時見到莫莉香被一個男人摟腰而去的情景。我看著窗外風景，問我自己：莫莉香在哪裡？像她這樣一個愛咋呼的人，若不是有什麼事，她不會退出微信群，不會不在其微信朋友圈裡貼東西。

天完全黑了。萬籟俱寂的夜裡，沒有星星，沒有月亮。黑暗很快蔓延到我的心裡，我沉浸在壓抑的世界裡。街上的喧鬧沒有消失，它們越過潮濕凝重的空氣傳來，變得隱隱約約，卻又不斷

瀰漫開來，怎麼也不肯離去。朦朧的夜景罩上了一層憂鬱。我一下子變得煩躁起來，無聊的感覺如同黑夜再次來臨，我沒法把它趕走。我打開客廳窗戶，一股冷空氣撲面而來。比起紐約來，柳州的冬天實在算不上冷，可我心裡一片寒涼，渾身上下起雞皮疙瘩，嘴唇也抖索起來。

已是 2018 年了！時間飛逝。轉眼我已回國五個月了。

我現在通常足不出戶，有手機有互聯網，全世界都在我面前。這難道是我的全部生活？這樣的生活實在骨瘦如柴，沒有豐滿血肉。

2.

春節，我和老媽都去融水山裡小紅家過年。

在這之前，小紅說要給我慶祝生日，我拒絕了。二十八歲，一事無成，海歸回國連工作也沒有，啃老族，有什麼可慶祝的。

小紅很不理解，「我不相信。如果你使勁找，怎麼可能找不到工作！你學電腦的，可以在網上自己開店嘛。」

她說得對。我沒堅持使勁找。柳州這種三線城市，銀行部門幾乎都是下屬營業所，沒有風險控制部門。這種部門都在上海總部或北京。我在幾個大銀行網上遞過履歷表，沒有任何音訊。我也給幾家外國銀行包括豐通銀行，發了履歷表，都石沉大海。唯一本地柳州銀行給我回過電話，聊了幾句，就沒戲了，一是他們沒有風控數據庫，二是談得不投機。我這人很難讓人喜歡。我要跟對方說柳州話，對方偏偏要說普通話，那種廣西口音的普通話，我實在受不了。我連自己的普通話都無法忍受，更何況對方。

電腦公司，我壓根兒沒找。柳州也沒什麼像樣的電腦公司。一般的維修和幫別人處理電腦問題的工作，我實在不想幹。就算我想幹，別人也不會雇個海歸碩士做維修服務。

小紅的建議，我可試試。但開什麼網店呢？我不想再開淘寶店之類的。咳，過完年再說。

　　大年二十九，正好是情人節。我開車帶著小紅和她姐姐阿梅去融水。老媽上週六就先去了。

　　我給老爸帶去了蘋果藍牙無線耳機，作為新年禮物。我希望他能至少能像我一樣喜歡音樂，憂鬱時用音樂來解悶。到了小紅家，我先去了他房間。他坐靠在床上，滿臉陰雲，悶悶不樂。小紅媽媽在旁打毛線，看著他。他那種精神上的陰鬱不止是抵銷，而且壓倒了小紅家明亮的物質上的舒適。

　　我跟小紅媽打了招呼。走到老爸面前，叫了一聲「爸」，他無動於衷，沒聽見一樣。我把他的手機和無線耳機的藍牙對好，在多米音樂裡選了他愛聽的廣西彩調劇《劉三姐》裡的對歌，把耳機戴在他頭上。從他的表情看，他在聽。我就下樓了。

　　我喜歡小紅家所在的鄉村。說是山裡，但這個村實際是平地，準確地說是被山包圍著的一塊盆地。從石碑山開始，才是真正山區。我特別喜歡村口那一大片竹林。這次來了，首先去了那裡。它能給我一種特別舒適柔軟細膩光滑的感覺。第一次來這裡時我獨自車震了一把的經歷，記憶猶新。

　　我驚奇發現，竹林裡到處都是春筍。我不知道，是不是可以拔起來拿回去當菜吃。我喜歡吃竹筍，各種各樣的乾筍、冬筍和酸筍，我都百吃不厭。我試著拔了幾根，滑唧唧的。有兩條狗，不知從哪裡來的，正在交媾，全然不顧我的存在。這讓我聯想到了人的性行為。外界刺激和性荷爾蒙積累到一定程度，人沒法回避性衝動啊，只有釋放掉。這跟動物沒區別，只是人不在大眾面前隨地釋放罷了。

　　走到一排特別漂亮整齊的竹林裡，我置身於畫面中，很想在這裡撒個野。我對著竹子撒尿。那聲音如此響亮動聽，融合在深廣的大自然裡。我不停挪動身體，向面前的每一根竹子掃射。這

些青竹在濕潤裡挺拔堅硬。一種說不出的歡愉緊緊地攫住了我，體內像音樂一樣輕快跳動流暢。

我離開竹林，滿意地深深呼吸了口氣。這是黃昏時分。無法想像的畫卷從石碑山向村裡覆天蓋地展開。頭頂上紅桔紫黃，整個西邊天空是一幅巨大彩畫。夕陽透過雲彩，給大地披上了一層金色霞光。我抬頭望山上看去，天空裡有一條巨大的火紅彩帶。暮靄以各種顏色緊貼著山頭升起，這兒幾塊，那兒幾片，高高低低一層層的，越來越美，越來越寬闊，鑲嵌在天邊。遠處另一個村莊炊煙嫋嫋，就像在油畫裡看到的美景。我凝視許久。這就是鄉村的美。城市裡的自然風景大都蕩然無存，即使有，早就被高樓大廈擋住了。我就不明白為什麼中國人總是喜歡走極端，所有城市現在大同小異，走到哪裡都是類似的建築和高樓住宅。太沒勁了。不應當把城市建成千篇一律。

晚飯，是阿嬌做的菜。明天就是年三十了。今天就吃得比較清淡，按阿嬌的說法，小年素餐。我非常喜歡她做的菜，每一樣都是我愛吃的。涼拌黃瓜，酸辣，用的是白醋，沒有破壞顏色，而辣椒切成花瓣，撒在黃瓜上，很好看。油豆腐包裹菜，裡面塞滿了阿嬌和小紅媽媽自己挖來的野菜，剁碎了做餡。我從小就愛吃豆製品。油豆腐包裡面塞餡，我老媽有時也做，但每次都塞肉。這是我第一次吃素餡油豆腐包，我一連吃了六個！竹筍炒青椒，讓我想到了剛才看到的春筍。阿森說，小春筍也好吃，但拔掉太可惜了，農民等它們長粗大了，再挖出了，切成片，或拿到城裡賣新鮮的，或曬乾了留到別的季節吃。其它幾個菜，新鮮蘑菇湯，雞蛋炒番茄，土豆絲，都很對我的口味。

在國內就是這點好，吃絕對是沒說的。難怪《舌尖上的中國》電視節目如此受歡迎。

飯後喝茶，阿梅說起了小紅去見那個海歸者：「毫無疑問，假的。要不怎麼連個身分證也沒有？他肯定是不想暴露自己是

誰，等把女生騙了，一走了之。」

小紅不樂意姐姐把這事拿出來說。她瞥了阿梅一眼。眾目睽睽之下，她臉有點紅了。

阿梅性格有些像莫莉香，直通通的，沒心沒肺的那種，快言快語。她對小紅擠擠眼。「這有什麼？」她把小紅告訴她的細節跟大家說了一遍。

阿森拿著手上的香煙，猛抽了一口，把煙吐向空中。他看著小紅，目光裡明顯有一種不屑一顧，「你這個農村臭小丫頭，還想找海歸？！」他看了我一眼，意思說這不就有位真正海歸者嘛。

小紅很不高興，「我才不稀罕海歸呢。那個人看上我，主動約我的。又不是我追他。再說，不就是先認識一下嗎？我真要找海歸，我還不追阿鋼哥嘛？」說完，她看看我，咯咯笑了起來。

我搞不清楚，她怎麼一說到我便從不高興一下子反而笑起來了，是不是我這個人太可笑？

我老媽聽小紅這樣說，好像混沌了很久後突然從夢中醒來。「小紅，啊，我怎麼沒想到。我一直把你當女兒。那你做我兒媳婦，怎麼樣？我正愁韋鋼這一輩子都找不到老婆了。」我老媽也大笑了，乘機取樂。我聽得出來，如果我和小紅兩人真的樂意在一起，她肯定同意。

小紅笑得轉身過去。我真不明白，她笑什麼。她笑了很久，才開口：「我說笑的。人家阿鋼哥哪裡看得上我們鄉下人！」

阿嬌也湊熱鬧，她看看我，又看看小紅。「我覺得，他們兩人還互補。小紅很會做家務事，比阿梅還強。阿鋼不會做家務事，但有文化知識。」

只有小紅父母什麼都沒說，跟著大家樂。

我本來真想說，「我願意，小紅，你呢？」但我說不出口，即使是玩笑，我一旦說了，大家肯定更加起鬨。

3.

回到柳州後，我一直想養一隻狗。這次到小紅家過年，我就去集市裡物色了一隻白黑色混雜的傑克羅素種的狗。它快一歲了，是在山裡長大的。它長得太可愛了，很帥，很活躍外向。這兩點正是我沒有的。

它見到我，歡天喜地，跳得老高，蹭我的褲角，好像我們已認識了好多年。我立刻喜歡上了它。我給它取名叫 Polo。

可我沒想到，這山裡的狗野慣了，沒受過高等教育。無論我如何訓練它，它還是在地板上拉屎拉尿，還把家裡的沙發給咬了。老媽氣得要死，但她知道我很喜歡它就沒抱怨。還有一事是我不願意幹的：每天遛狗。這事就讓小紅去幹。可是，一出門，Polo 跑得很快，喜歡跳來跳去，小紅沒法拉住它。

無奈，我只好請小紅老鄉回家時把它帶回到山村裡，讓人領走了。反正山裡農村到處都是空間，狗都不被栓的，隨便在外面大小便。我問都沒問，那人領走是殺了吃狗肉還是繼續養它。

這事讓我很洩氣。好像帥的東西和外向都與我無緣，連狗都如此。命裡註定我和醜的東西在一起。

打消了養狗的念頭後，我就養了一隻貓。它是被我從流浪動物救助中心領回來的。見到它的那一瞬間，我就認定了它，它普普通通，長得不漂亮，在那蹲著縮頭縮腦，也不叫，和我一樣很內向，沒有什麼吸引力。

把貓帶回家後，小紅很不理解，「它長得太普通了！既然要養，就養個漂亮的。」

她的這句話一下子把我給惹火了。「漂亮的，大家都搶著呢。只有這種普普通通的，沒人領養它們。」我瞪了她一眼。小紅不認識我似的，對我從頭到腳打量了一遍。「看不出啊，你這

人心還挺善。」

這只貓名叫索菲婭，六個月大。她非常聰明。來我家沒幾天，她就認定我是主人，對我很親熱，會到我身邊黏著。我睡覺，她跑上我的床，在我身上踩一遍，找到最舒服的位子睡在我身旁。小紅每天給索菲婭餵食，清理，可索菲婭卻不搭理她。小紅直怨言：「這世界，連貓也這麼勢力眼，知道誰是主人，拍誰的馬屁。」話是這麼說，小紅也喜歡索菲婭。因為索菲婭很乾淨，不像 Polo 身上有股騷味。

貓很獨立很高貴。索菲婭即使在我身旁蹭著，跟我親熱，但每次不會超過五分鐘，通常只是兩三分鐘。她那對綠色眼睛總是有著憂鬱卻不屈不撓的目光。有了她，家裡有生命的靈氣，緩減了我內心的寂寞感。

記得，我小學時跟父母提過好多次養狗或養貓，老爸老媽總是找各種理由給搪塞過去，「沒時間了」，「寵物太髒了」，「過敏了」，拒絕了我。我想，如果老爸老媽在我小時候養個寵物，也許會改變我內向，因為我可以整天和寵物說話，對我心理健康有益。

4.

過完年後，我心情好了一點。琢磨著開個什麼網店。我答應小紅，如果店開好了，我會雇她做助手。反正，她現在比較閑。

我幾乎每天都在網上搜索，流覽各種網店。實在是想不出市場上還有什麼可以讓我開網店。我能開的，都有了。這讓我沮喪。

有一天，我看到一個美女陪聊網站，對象是成年人，包括單身男女和空巢老人，內容很廣，有電話陪聊，視頻陪聊，微信陪聊和當面陪聊，主頁上說能讓內向者在陪聊者面前變得外向，釋放內心深處的祕密和苦悶。我就仔細讀了起來。

我點擊陪聊者頭像，發現那人很像莫莉香！我的心加速跳了起來。是她嗎？肯定是她！我對她的長相太熟悉了！除了睡覺，我每天每時都通過手機封面螢幕看到她的頭像。

　　我好奇，她幹起了這個行業。她幹嘛要這樣化妝呢？她的嘴沒有這麼小，眉毛也沒有如此纖細彎曲。她一定故意用美圖軟件弄得讓人看不出是她本人。她的網名在這個網站是「方姐」。既然有微信陪聊，就一定有微信號。我一看，她在網上公佈的微信號不是我手機裡有的那個「茉莉花香」，而是「方姐陪聊」。

　　我點擊這個陪聊網名和欄目「我要陪聊」，立刻得到回應：「請把你的資訊按以下順序填寫。」以我的電腦知識經驗，這個回應是電腦程式的自動回覆，不是她本人在那裡即時回應。

　　如果我填寫真實資訊，她會陪聊嗎？我又點擊了欄目「當面陪聊」，出現的也是同樣程式，填上請求陪聊的資訊，交預約費，選定日期。

　　我如果和她是一對情侶或夫妻，這些電腦程式設計不正是我能做的嗎？不知她請誰設計的網站，還真不錯。我歎氣，自己和她怎麼總是走不到一個節拍上。冥冥之中，她永遠只能是我暗戀的女人。

　　不管如何，我要見她一面，哪怕是最後一次。這樣，我就死心了。

　　於是，我選擇了當面陪聊，用了小時候的名字「文輝「填寫了資訊，可是有一欄要求填寫者上載本人近照，以便見面時確保是上載者露面而不是別人。如果我把照片上載，她會拒絕我嘛？既然如此想見她，就豁出了。我平時很少拍照，更不自拍，長得難看，沒必要對不起觀眾，糟蹋自己。

　　我只好當即自拍了好多張，從中選了一張相對不那麼難看的，上載後用微信錢包給她的微信號「方姐陪聊」交了預約費，等待她的回音。

過了幾個小時，她給我來了微信，把錢退回。我仔細一看，微信號是「方姐陪聊」，回話是：「啊哈，韋鋼吧。老同學，老盆（朋）友。木（沒）有搞錯吧。真的要當面陪聊，我第一次也不能收你的錢啊。首次免費吧。不過，我太忙了。實在沒空和你見面。嗨皮嗎？我們微信電話聊吧。」

　　還沒等我回話，我的微信電話響了。我估計是莫莉香。這種雷厲風行的風格，符合她的個性。果然，手機頻幕上出項了「方姐陪聊」。

　　「莫莉香，你好！我好想你。」

　　「想我？真的？是上半身想還是下半身想？」

　　我一時哢住了。這妖精的調侃也太赤裸裸了。不過，我喜歡這種赤裸裸，很適合我這內向者，不需要兜圈子磨嘴皮。「有時候……上半身，有時候……下半身。平時上半身，欲望來時下半身。」

　　「喲，不愧是知識份子，說起話來像詩人一樣，有節奏似的，很會總結。」

　　「我給你的原來微信號發過幾次，都沒有回音。也沒見到你在群裡冒泡。」

　　「我現在對外不用那個微信。外人都被我刪除或拉黑了。只有家裡人才用它跟我聯繫。對不起。我退了原來所有的群。」

　　我們簡單聊了一下王力成和我海歸柳州後的處境。她匆匆要掛掉，說馬上有約。我立刻把語音聊天換成視頻，想見她一面。只見畫面上，她身著睡衣靠在一張床上，不知是旅館還是她家裡。哇塞，風情萬種的迷人女郎！

　　沒想到，她很生氣，立馬怒斥我：「你這麼不問我一聲就改成視頻！」隨即把微信聊天掐斷了。我很懊喪，給她發微信道歉。她沒理我。我又發了一個鞠躬賠禮的表情符號，卻發不過去。她把我拉黑了！

5.

　　這次在視頻上見到莫莉香，了卻了我想見她一面的願望。我的心稍微平安了些。只是，這種平安沒有持續太久。

　　我對她的暗戀被蒙上了一層霧霾。我很肯定，她陪聊服務裡有情色內容，至少在「見面陪聊」這項服務裡。難怪她要求這一欄被陪聊者必須上載真實照片。如果見到被陪聊者不是照片本人，她就拒絕陪聊而預約費不退。她才不會輕易跟任何假冒者上床呢。

　　我對她有了吃不到葡萄恨葡萄說葡萄酸的心理。我腦子裡呈現她和不同男人上床的鏡頭。可是，這種心理沒過兩天，我又想念她了，視其為甜葡萄了。她總是如同爬藤一般，攀援上我的欲念之中。這種反反覆覆的情緒，就像經常發燒的孩子很折磨人，無法自拔。這美麗巫女有她的法力。有時，這種折磨太難受了，我就對著手機螢幕上她的相片，釋放自己的欲念。我的身體是一個非常不聽話的倔強孩子，我管不了。我深深地感到，這孩子不只是發燒，它比發燒還要發燒，就像發燒的欲望被濃縮，變成了毒品，宛若看似健康很鮮活好吃的食物，其實不過是被注射了有毒的防腐品。

　　小紅看出了我的恍恍惚惚。可我沒法把我的心思告訴她。

　　2018 年 3 月 17 日。我不會忘記這個日子。

　　早上醒來，我情緒極為低落，覺得人生太沒意思了。所有人都在自欺，回避人生意義，回避死亡的已知性，好讓自己能夠快樂活下去。我想到了王力成，想到了老爸，想到自己在人生已走過了二十八個年頭，最後念思又落在了莫莉香身上。我的妖精，我的魔女，我怎麼就不能把她忘了。

　　老媽上周從融水回來在家過了一周。她看我這樣子，什麼也

不敢說。禮拜一走的時候,她說:「文輝,要不你還是上學去吧,考博士,隨便讀什麼都可以。」我明白她的意思。無所事事,會毀掉一個人。就像我家隔壁的顧先生,退休不到兩年就病死了。臨死前不久,對她女兒說:「退休,是殺死我的武器,讓我無所事事,生命變得特別沒趣,失去了活力。」退休,本來是美事,有時間好好享受生活。可有些人就很難過,沒有任何愛好,退休很無聊,從而時間變成了傷人武器。

老媽的建議,是我挽救自己的一劑良藥,這是我從來沒想到的。讀什麼專業呢?我可不想再讀電腦。這行業,主要還是靠經驗積累,碩士學位足夠了。想來想去,我決定讀哲學博士,至少哲學是在無意義的世界裡尋找人生價值的答案。在摩西學院那個暑假裡讀哲學的情景浮現在腦海裡。那段在學校圖書館讀哲學書籍的時光,我是快樂的。

在網上查了一下,華南師範大學哲學系招科學技術哲學博士研究生。我以理工背景去考,對我非常有利。

那天上午,我交代小紅,把書房給我清理打掃乾淨。自從我考上大學後,這書房沒人用。我留學前準備托福和 GRE 時用過,以後我就再也沒用它。小紅幫我把電腦和打印機等,從我的臥室搬到書房裡去。

聽說我要考博士,她對我很敬佩。她自己學歷太低,把考博士想像成一件驚天動地了不起的大事情。對她自己而言,這是一生一世都不可求的事。她對我畢恭畢敬,換了個人似的。

我回國後,很少用電腦打字聊天。上網看電影和視頻節目,我都把電腦鍵盤連結在電視上或手機直接連接電視機大頻幕,上網都是在手機上。就連打印文件,都是通過手機和印表機的藍牙功能直接就打印了。我試試電腦,速度慢,沒有藍牙功能,打印機就一定要裝電線連接電腦,而且不能打印手機裡的東西。如果更新這舊電腦的部件,不如買台新的。我決定買新電腦,反正現

在移動電腦比過去便宜好多。

我對正在擦書架的小紅說，「這部電腦給你，要嗎？」

小紅有點受寵若驚，但沒有上次我賠她手機那麼激動。「我要電腦沒什麼用。不過，你給我，我就要。如果我不用，我就帶回融水去，一定有上學的孩子要。他們非常需要！」

「你會有用的。比如，電視裡看不到的節目和電影，很多都可在網上找到。你用手機看，螢幕太小了，必須用電腦。」我把她叫過來，試給她看，如何在網上搜索想看的影視頻道和節目。正說著，我切換畫面一不小心，點擊了我留存的一個成人網站，一個全裸美女口含帥哥那寶貝的鏡頭展現在電腦螢幕上。我慌亂中想用鍵盤把畫面切掉，結果按錯了，只是消了聲音。

小紅在我身邊「啊」一聲大叫了起來，臉唰地紅了，呆若木雞。

不知是她的尖叫冒犯了我，還是我看成人網站這事被她發現了，我惱羞各半。她的尖叫，刺激了我的神經，讓我一下子失去了理智。我一把摀住她的嘴，不讓她叫。小紅更加驚呆，整個身體軟塌下來，要滑落下地。我趕緊抱住她。那一瞬間，女人體香是一道我無法抗拒的氣場。她膚肌柔順光滑，我的手不經意觸摸到她的臀部，無可言語的美妙。我的小宇宙爆發了。我毫無費力解開她的衣服，使勁地吻她。我們身不由己倒在地上。小紅什麼也沒說，也沒抵抗，軟綿綿地由我任意親熱。

事後，小紅如同個癱瘓的傻子，目光癡呆，身體動也不動。我不知如何幫她穿上衣服，趕緊去我的臥室找出一張毯子。回到書房，小紅已穿好衣褲，卻在傷心哭泣。這讓我吃驚。她坐在地上，像個無助孩子，六神無主。她的臉異常蒼白，露出痛苦神情，彷彿剛剛經受了一次痛苦的手術，一次嚴刑拷打。我走過去，把毯子給她。沒想到，她的臉像石頭一樣動也不動，眼淚從她的眼中湧了出來，流在她僵硬的臉上。終於，她嚎啕大哭起來，看到

我像碰到了惡狼，眼睛裡流露出恐慌厭惡，推開我給的毯子，手摀住臉，跑出了書房。

　　她並不願意！我一聲歎息，腦子全亂了！我癱坐在電腦前。那對美女帥哥正在努力做愛。此時我才發現，我沒關掉那個成人網站。我在這樣的情景裡對小紅動手。小紅一定下了結論：我是個流氓。

　　我一下子不知所措。

　　我關掉電腦。走出書房，走到小紅臥室外。我怕她一時想不開，出事就糟了。

　　她會不會報警？我心裡發慌。我在客廳和她臥室之間的過道上來回走動。想來想去，還是給她微信。「小紅，非常對不起！我誤解了你。請求你的寬恕。」過了大約半個小時，她都沒回信。我越來越擔心。

　　樓底下有人按我家門鈴。聽到電鈴響，我的心加速跳了起來。

　　「誰？」

　　「阿梅！」能聽得出來，她很氣憤。顯然，小紅給她姐姐打了電話。

　　我走到客廳，按下打開門的電開關，立刻回到我的房間。我不知道如何面對阿梅，沒法向她解釋。我聽到阿梅進來把門關上的響聲。我索性躺在床上，等待阿梅來見我。可是好一會她都沒來，她想必在小紅房間裡。我心裡七上八下。

6.

　　「起來！」阿梅很凶地把我從床上叫起來。她氣鼓鼓地罵我，「操尼瑪，你這個野仔！」她狠狠地在我臉上扇了一巴掌。

　　她坐在靠窗的椅子上。我坐在床上，一臉喪氣，把眼鏡戴上。她看了我好一會。「你做的壞事！你打算怎麼處理？」

我什麼也說不出。語言是很蒼白的，尤其在這種場合。

「你說話呀！再悶騷也得開口。一人做事一人當。不管怎樣，你是個男人！」她盯著我，雙目仍然發出怒氣的眼神。

「很……對不起。我以為她想做，是……願意的。」我磕磕巴巴把最近和小紅相處得很好的一些細節跟阿梅講了。「很抱歉。我誤解了……她。」

「她最近是開始喜歡你了。」阿梅一五一十把這段時間來小紅對我的印象和小紅對我們之間互動的反應，快速地跟我講了一遍。「剛才我跟她聊了。我問她，既然生米煮成了熟飯，願意不願嫁給你。她的回答很堅決，不願意。你願意嗎？」

「怎麼會不願意呢？我會負責她一輩子。」我斬釘截鐵回答，絲毫沒有猶豫。

聽了我的這句話，阿梅心動了。她似乎原諒了我的罪過。她什麼也沒再說，又去小紅房間勸說小紅。

我的腦子這時清醒了。

不知道為什麼小紅不願意做我的老婆。她對我很好，甚至因我想考博士而對我鞠躬盡瘁。當然，我這樣說有點誇張，「鞠躬盡瘁」這成語不是很確切。可事實是她對我很尊敬，很願意為我做事。

總有人說，男閨蜜容易出事。我不是小紅的男閨蜜，但我倆住在同一套公寓裡，我們是物理意義上的閨蜜。我沒想到會出事，小紅更沒想到。否則，她早就辭掉在我家的工作了。再說，我們兩家現在像親戚一樣，她心理上無防線，事情可能壞就壞在這裡。

男女單獨兩人相處一旦有好感，是不是容易擦出火花呢？如果我和莫莉香單獨相處，我們會有火花嗎？

阿梅再次走進我的房間。「你們兩人沒有緣分。她本來對你挺有好感的。可是，今天你一邊放映那流氓網站一邊對她耍流

氓，徹底改變了她對你看法。不可逆轉了。」

阿梅把小紅的感受和有關的事，告訴了我。

過年在她家那次玩笑後，我老媽倒是有這心思，阿森阿嬌也贊同。只是她父母認為我太書呆子太內向，小紅做我的老婆會非常辛苦。大家對我長得醜倒不在乎，但小紅和阿梅對此是介意的，包括我個子矮和我比小紅大八歲。小紅最近對我很有好感，沒想到我們的關係尚未進展，今天我無意中不小心讓她看到了我平時看的成人網站，最關鍵的是在這樣場景氛圍裡我把她糟蹋了！這完全顛覆了她對我的好感。

小紅被嚇癱了，無意識地失去了抵抗力，失去了操控自己言行的能力。這也是她痛苦和不理解她自己的地方。她對阿梅說：「我怎麼會這樣呢！如果我當時拚命反抗大喊大叫，他絕不會得逞的。我力氣可能比他還大。我太無能了！」現在她對我恨之入骨，要立即搬出去。本來阿梅想叫她到王力成父親家住兩天，再找工作。可是，她這種狀態，很可能會在王力成父親家把事情顯露出去，再說她現在對再找工作完全沒有心思。

阿梅狠狠地瞥了我一眼。「我帶小紅回家。你自己把事情告訴你媽。否則，我們回到家後，她也會問我們。」她給王力成父親發了個微信，說小紅病了，自己需要送她回家，明天一大早坐巴士回來。

小紅的東西不少。我知道，她不會讓我開車送她去車站。我拿出三百塊錢給阿梅讓她們叫計程車到樓下來接。阿梅正要接下，小紅正好走出自己的房間，她立刻叫道：「不要他那骯髒的錢！」

阿梅沒理她，還是把錢接了。「這樣吧，我們就這樣坐計程車去長途車站。小紅的東西，你就托運快遞到我們家吧。」

我點點頭，回到自己臥室。只聽見家裡的門「乓」地一聲被關上了。

7.

小紅從此消失在我的生活裡。她對我的好感來得太快,去得也太快。

我痛恨自己的是,我居然把她失去了抵抗力誤認為是她心甘情願要和我做愛,把事情弄得一團糟。

當晚,小紅的哥哥阿森帶著一幫健壯的農村小夥子,找上門來到我家,硬是撬門入室,把我從床上揪起來,捆綁後吊在天花板上面,脫下我的內褲,把我痛打後,割下我可愛的小鳥,痛得我身不由己尖叫起來,哇哇大哭不止,血流成河,地板全都給淹沒了,而他們幾個人哈哈大笑,揚長而去。

我被自己的尖叫哭聲喚醒。這個夢我至今刻骨銘心。這以後很長一段時間,我甚至小便時都不願去看一眼那負罪的小鳥。

我把那部本來要給小紅的電腦砸爛了,買了一部移動電腦。從此,我再也沒看成人電影,不上成人網站。如果當時不是那成人網站,小紅最終一定會原諒我而成了我的老婆。

老媽為我糟蹋小紅這事,向小紅和她全家左道歉右道歉,給了一大筆錢作為賠禮。她還帶小紅去醫院做了檢查,確定我對小紅沒有造成任何身體傷害或懷孕。她趕回家中,把我狠狠地臭罵了一頓。「你不為自己想想,也得為你父親想想。我們上哪再去找這樣好的人家照顧他?!」

如果是平常,我一定會很抵觸,情緒惡劣。但這次,我什麼也沒說,任憑老媽怎樣罵,我都不回嘴,也沒生她的氣。我罪有應得。

無論小紅家裡原諒這事到什麼程度,老爸沒法在小紅家待下去了。老媽不好意思也不可能再隨隨便便地去小紅家,兩家之間那種親密如親戚的關係被籠罩上了一層難言的尷尬,彼此都明

白。因此，老爸在這事發生後的第二周，就搬回家裡。我當然不可能再出現在小紅家，所以我沒開車去接他。老媽花錢請了兩個農民幫忙，坐出租大面包車把老爸接回，請司機又送農民回融水。

我很感激小紅一家。他們沒起訴我。否則，我現在已在監獄裡了。

但老媽和我都絕沒想到：這件事成了我海歸後家裡悲劇的繼續。老爸到家第二天早上天未亮，趁老媽睡著，走出房間，到樓頂跳樓了！

老媽本來就很警覺，把老爸接回家前把家裡陽台的門窗都請人封了，菜刀啥的和經得起上吊的繩子都藏起來鎖著。但卻沒有想到老爸居然能走到大樓頂部，從那裡跳下去。老媽因為提心吊膽，睡得易被驚醒。老爸不在床上了，她馬上醒了，迷迷糊糊地手一摸，就立刻睜開雙眼起床。穿著睡衣，到處找他，發現家門口沒關，立刻衝出去，只見老爸的一隻拖鞋落在公共電梯門外。老媽馬上意識道出事了，坐上電梯，連跑帶爬上到樓頂。這裏有一塊地盤專門供居民們看夜景，四周都有齊胸高的柵欄保護大家。夏天，有很多人家把棉被胎放在這裡，讓它們曬曬太陽。但有人若要自殺，沒法阻擋，他可爬過柵欄。老媽趕緊跑到那裡，柵欄下有老爸的另一隻拖鞋。她哇地大哭了出來，往下看，果然大樓地面上一排路燈照耀著一個躺著的人。那人全身穿的條紋睡衣，她一眼就認出了，無庸置疑就是她老公。

她一溜煙跑來猛敲我臥室的門。「你爸跳樓了！」淚水從她臉上不停地流下。她沒等我，立刻沖下樓，連電梯都不肯等。我家在五層樓。她的哭聲和跑步聲，驚動了一些鄰居開門出來，跟著她跑下去。

我以最快速度跑到樓道。正好電梯開著。我衝進去，頭腦一片空白。

老爸靜靜地躺在地上，冰涼的水泥地上。他身邊是他的血，還在流動著，不知是從頭上還是身上哪一部位流出來的。不用靠近，我知道他死了。老爸永遠離開了這個世界。那一刻，我強烈意識到：我們每個人其實都與自己的死亡住在一起，只是用臆想安慰自己，裝作若無其事。

　　老媽的哀嚎變成了撕心裂肺的慘叫。我一滴眼淚都沒有。很奇怪。我極力想哭出來，但無用。我像一尊雕塑，站在不遠處一動不動，如同另一個人，在悲慘世界裡麻木不仁。我一定是完全懵了。

　　老媽從嚎啕大哭到抽泣，再到無聲流淚。我就像在觀看一場非常悲催的電影，心裡很痛苦，卻沒有眼淚。躺在地上的老爸彷彿不是我的父親，而是來自另一個星球的陌生人。我跟他的關係，彷彿不是血緣，不是親屬，而是科幻電影裡穿越時空的生死場面。

　　不知哪位鄰居拿來一塊布把老爸屍體蓋起來，也不知是哪位鄰居打電話報警叫來了救護車。住在公寓大樓裡這些年，我誰都不熟悉，知道有幾個是住在我們樓裡的，但也叫不上名字。我們平時和任何鄰居都沒有來往。現代生活，把人隔離了。

　　當急救車要把老爸拉走的時候，我意識事情有多麼嚴重，我再也沒有父親了。我快步走過去。老媽正在找我。我一句話沒說，跟著她一起上了急救車。

　　老媽像發病一樣，渾身簌簌發抖。她埋怨我，「你剛才在哪裡？」

　　「就在你身後不遠。」

　　「你這個敗家子！要不是你，你老爸住在小紅家好好的，這麼多人看著他，他絕對不可能自殺。」

　　我能說什麼呢？沉默是最好的認罪。我痛苦地在心裡強烈責備自己——我糟蹋了小紅，老媽賠了一筆鉅款給她家，老爸搬出

小紅家，跳樓。情況驟變得如此之快，彷彿循序的生活剎那間越出了軌道。

　　我看著躺在急救擔架上老爸的屍體，眼淚終於流了下來。「爸爸，我對不起你！我是……人渣……。」苦鹹的淚水流進我嘴裏。只見他身上的布已不再是鄰居的那塊布，而是急救車裡的白色床單。他的臉很蒼白，卻很安詳。會不會他在跳下去的那一瞬間感覺很安然？否則，他的臉應該很痛苦才對。離開這個世界不讓自己再被傷痛和憂鬱所折磨，可能正是他死前安詳的緣故。

　　這讓我想起了王力成車禍死後那張幸福的臉。老爸和他一樣，離開這個困惑和折磨他們的物質世界，或許是美好結局。對於身心痛苦萬分的老爸，死亡更像是恩典。想到這裡，我悲傷的心裡稍微好受了一點。

第十六章

1.

老爸被火化後，老媽跟我徹底鬧翻了，把我趕出了家門。

我們把老爸的骨灰從火葬場拿回來的那一天，到了家，老媽不知把骨灰放在哪裡才合適，就哭了起來。當時，我們還沒選定墓地。我就勸她，「過幾天放進墓地裡，就好了。」

沒想到，我的這句話把她對我的所有怨恨都引爆出來了。

老媽指著我的腦門。「都是你！如果不是你這個狗屁子，我們家的日子絕不會這樣！本來可以考進名校，可你整天玩電腦遊戲讀網路小說，只考進了廣西科大。本來學了電腦，很容易找工作，你這個沒出息的小子卻找不到工作，不得不出國混個洋文憑。若不是你出國，老爸也不需要到美國去參加你的畢業典禮，也就不會摔傷患憂鬱症……。」

她把我罵得狗血淋頭。「你是個罪人，你知道不知道？小紅應該把你送進監獄！」她把這麼多年對我的怨恨和無奈，全都發洩了出來。罵了差不多半個小時，最後她痛哭起來：「我怎麼養了你這樣一個兒子！海歸回來一直在家啃老！你這個渣男！我家祖墳風水不好。我不配做你的媽。你搬出去吧。」她不願再看到我。她寧願讓我去租房自己過日子。

這次我沒有和老媽吵架，沒有暴跳如雷。我在網上找了一個高尚社區，租了一房一廳的一套公寓，第二天就搬了出去。

我心裡有愧。如果我是老媽，我也不願看到兒子從美國回來無所事事在我面前晃來晃去，還要伺候。若不是我糟蹋了小紅，不但老爸不會死，老媽可以走親戚一般經常去小紅家裡，跟阿嬌和小紅媽嘮叨。她們的關係原本那麼好，全被我毀了。

我為自己第一次能這樣從老媽的角度去想問題，感到有點吃驚。我的確有罪，而且罪孽深重。

搬出去的那晚，天上的月亮時隱時顯，薄而透明，夜空蔚藍而深邃，星光閃爍。我坐在剛租來的公寓陽臺上，百般無聊。這個社區坐落在魚峰山下，我的四層樓陽臺對著魚峰山，能斷斷續續聽到山上傳來的對歌。月光灑在我身上。我感到十分寂寞。看著那些在風中微微來回搖晃的樹枝，心頭陡增一絲空虛，似乎這個夜晚，世界上只剩下我一個人。我站起來在陽臺上來回踱步，又坐下來，又站起。這樣反反覆覆很多次。我愣神在那裡，撿起陽臺上一塊小石子，放在右掌間搓滾，它掉在腳上，我撿起來放到左掌上接著搓滾。在這單調的往復中，我幾乎傾注了自己在這個夜晚的所有精力，直到索菲婭來到陽臺。我把它抱起來，坐下。

　　索菲婭跟著我來到新住處很懂事，對新環境一點都不陌生。下午搬進來時，它一進門就大方典雅地在過道、客廳和廚房裡走了一圈，跳到我剛放置好的床上，舒適地打了個滾，跳上窗臺，好像它在這裡已住了很久了。它似乎察覺出我們家出了事，一直坐在那裡，望著窗外眼神憂鬱。

　　想起白天它那模樣，我盯著它的雙眼，想知道它現在想什麼。除了它眼睛發光，我啥也看不清楚。一想到只有和索菲婭在一起心情才好一些，我覺得自己太可憐了。這年頭，人們都說有錢就任性，有錢就性感。老爸留下的錢夠我一個人花，但要成家養兒育女，那顯然遠遠不夠。我的錢，實在不足以產生性感，不足以任性。至少連小紅這樣農村女孩都沒有主動上鉤。我這樣長相不帥而又內向悶騷的宅男，要比土豪富二代更有錢，甚至是超級富翁，才能彌補我的缺陷，才能吸引我喜歡的女孩主動投懷。這世界所有的認同，不管你承認不承認，最後都認同一個東西：錢。

　　中國現在最富的互聯網大王牛雷，夠醜的吧，可他紅得發紫，就是因為有錢，準確地說有本事賺到錢。我深知，我沒本事不可能成為牛雷。我註定倒霉。

我突然意識到自己很乏味，令人沮喪。這種沮喪，超越了焦慮和痛苦。我沒有盔甲來抵禦這種沮喪。在我的自我意識中，要想獲得整套盔甲，不，哪怕是獲得一小片盔甲，都是艱難的。想到這裡，苦惱洶湧而來，變成了另一種焦慮，一種不得不承受的痛苦。

2.

　　世界如此神奇，你越是得不到的東西，它越是呈現在你面前，讓你目睹而得不到，流口水，乾瞪眼。

　　那天晚上，我從陽臺回到房間，玩了兩三個小時電腦遊戲後，把所有遊戲軟體全都刪掉了，打算好好複習，考博士。我準備睡覺，走到視窗想拉起窗簾，卻發現對面 13 號樓和我同層的公寓裡一對男女正在嘿嘿，竟然沒有拉起窗簾。兩人你來我去，動作非常挑逗。他們很快把燈滅了。月光下，兩人朦朧的身影重疊起來，合而為一。對此，我想入非非。

　　第二天，我一覺睡到上午 11 點。鳥語敲窗。陽光照亮了蒙著薄紗似的玻璃窗，給它們抹上了一層金色，染黃了房間。沐浴在這舒適的光照裡，我宛如置身在空曠的大自然裡。窗外，洋紫荊花絮隨風紛揚，悄悄探視路過的每個角落。

　　兩隻蒼蠅橫衝直撞而至，撞擊在玻璃上，聲東倒西歪不知去向。我看著它們。突然想起昨晚對面的那對男女。從床上爬起來的第一件事，就是去谷埠街購物廣場買了一個萊卡牌望遠鏡。一回到宿舍，馬上試了試。這望遠鏡真棒！清晰度非常好。

　　我把焦距拉近，對著對面公寓調好焦距。哇塞，那女人剛起床，只穿著鬆垮垮的睡袍。我定睛一看，她是莫莉香！

　　我差點跌破眼鏡。我看了又看，的確是她。扒了她的皮，我都不會認錯人。臥室裡只有她一人。她懶洋洋的，走到衛生間裡

去了。我估計她是去漱口洗臉或洗澡。我把已打開的窗簾又拉起來，在窗簾之間用望遠鏡。我不能讓她發現我在窺視她。

過了十幾分鐘，她走出衛生間。走到衣櫃鏡子面前，毫不在乎她的窗簾是敞開的，把睡袍脫了，扔在地上，換衣服。在她穿上衣服前，我迅速用手機把她的裸體拍錄下來。

她對著鏡子化妝了好一會，便關門出去了。

我趕緊看我拍錄的視頻。可惜距離遠了一點，手機拍的效果不好，看不清楚。她全裸的背影朦朦朧朧。我還是很激動不已，興奮得在客廳裡走來走去。這一定上帝安排的！柳州有四百一十五萬居民，我怎麼就這麼巧，找到的公寓竟然就在她對面！

我激動地跪下來，感謝上帝。「天父，謝謝你！讓我住在莫莉香的對面。從今以後，我每天都可以看到她，我的女神……」。

能這樣每天看到莫莉香，對我來說是十分快樂的美事。這就像英文裡說的「window shopping」，買不起，櫥窗裡看看，很好很開心。有她在對面，有她作為將會在我眼前出現的期待，感受著想要與她打炮的欲望，窺視她的隱秘，或哪怕只是親密舉動，來滿足我的這個欲望，也是美事，一種極廣幸福啊！

3.

我開始複習，準備考研資料。博士考試有三門。英語，分析哲學和科學哲學，後兩者包括對基本哲學概念的運用。英語，我不用複習可以對付考試，綽綽有餘。我所有精力放在分析哲學和科學哲學上。我的攻略是，一是在網上把這兩大學科的動態和主要問題收集起來，直接閱讀有關英文資料，把它們翻譯成中文；二是把我報考的博導錢江教授發表的論文和著作都讀一遍，記住要點，輸入電腦。

我通過學校網上提供的電子郵件給錢教授寫了信。他正打算

翻譯一套西方科學哲學和分析哲學的叢書，他對我的理工背景和留學經歷很感興趣，認為我電腦程式設計技術很強的邏輯性對分析哲學研究很有利，希望我考上後加入他的翻譯。他向我保證，「只要你門門及格，我一定錄取你」，把考試範圍和必讀書目告訴了我。他還把我加進了他的微信朋友圈裡。

我的複習攻略很有效。我把科學哲學和分析哲學主要代表人物的觀點、當前兩大學科注重的問題與錢教授研究方向結合起來，很快心裡就有了底。看來，自學文科容易。我記憶好。學電腦專業的邏輯性強，有益記憶。

我把錢教授給我的考試範圍和必讀書裡的複習內容都輸進電腦裡，把問題和答案編成程式。兩個月時間，我是這樣度過的──我每天把要複習內容從電腦裡調出來讀，用編輯好的主要論點來回答問題。我把錢教授的看法和搜集整理的複習資料編輯成答案。如果我回答錯了，電腦會出示正確答案。

複習累了，我就拿起望遠鏡，窺視莫莉香的公寓，總能看到一些細節。即使她不在家，她的公寓像舞臺布景一樣呈現在我的眼前。目睹她公寓裡無人的情景，也是我最好的休息。我會盯著她陽臺上晾的衣服裡尋找內衣內褲，看個沒完沒了。她毫無忌憚，有時把乳罩也晾在陽臺上的曬衣架。我對準焦距，愛屋及烏，看得很興奮。

我像對遊戲著迷一樣，將自己激情和各種想像都傾盡所有，窺視她。我摸清了莫莉香晚起晚歸的生活習慣。她通常都是接近中午才起床。這點和我很相似。我每天醒來的第一件事，就是拿起望遠鏡，窺視她的公寓。這景色生出了一種勾心攝魄的誘惑力，如此銷魂。如果她還沒起來，我就泡一杯咖啡，坐在窗前盯著，戴著耳機欣賞音樂。

等待她出現的過程，如同等待美夢成真。看到她，她的酮體，她的曲線，都讓我滿足，得以安心複習一整天。如果哪一天

一整日裡沒看到她，我會焦慮不安，複習也不安心。好在這情況，在這兩個月只出現過兩三次。

起床後，她做的第一件事，就是拉開窗簾。這時她通常穿著睡袍，偶爾也會裸露。不知她是想讓別人看到她的美麗迷人，還是她大大咧咧毫不在乎的性格，她根本不在意這些。

她從來不做飯。最多是拿著杯子沖飲料，估計是咖啡或茶。她花很長時間換衣服和化妝。有時一個小時後，我再去看，她還在化妝或換衣服。她拿出掛在衣櫃的衣褲裙子，換上脫下又換下，來回好多次，才出門。

我給她發過幾次微信，她再也沒搭理我。上次我沒經她同意把文字聊天換成視頻聊天，一定把她惹翻了。她肯定後悔給我打那個微信電話，讓我確認了她的網聊服務，不想再與我保持聯繫了。自從她把我拉黑了後，我再看不到她的微信朋友圈了。人算不如天算。她絕對沒想到，現在我正住在她對面，每天窺視她。

4.

很快，兩個月過去了。在這兩個月裡，我雙豐收：按期把我計畫中的複習內容都複習完了，每次我把電腦裡程式好的題目調出來回答，準確率都在 90% 以上，而綜合思考題的回答也都接近 90% 是對的。這太讓我高興了！

每天，我放鬆自己的方法就是看窗對面的風景。莫莉香在她公寓裡的一舉一動，我看得很過癮。

最精彩一幕，是有一天晚上我們社區突然停電。我沒法複習，便拿起望遠鏡看看對面公寓裡莫莉香的動靜。起初我什麼也看不到，烏黑一片。就在我失望之際，電來了！只見一個男人正和莫莉香在沙發上打炮。我以為他們肯定趕緊爬起來把窗簾拉起了。沒想到兩人全然不顧，繼續啪啪啪。我立刻拿起相機，把其

纏綿場面錄了下來。結束後，那男人起來把窗簾拉起，而莫莉香素體朝天，讓我一覽無餘。

我反覆看這段錄影。我對那男人，嫉妒得眼紅。他很帥，留著一頭短髮，長得有些像電影大明星金城武。我無法形容內心不平。帥哥到哪裡都吃香，就是倒貼錢，有些富婆也願意啊。

人都愛美。不是嗎？我暗戀莫莉香這些年了，不就是因為她太美嗎？不就是我的潛意識裡想用她的的美來補償我的不帥嗎？想到這一點，我覺得自己對她的暗戀是理所當然的。

那男人是不是我搬到這裡頭天晚上看到的那位？我不敢肯定。上一次，我沒看清楚。如果是同一個男人，想必是她男朋友，否則不可能持續兩個月。

嫉妒讓我蛋疼。一邊看那錄影，一邊疼。我就像是一位被虐待狂者，越看越疼，越疼越要看，越過癮。好在我沒把考試的複習耽誤了。這種疼，刺激我努力去考上博士，以彌補我的欠缺。

考試完兩個星期後，錢教授給我微信，說我門門都及格了，但不是前三名，但英語考了第一名。他又給我打電話說，這次招生有三名博士研究生名額，他會擴招一名，如果擴招不成，他會跟學校通融：我是理工男和留學回國英語好條件優秀，這樣可以淘汰前三名中的一位，把我錄取。我們基本上是用英文交談，算是他面試我，看看我的英語是否靈光。他在英國留學過，但英文口語比我差一大截。放下電話，我估計他會因此錄取我。果然，他得到了擴招名額，一個多月後我便收到了錄取通知書！我太興奮了！遠遠比我四年前到紐約留學高興得多。因為這是我有生以來第一次完全獨立地非常努力刻苦用功對付考試。在這之前，無論高考還是考托福和 GRE 去留學，我都依賴補習班和仲介機構。

我立即給錢教授微信，謝謝他那麼器重我。不過，我心裡忐忑。我沒有錢教授想像得那麼出色。我在默西學院閱讀過一個暑假的哲學書籍，但願對我有一點點幫助。我無法想像我這副模樣

將來如果成為哲學家會是什麼樣子。也許，人都是被逼出來。興趣，加上被逼迫和努力，等於成功。

5.

　　被華南師大錄取後，我除了偶爾讀讀書以準備入學後的學習，剩下時間很多。我每天花很多時間窺視莫莉香的公寓。只要有空，我就拿起望遠鏡。因為不用複習了，我甚至半夜後兩三點都不睡，等著看看從她公寓裡打炮完後溜出來的的男人是啥模樣，還是不是上次我拍攝錄影裡那個長得像金城武的帥哥。

　　令我吃驚而憤怒的事發生了。

　　不細看不知道，細看嚇一跳。我發現，莫莉香最近晚上帶回家睡覺的男人不是同一個人！每次幾乎都換人，也有來過隔幾天再來的。在這之前，我只是嫉妒和她睡覺的男人。如今，我是憤怒！我以此下斷論：這女人現在是不擇不扣的妓女！除了在外當面陪聊極可能涉及情色，晚上在家還繼續在自己床上對外貿易，這讓我太吃驚。像她這樣的美女需要以賣娼為生嗎？她完全可以再膀一個土豪或富二代啊。

　　我不理解。我只有兩個假設。第一，她在土豪圈裡名聲已臭，沒人再要她，因為在柳州這個圈子畢竟不是很大，再說人言可畏，這種流言蜚語傳播得很快。第二，她性欲很旺盛，喜歡幹這個以此賺錢，而不僅僅是維持生計。我再仔細一想，晚上和這些男人滾床單很可能是她陪聊節目的一部分。

　　一想到自己暗戀了十六年的女人如今居然是招男人進家的妓女，這對我打擊太大了。我難以接受這個事實，它像一個天外不明之物突然猛擊了我大腦一下，我剎那間懵了。這些年，暗戀本身即使蛋疼，卻是我最美好最大的夢幻，它照耀著我的生命，讓我的生活有女人的芳香氣息。這芳香氣息儘管不是來自可以觸

摸到的肉體，而是數碼物質——電腦，手機，QQ，微信，照片以及望遠鏡，我得到很大的滿足和持續不斷的興奮。可是，現在這種氣息讓我噁心，失去了芳香。

我太失望了。我憤怒的情緒一直沒法消除。我暗戀的這個女人怎麼會成為妓女？這意味著我的這個美夢乃至我迄今的人生，是一個大笑話！我身上的每根骨頭每塊肉每根神經都在疼痛。

我不在乎她結幾次婚，談過多少次戀愛。可我不能理解她每天晚上賣娼為樂為生！我蛋疼得讓我怒火。一天下午，我從望遠鏡裡看到她要出門了，我就飛快地跑下去攔截她。在這之前，我不想見她。因為她一旦知道我住在她的對面，她肯定會很小心，會動不動就拉上窗簾，那我可能再也看不到那些場面了。窺視她，是我生活中的一大樂趣。失去它，很可能意味著我的生活成了空白。可是，我顧不上了。我只有一個念頭：阻止她賣娼。

她已走出樓道，正右拐，朝社區大門口方向走去。我快步流星追上了她。對著她背影，我吸了口氣，「莫莉香！」她猛一回頭看到我，大吃一驚，轉過身來。「是你？韋鋼！你跟蹤我？你怎麼知道我住在這裡？你怎麼混進來的？你要幹嘛？……」。她說得很快，沒等我回答，一口氣問了我好幾個問題。

我一時愣住，站在那裡不知說什麼好。這美女有一股不可壓倒的氣勢。透過午後的陽光，我又嗅到了她迷人的芳香氣息，而這次不是通過數碼物體，而是直接來自她完美的身體。我有點昏暈。

她狠狠地瞪著我，非常冷漠，兇相畢露。「你給我滾！否則我就叫社區保安把你拖出去！要不我就報警。」

「我就住在你對面。你的……一言……一行……全在我的眼皮下。」

她瞪大眼睛，「什麼？你住在我對面？」她半信半疑，用審視目光把我從頭到腳掃了一遍。

我拿出我的鑰匙圈，上面有進入社區大門的磁卡。

　　這下，輪到她發愣了。好一會，她才開口：「你是知道我住在這裡後才買了這社區的房？」

　　「不。搬來後才知道。」我不想跟她解釋我只是租房在此。

　　她臉上表情似乎平靜了。「哦，歡迎老同學。」這話說得很勉強。她顯然不希望有個熟人就住在她對面。

　　我吞了吞口水，極認真地一字一句對她說：「你—小—心—得—艾—滋—病。」

　　她臉涮地白了。「你這是什麼意思？」

　　「你懂的。」說這話時，我能感覺到我的語氣裡已被她的冷漠所傳染。最後我不捨地看了她一眼，轉身離開。

　　她在我背後破口大罵：「操尼瑪的！你管得著嗎？別以為你他媽讀了點書臭老九就是個正人君子！先管好你的那個雞巴卵吧。我又不傻。你不是一直想上我的床嗎？你那破玩意兒浪費了很久了吧。自摸吧……。哈哈！」罵到最後，她開心地大笑起來。

　　我氣得發抖。沒想到我的一片好心，換來了她如此痛罵。我對她的欲望，成了冒著毒的熱氣泡。一路走，我對自己說：「這個爛女人！我一定要把她做了，殺殺她的威風。」走回到我住的公寓樓下門口，一棵大樹下陰影的黑暗在午後陽光下肆無忌憚地強大起來。它莫名其妙地給了我一種刺激，似乎這陰影就是莫莉香留下的。我走過去對準它狠狠地踩了幾腳，踩完後還用腳在它上面來回蹭來蹭去。

第十七章

1.

好幾天了，我的憤怒不但沒有平息，反而越來越大。我的這種憤怒只能向自己內心深處的屬地打開。我擔心怒火會把自己內心燒死。我很清楚，這種心緒對自己有害。我努力想把這事徹底忘了，可辦不到，腦子裡全是莫莉香和不同男人上床的鏡頭。我開車出門兜風去消氣也不管用。

有一天下午，我一直開車到遠郊三江縣。一路上，我開得很猛，差點出車禍，這才把我從腦海裡殘留的那些亂七八糟的鏡頭里拉回到眼前。我把車停在路邊，深深歎氣。「我中邪了！」為了安全起見，那天晚上我沒回柳州，住進了旅館。可怎麼也睡不著。如果是在美國，我可以吃抗焦慮的鎮靜藥。回中國後，我從沒吃過任何藥。我不敢吃國內生產的藥，害怕萬一吃了假藥，反而誤事，不如不吃。

我想到了禱告。「天父，你救救我吧，我現在是病入膏肓，我暗戀了十六年的美女如今墮落成了妓女，我無法擺脫對她的憤怒。我怎麼辦好？上帝，我真的太可笑，原諒我吧。」

禱告後心情會好得多。可是過了幾個小時，無濟於事。我腦子裡又想到了這事。我沒法解脫。難道暗戀一個女人這麼多年後失望會使人產生如此大的心理失衡？悲哀以迅雷般的速度侵入我內心。

我把耳機戴上聽音樂，希望以此來緩解轉移自己的注意力。沒用。所有的節奏旋律都是多餘的，我麻木不仁。直到茱麗葉‧倫敦唱的那首英文歌《End of World》響起時，才覺得此時這首歌是為我唱的：「為什麼太陽依然閃爍？為什麼大海奔向彼岸？難道它們不知道，當我不再愛你，這便是世界末日的來臨……」我反反覆覆聽這首歌，整首歌裡能記住的就是這幾句話。它們像

電影裡的字幕不斷地出現我的腦海裡。是的，失去了對莫莉香的暗戀，我的私人生活只能是一個空洞，毫無意義。這個空洞，不就是我的世界末日嗎？我傷心至極。

第二天白天，我在旅館昏睡了到下午。很晚，我才回到柳州。一進家門，我就迫不及待拿出望遠鏡，窺視莫莉香的公寓。

顯然，莫莉香最近請職業設計師做了室內裝修。這是一個很高檔的公寓。客廳和廚房連體，這在柳州住宅裡很少見，顯得客廳很大。臥室裡，衣服被扔得到處都是。床很漂亮，現代風格，深棕色木架，床頭櫃和五斗櫃很別致，不是整齊劃一而是左右不等往外突出。

窺視就是毒品，一旦上癮了，就非常難戒掉。吸這樣的毒，已成為我身體的一部分。我習慣了偷窺莫莉香的生活，看不見她，我就好像是一個癮君子沒有了毒品一樣難受。看不到莫莉香身影，我心裡好像有一個老鼠正在啃自己，在啃她那空蕩蕩的公寓。

這個世道不公平：自己是海歸者卻找不到一個好工作，而莫莉香卻憑著她靚麗外貌就能輕鬆地活下去，活得很好很開心。每次我從望遠鏡裡看到男人開車送她回家，男人幾乎手裡都提著大包小包。我可以肯定，那些大包小包是送給她的禮物。

我在手機的記錄本裡寫下：「這個放蕩的女人！她沒有什麼學歷，沒什麼本領，卻憑著自己的姿色贏得這麼多男人的喜歡，過著很舒適的生活。我有海歸碩士文憑，還考上了博士生，可卻宅在家裡，沒有女人光顧。這個世道只看顏值！這個騷女人了，我總有一天要操她！」

我放下手機，又拿起望遠鏡對準莫莉香的公寓。她回來了！正在脫換衣。我立馬把焦距對準她的身體。莫莉香竟然向著我這邊望了一眼，故意做了撫摸她自己的動作，還做了個怪臉。我趕緊退回來，收回了望遠鏡，躲在窗簾裡。

她一定知道我在偷窺！想必她正在鄙視我：堂堂一個海歸碩士居然日子不如一個連大學都考不上的女同學過得快樂，靠偷窺滿足自己。想到這裡，我對自己的行為感到羞恥和自卑。如果莫莉香知道我很快就要去讀博士了，她會改變對我的看法嗎……？不會的。現在的中國人有多少人還在乎博士學位本身？即使在乎，大多在乎的不是它背後的知識，而是別的東西。如果博士不能帶來金錢和經濟效應，對莫莉香這樣的人來說只能是笑料。

瞧瞧對面快樂得要死的莫莉香，再看看自己這狼狽尷尬的樣兒，一陣傷痛。我突然嗅到屋裡的特殊氣味，不知不覺地鑽進我的身體器官裡面，說不清是我的公寓裡太髒還是別的什麼緣故，這比通過其他滲透更具有毒害我心靈的功效。我發瘋沖進臥室，把所有窗子都關上，抖開被窩，像是為我自己挖好墓坑，裹屍一樣換上睡衣褲鑽進去。

我靜靜躺在那裡，思想著我暗戀莫莉香這些年的經歷，思想著我將要離開柳州而奔向一條我完全陌生的學術道路，感到如此匪夷所思。一個將要去讀博士研究生的海歸者，一個暗戀大美女十幾年悶騷之極的齷齪者，這兩個人融合一體在我身上！我脫到睡衣褲，脫掉內褲，踢開被子，想看看這兩個人在我身上的容貌，對自己進行一次古怪的旅行。

我從床上爬起來，走到臥室門口旁的立地鏡子。除了鬍子、腋毛和私處，我沒有明顯體毛，小腿上有一些。我的頭和寶貝與我的身高不成比例，它們都很大。其實，我每天洗澡時都看到它們，我只是從生理角度去看待它們，覺得頭大聰明，寶貝大則性能力強，但卻沒有想到它們和身體上任何部分一樣身心不可分。頭大，可能意味著我腦蛋裡神經系統發達，神經末梢活動多而容易錯亂。睾丸大，性荷爾蒙分泌多旺盛而欲望強烈，很可能導致我性幻想多。這一刻，我一下子從某種程度上釋然了一些。上帝啊，你造我的時候已經程式好了這一切。

2.

那次被我攔截見面後，莫莉香仍然是一副毫不在乎的樣子，天天打扮得風姿綽約地進出社區。我的心被恨意和強烈的暗戀交錯煎熬著，而望遠鏡鏡頭那邊的莫莉香似乎知道我正在偷窺而故意要氣氣我，「表演」得更加賣力。每次看到她如此風騷，我心裡很矛盾：一方面我很想觀看這免費的真人秀，恨不得自己就是跟她調情的男人；另一方面我恨這個女人。莫莉香如此作踐，作為她這麼多年的暗戀者，我感到自己被深深地羞辱了。

每當夜色朦朧，我這種矛盾心理就波瀾起伏。我現在有點明白了。莫莉香經常不拉窗簾，很可能是因為她有暴露癖。

我想再次試著不窺視。我走出公寓，又開車出去兜風，希望眼不見心不煩。可腦子裡裝的都是這件事，趕也趕不走。車開到羊角山下，我還是把車轉回來，開回了公寓。一進門，立刻飛跑到窗前，拿起望遠鏡，撩開窗簾一角就朝莫莉香的公寓掃去。什麼也沒看到。她的窗簾被拉上了，沒有燈光。我一個勁地調準焦距，還是一無所獲。我很失望，無法猜測到底是她不在家，還是我錯過了看真人秀的機會。我頓時很懊惱不已。偷窺莫莉香，給我帶來的興奮已遠遠超過了其它樂趣。現在要讓我失去這種樂趣，等於剝奪了我生命最重要的一部分。我喪氣地癱坐在窗前椅子上歎息。

好一會，我才從懊惱中恢復過來，彷彿生了一場病，我有氣無力地看著窗外。夜色已深，白天的喧囂消失殆盡。街上汽車飛馳聲在寂靜裡顯得格外刺耳。燈光輝煌燦爛，閃耀的霓虹燈覆蓋著目光所及的高樓大廈，五顏六色。中國人現在真有錢。我在曼哈頓看到的霓虹燈還遠不如柳州多。曼哈頓東西兩側的哈德森河和東河畔很多地方都沒有霓虹燈，許多大廈都沒有燈光，一片漆

黑，不像柳江河畔這樣漂亮，更沒法和江濱公園的霓虹燈相比。

　　我站起來，去開冰箱拿飲料喝，看到索菲婭跑上了窗臺。它望著窗外，那神情很專注。它需要男朋友嗎？這念頭在我腦子裡一閃而過。索菲婭比我還可憐，從來沒有出門過，這一輩子都沒交過男朋友，只能是處女。它在被我領養之前已被閹割了。那它會不會仍然有性欲呢？我好奇，百度了一下才知道，如果卵巢和子宮都被切除了，母貓不會有性欲。我慈悲心大發。可憐的索菲婭！我走過去抱起索菲婭，彷彿是在安慰它，又覺得更是安慰自己。

　　我越來越強烈地感覺到自己和這個時代脫節。我問自己：除了擁有高科技和金錢帶來的方便，比如 iPhone 手機和汽車，我擁有什麼？愛情？沒有。朋友？沒有。工作？沒有。房子？我可以買。現在租的這公寓是天時地利的良美之地，離著名的魚峰山很近，離柳江也不遠，去哪裡都很方便。我去社區問過，我住的這棟樓所有公寓早就出售完了，只有等屋主再售。我慶倖自己租了這套公寓。如果房東賣的的話，我一定把它買下。可房東說，這套公寓是留給其十來歲兒子將來長大的禮物，不賣。如果我想在這公寓裡住下去，可租好多年。

　　「切！難怪中國房產只漲不跌。有錢人把子孫後代的房子都買好了。」我咕噥。

　　我上大學前，老爸要給我在河東區買一套公寓，我拒絕了，覺得柳州房產增值不會太大，不如在上海投資。老爸接受了我的建議，在上海買了套公寓。老爸去世，母親和我認為房價已到了頂峰，就把那套公寓賣了。母親把這錢作為遺產分一半給我。不過，在轉帳給我之前，她扣掉了巨大一筆，那是賠給小紅和其家裡的那筆款。

　　老媽說，「當初你老爸投資這房子，是因為你的建議。這是你一輩子迄今做得對的唯一一件大好事。這些錢，我都要了也沒

用。你的日子比我長。」正因為我付得起房租，母親才把我趕出家門。

我想，如果不是老媽把我趕出家門，我絕對不會那麼巧就住在莫莉香的對面。人生裡很多巧合，並不是無緣無故的。我很感恩老媽。

自從知道莫莉香甘為妓女後，每次看到她帶著男人回來，我咬牙切齒，能感覺到自己下巴肌肉顫抖，有時連拿著望遠鏡的手也在顫抖。這天，我乾脆把書桌和椅子挪到窗前，這樣坐在椅子上雙肘撐桌，拿著望遠鏡更方便多了。

晚上都 11 點了。我等待得很焦灼，來回在房間裡踱步，從客廳走到臥室，從臥室走到客廳。我再次意識到自己中邪了。我看到鏡子裡自己的臉，似乎完全不認識。平時我很少照鏡子，即使漱牙洗臉，我常常不對著鏡子。因為我慘不忍睹自己的長相。與其這樣，不如不看。只有在剪鼻毛刮鬍子時，我才不得不對著鏡子。我鬍子很少，一個月刮兩三次就行。再說我出門很少碰到熟人，又沒有朋友，刮不刮鬍子也無所謂。

我注視自己的模樣，好像是在看望一位離開了很久而已陌生的老朋友，這人取代了自己。我盯著自己面孔，不知是想要看清自己，還是可憐自己。下巴有些尖，可能是太瘦的緣故。頭髮很黑卻很軟，尤如被秋風吹倒而爬不起來的雜草。額頭居然有皺紋！這是我第一次看到它們。兩條皺紋，像細細黑線鑲嵌在眉毛和頭髮之間。我簡直不相信，自己才 28 歲！怎麼會有皺紋？一定是不幸福的歲月裡沒有愛情滋潤而造成的。我把眼鏡脫掉。一雙眼珠因近視而變型突出，無精打采。鼻子兩側因長期戴眼鏡而留下兩個深紫色的痕跡，鼻孔微微有點往上翹，能看見裡面的鼻毛——這是我定期要剪鼻毛的原因。顴骨明顯。臉色發黃。嘴和耳朵都很大，耳朵還有點外招。

我把眼鏡戴上。目睹自己長相是一場痛苦。這個時代強調顏

值，不能說沒有道理。在薄情世界裡，外表越來越重要，容貌必然直線升值。有必要去責怪這個時代嗎？對莫莉香的暗戀，讓我很在乎自己的長相不行。從初中開始暗戀這個女人，我自卑原因之一就是自己實在太醜。在乎的種子，從那時候就埋下了禍根。如果長相醜的人不自卑，很大原因是其自卑無意識地被轉移到其它途徑上去了，才華出眾。我想起了在默西學院暑假在圖書館打工時翻閱了薩特的著作《存在與虛無》，裡面有薩特的照片。薩特是我見到的西方人裡最醜的人，相貌不佳和個矮且不論，一隻眼睛還是瞎的！可是人家是存在主義哲學的代表人，一個影響整個世界的思想家。

那麼，自己如此暗戀大美女莫莉香，是不是潛意識裡用她來彌補自己的醜矮？我再次在心裡這樣思想。在發現莫莉香賣娼之前，我曾考慮過博士入學考試結束後去韓國整容。現在還有這必要嗎？我默默地問自己。

這時，莫莉香的公寓燈亮了。我馬上拿起望遠鏡對準焦距看過去。啊！我大吃一驚。不止一個男人！三個男人跟她一起進屋，其中兩個在她左右摟腰搭肩。難道這女人要4P？！我前所未聞。別說4P，就是3P真人秀，我只在成人視頻裡看到過。這女人太過分太風騷了！

我心裡發毛，心速加快，好像是自己即將要參與幹4P。我臉上發燙，目不轉睛地盯著莫莉香和那三個男人。只見她進入衛生間，出來後把剛才進屋時穿的那件米黃色裙子換成了在家穿的便衣，紫色無袖上衣，超短，只到肚臍上；下身是一條棕色肥大燈籠裙，咋看像是飄逸在膝蓋之上的一塊布。其中一個男人已打開酒瓶。莫莉香朝酒櫃指了指，另一個男人去拿了四個酒杯。看見他們大笑。距離太遠，我聽不見笑聲。我被他們的笑弄得很生氣，很想知道他們笑什麼。這幫流氓爛仔！我罵道。正期待好戲，其中一個看起來是三個男人中最年長者，大概有四十歲，走到窗

口把客廳窗簾給拉起來了。

我大失所望。想必他們已等不及去臥室了，在客廳4P！我氣衝衝地扔下望遠鏡，走到沙發一頭，倒在上面。我望著天花板，想像著這四人4P的情景。我無法忍受這樣的情景：我暗戀了十六年的女人如今竟然為了錢與三個男人4P！我在沙發上輾轉不停，大叫了一聲：「Enough is enough!」（夠了！）

我爬起來走到衛生間小便。看著自己的那寶貝，與其說要小便，不如說要發洩。我憤怒的情緒不可收拾，對著它狠狠地擼了一把。「我要狠狠操這女人！」這念頭一冒出來，我突然打了個哆嗦。這念頭如此強烈，既是剛冒出來的，又由來已久。然而，我顫慄並不是因為這個念頭在腦海中掠過。我預感到它必然會掠過，而且我已經在等著它了。這個念頭完全不是今天才有的。但區別在於，昨天它還僅僅是幻想，而現在它突然已經不是幻想，而是宛若大海洶湧奔騰的浪濤一樣出現了。我突然意識到了這一點，心裡說不出是踏實了還是恐慌，也許兩者兼有。

我扯了好幾次衛生紙，把自己擦乾淨。把衛生紙扔進垃圾桶，我腦子清晰起來：無論自己這十六年來如何暗戀莫莉香，現在她已是垃圾。這樣一想，我反而開始平靜了下來。

我走出衛生間，索菲婭走過來，蹭著我的褲子，咬了褲腳一下，帶著我朝她的食物盆走去。索菲婭肚子餓了，食物盤空了。我從貓食袋子往食物盤裡倒貓食，對它說：「被閹割的應該是莫莉香，而不是你。」

我幻想著如何對莫莉香下手。我上網收集了很多資料，都是關於誘姦的事件。對我最有幫助的是一個英文網站，裡面有各種如何將女人降服讓她們聽從擺佈的辦法。我欣喜若狂，把這些資料看了又看，覺得自己有辦法了！可以不動聲色地悄悄地把她做了，然後徹底在柳州銷聲匿跡，去廣州定居，反正錢教授希望我早點去學校，在開學之前先翻譯分析哲學叢書。

我想好了，不在網上購買任何有關的書籍和碟片，即使到商店裡去買，也不用信用卡，不用微信錢包，只用現金，這樣就不會留下把柄。我花了一個多月才把要用的東西準備好。超薄耐用的透明手套，一雙比自己的腳大兩號的球鞋，一根柔軟卻很結實的麻繩，進口的日本避孕套。最難弄到是匕首，我最後是開車到遠郊融安縣一個農集市場買到的。

　　本來，我打算買一瓶迷藥。在網上搜索了，有兩種迷藥我可用。第一種只需對準莫莉香頭部噴 2、3 下，讓她表面上和正常人差不多，只是產生幻覺，眼神會有點呆滯，動作沒有那麼機敏，這個時候她的思維受我控制，她會不由自主的聽我的話，聽我使喚，醒後一點記憶也沒有！第二種更厲害，噴在她頭部後，她在 3 至 8 秒快速麻醉，一點知覺也沒有，我就是在她身上做手術她都會沒有感覺，深度昏迷，醒後亦不知所發生的經過。我高興壞了，打電話去訂貨，對方要我預交一筆訂金到其銀行卡號裡，然後再到指點地點去取迷藥，對方在某個角落監視著我已確定拿到了迷藥，然後我再打錢。我猶豫了很久，終於決定放棄這想法，因為這樣對方銀行會留下我打錢的記錄，而且對方肯定視頻我，以確保我會付餘款。我不想留下任何證據，再說買賣迷藥本身違法，萬一出事，我偷雞不成蝕把米，太划不來。

　　我唯一顧慮是：如果事情敗露，我就不可能再去讀博士了。為此事，我恍惚了好幾天。不過，恍惚歸恍惚，一到晚上窺視莫莉香帶著不同的男人回來，我就氣不止一處來。看到她那副快樂勁頭，我忘記了恍惚，取而代之的是憤怒和嫉妒。我清楚地感覺到胸口裡一團火在燃燒，我無法熄滅它。這熊熊之火不僅僅是情緒和意念，更是生理反應。我只能沿著它前進，沿著它走向絕地，別無選擇。

　　這個決定一旦最後形成，我意識到自己考博士其實對讀書深造沒有很大興趣，只是想逃避現實，想逃避對莫莉香的暗戀和窺

視，如此罷了。現在，命運把我對莫莉香暗戀引進死胡同，我只有走進去。人是無法逃避命運的。反正，這世界也就這樣了，撲朔迷離，我不會對此迷戀。

3.

既然做了這樣的決定，我覺得去廣州讀博士學位之前，應該去看望老媽。儘管她把我從家裡趕出來，我一點都不恨她。相反，我實際上對老媽有一種說不清的感激。若不是離開家，這一輩子恐怕不會窺視到莫莉香的真人秀，那我就會永遠生活在對她的幻覺裡，以夢為美，不知實相。

「你怎麼突然想到要來看我？搬出去後，這是你第一次來問候。」老媽這樣在微信裡問我。我知道，她不想見我，因為見到了反而會傷心。但她太瞭解我這個兒子。這麼久不聯繫，一定有什麼事。她內心深處希望我找到了女朋友。她相信，只要我找到了一個愛我的女人結婚，我這一生就平安無事了。可是，誰會愛上我這樣一個又醜又內向又宅的男人？連她這個做母親都不喜歡我。

我沒有回答她的問題，只是在微信裡回覆她：「難道兒子想見母親是一件很奇怪的事嗎？正因為很久沒見你了，想來看你。我有事情要交代。」

我們兩人商定，下午 3 點在柳江畔保利大江郡的夜夜笙歌飯店見面。雖然我們都不喜歡那店名，但那裡白天人很少，地盤大，特別適合聊天。

見到老媽那一瞬間，我幾乎要掉眼淚。我努力把自己給控制住了。我不是為老媽心酸，而是意識到我去廣州後很難再和母親見面了，說不定是最後一次見面。才幾個月，老媽顯得老多了，臉上雖然花了妝，但憔悴不堪，眼部周圍的皺紋又多又密。我猶

豫了片刻，走上去和老媽擁抱。老媽眼淚掉了下來。我不知如何安慰她。

老媽心很痛。老爸自殺身亡，我又是這德性，被她趕了出去。可不管怎樣，當我此時站在她面前，讓她難免唏噓，既失望又心疼。

我們走進飯店，服務員把我們帶到一個角落。坐下後，老媽端詳著我。有一兩分鐘光景，兩人都沒有說話。

「你一個人過得怎樣？很自由吧。不再有老媽子在旁邊嘮嘮叨叨，多好。」

「是的。我考上了博士生。」我看著老媽。她頭髮倒好黑，想必染過了。

「什麼？你這德性還真考上了博士？」老媽完全不相信，她臉上沒有任何驚訝，表情顯得很平靜。當初她叫我考博士，只是看到我失魂落魄的樣子而隨口說說而已，根本沒指望我能考上。

我被母親的問話噎住了。我心裡不高興。老媽就這樣，自我懂事起就沒看好我，從來沒有表揚讚美過我。這是我從小自卑內向的原因之一？Yes！如果父母從小教育我，對我說：「外表固然有用，但內心更重要，只要你有本事，別人都會仰望你」，那麼我今天很可能是另外一個人。

不過，此時此刻，我沒生老媽的氣。一切都太晚了。

飯店裡橘紅色燈光很柔和，有一種溫暖親近的效果。飯店音響裡放的是英文歌，音量很小。我仔細一聽，是 James Scott 的《Unbreakable》，這是我最喜歡的的英文歌之一，我幾乎能把歌詞背下來。

老媽看我有點走神。「你怎麼不說話？你約我出來幹嘛？會不會昨晚做了個考上博士研究生了的夢，把它當真了？」

「是夢，但它成真了。我很快就會去廣州。我考上了華南師範大學哲學系。」

老媽不相信我剛才說的每句話。「哲學？你這個學電腦的，考上哲學博士生？你媽雖然沒上過大學，這點智商還是有的。」她輕輕地笑了。她想抑制住自己的笑，用左手捂住嘴巴，但還是又笑出了聲。

　　我不想再解釋。「我這一走，永遠不會再回柳州了。讀博士，會很忙。我是理工男，讀哲學博士會很花時間，要補很多東西。」

　　聽我說得這麼認真，老媽這下半信半疑了。說半信，是因為她知道我一向是偏執狂，有強迫症，如果只是做夢，我不會說得如此一板一眼。說半疑，是因為我說的內容沒法讓她相信，哪怕讀任何專業的博士生，她也不會把哲學研究跟我這樣的人聯繫起來。怎麼可能？

　　我把一些事情該交代的說完後，指望老媽能收留索菲婭。可老媽一口拒絕了，商量的餘地都沒有，「我把你養大，已夠折騰我了！我不想再負任何責任。」

　　我把手上酒杯裡剩下的雞尾酒舉起來，一口喝盡，站起來。「好，我走了。考博士，還是你最早給我提出來的建議呢。否則，我自己都沒想到這一招來挽救自己。謝謝你，老媽。」

　　「我勸你考博，完全是瞎說，因為看著你無所事事很難受。絕對沒想到你真去考了，還考上了哲學博士。打死我，我都得難以相信。」老媽臉上並沒有為我考上博士研究生而高興的表情，仍只是一臉驚訝和疑問。

　　我看了一眼桌上自己的空酒杯，內心有一種很想哭泣的強烈感覺，不僅為自己，為天下成千上萬的中國孩子哭泣，他們的父母實在不懂得多多讚美鼓勵自己的孩子！「老媽，你從來就沒有表揚讚美過我。我就是這只空酒杯，你從來沒有往裡倒過美酒。」說到這，我吞了一下口水，彷彿是把這種感覺吞下肚子。「我很理解，你不相信。連我自己在決定考博之前，也沒想到我會考上。是的，我就是這只空酒杯，裡面什麼都沒有。如果不是因為科學

哲學這冷門，如果不是因為我是理工男並且留過學，我肯定考不上，肯定不會被錄取。」

我站起來：「你多保重。謝謝你這些年對我的養育之恩。非常對不起，老媽，這麼多年來我給你添了太多的麻煩。」

老媽聽了我這最後兩句話，困惑不解。「你這是什麼意思？和你老媽永別了？」沒等她話說完，我又給了她一個擁抱。我從來沒這樣過。她還沒回過神來，我頭也不回地走了。我知道，她在目送著我的背影，如同在看一幅她永遠不懂的現代抽象油畫。自從我生出來，她一直不懂我。對她來說，我永遠是她的一個謎。的確，人身上的好多東西都是天性的，連親生父母都搞不懂。

4.

離開母親後，我覺得該做的事都做了，萬事俱備只欠東風，就等對莫莉香動手了。我把車開到江濱公園旁，停了下來。剛才在保利大江郡，我就想到柳江邊坐坐，因為跟老媽約好的時間快到了，我就沒停下來。現在，我有的是時間，想一個人坐在這裡好好地呆一會。

我走到望江亭，坐了下來。亭子裡只有一個老人坐在那裡，戴著耳機聽音樂。通常這裡總是很多人。今天可能是天熱，白天人們都不願出來，再說不是週末。我很喜歡柳江。在紐約的時候，我總是把哈德森河當作柳江，覺得很親切。這兩條江河沒什麼兩樣，無非就是岸上人種不同。

我盯著江水發呆。水是很神祕的物體，凡是有水的地方都很神祕。生命就像水一樣神祕，讓人難以把握。看水發呆，如同看自己的生命。我整個一生是一場發呆，只是按照年齡浪費著生命，沒深刻內涵。我索性坐在望江亭裡看著江水無動於衷。空氣混濁悶熱，濕氣絲毫不散。距離黃昏不到一小時了，街燈透過濃

密的光暈閃閃發亮，點著燈的臨街鋪面沉浸在它們自己創造出來的閃爍霓虹色彩中。濕氣黏附在我的額頭和面頰上。

天什麼時候完全黑了，我都沒有察覺。看看手機，我居然在那裡坐了一個多小時！發呆可以消磨時光。我抬頭看天空，月亮露出了它圓圓的鬼臉，明晃晃的，很迷人。小學五年級時，我寫過一篇作文《月亮頌》，被老師作為範文在班裡讀過。至今我還記得其中的句子「月亮像一把鐮刀，掛在高空裡，發出錚亮的光芒。願它把我的內心照亮。」這些年過去了，我的內心並沒有被照亮。

與其說是在此發呆，毋寧說是最後一次好好看一看柳州。誰知道我的人生以後會朝哪個方向走呢。摸進莫莉香公寓這事風險太大！萬一事情敗露，那就偷雞不成蝕把米，自己這一生就徹底完蛋了，別說照亮，相反會更黑暗，毫無光芒。

我環視四周。那位戴著耳機聽音樂的老頭早已人去無影。取而代之，兩對情侶坐在亭子裡。其中一對肆無忌憚互相在對方下半身摸來摸去。這讓我想起有一回在小紅家時阿森說的笑話——現在影視裡的那些亂七八糟色情場面腐敗著農村年輕人，一對男孩和女孩剛在一起，男孩就摸女孩下身，女孩反感很不解：「摸奶就摸奶，還要摸小便處。」

想到這黃段子，我情不自禁地笑出聲來。亭子裡那對放肆的男女以為我笑他倆，那男生沖著我罵道：「操尼瑪！自己沒搞過總見過吧？沒見過，回家看你媽你爸搞！」

這下把我激怒了。我剛想回罵，發現對方長得牛高馬大很壯，只好吞下這口氣。然而，在那裡發呆的興趣全然沒了。我站起來，走到停車處。當我把車發動後，心裡一片淒涼。這世界，真沒太多值得留戀的。中國年輕人現在很多都跟我一樣，不是被手機操控就是被欲望吞沒了。

這是一個性荷爾蒙紊亂的手機時代。

第十八章

1.

　　我從莫莉香公寓回來已有一天了。我的暗戀徹底結束了。我不再是暗戀的被召喚者。我的腦海裡儲蓄的對莫莉香的性幻想原來堆積如山，現在隨著她的消失而消失了。由暗戀散發出快樂而野性的情欲，此刻在我身上化為烏有。這讓我百思不解。難道人的本性僅僅是一點可憐的自私？

　　十六年的暗戀時光，好像很短。第一次見到莫莉香的情景，猶如昨天。我把現實裡真正的昨天和十六年前與她初次見面的那個「昨天」混雜在一起，時光荏苒而交錯。十六年前那個高挑美麗動人的小女生，已貯存在時空膠囊裡，不斷出現在我的腦海裡。我萬分感歎。我為了這個驚豔美女而瘋狂。我變態地愛著她，一切關於她的回憶都那樣鮮明。沒有一個美女可以像她那樣令我悸動。她離開了這世界，我便將她貯存在時空膠囊裡。哪怕世界變得不成樣子，她在我心裡也會始終如一。

　　如果她的死把我的人生出賣了，我活該。暗戀是我自找的。我對她一廂情願。她從來都沒有愛過我，哪怕一點點的喜歡，更別說把我當做備胎。在她的眼裡，我是怪物一個。

　　我不知用什麼來描述此刻的心情。每個人都是既定生物者。長相身體絕不只是我肉體的輪廓，它們投射在我的意識裡，很大程度決定了我的心理。我無法肯定，我的社交障礙是來自我的外表還是天生的。但我起碼可以肯定，我的自卑至少源於我的不帥和矮個。我與這個世界的格局，是上帝預先設定好的：一如既往，我永遠是一個孤獨者。

　　我飆車在三北高速公路上。我一方面為自己不再暗戀莫莉香而感到慶倖，十六年後我終於擺脫了這一依附，感情和欲望的依附。另一方面，我對自己迷惑不解，我內心深處仍懷念那種暗

戀的方式。我希望，能有一個美女能進入我的生命裡代替莫莉香
而讓我暗戀。我再次意識到，沒有了暗戀，我的生命如此空洞無
味！我極力想找個地方為自己大哭一場，但我哭不出來。人在很
多時候，並不受意識的控制而進入了狂野的瘋狂境地。我必須承
認，每個人都只有一種命運，那就是當下擁有的命運，不可能有
別的命運。我不會為自己失手掐死了莫莉香做任何辯解。如果
我因此被逮捕，我不會去尋找任何理由，也不會請律師為自己
辯護。

　　高速公路上，很多車狂奔著。我的速度，是被路上瘋狂奔跑
的車輛逼出來的。我奔跑在這些車輛中間，彷彿我是一身火紅的
鬥牛士，我全身血液都快奔湧出來了。我在奔跑中感到在這樣的
速度裡我會死去。我聽見汽車戛然剎車的尖銳呼喊，就像搖滾樂
裡的爆裂聲和衝擊力。我聞到了汽車尾氣迷人的淡藍色芳香，似
乎很過癮。車窗玻璃上，遠處柳州整個城市的燈光在晃動，就像
肆虐大雨沖刷著黏滿泥的水泥路面。晃動，晃動，那種足以讓人
暈眩的晃動。我幾次想停下來，想嘔吐，想在高速公路旁停下來，
安靜地流一會兒身體裡的血⋯⋯。

　　我突然意識到我不能飆車，儘管此時此刻只有飆車才能發洩
我內心深處的迷惑和某種程度的慶倖。萬一警察發現我飆車而攔
住我審問我，那只能給自己找麻煩。我放慢了速度打燈換道，開
在最右邊的慢車道上。

　　我在洛滿鎮停了下來。找了一家距鎮熱鬧中心很遠很安靜的
小店吃午飯。這店從它門口貼的紅聯看出，是新開張的。我在一
個靠窗座位上坐下來。從店裡望外看出去，猶如一幅畫框裡的風
景。豔陽高照在一條小河上，漪漣閃爍著耀眼的銅錢般大小的光
亮，一排排柳樹和翠竹在小河兩岸懶洋洋地擁動著葉子。小河上
的木橋，顯然只允許人行，沒有車輛，很有鄉村氣息。這裡的生
活很悠閒自在。我一個人在鎮上閒逛著，心裡老是莫名其妙地煩

躁。陽光亮得搶眼，而樹蔭如墨。一些隱蔽的東西，似乎就停在拐角的那一邊。

　　飯後，我到鎮中心地帶逛逛。好幾年前我來過洛滿。可今天我都認不出它來了。中國變化太快了，就連這小鎮都變得面目全非，新蓋的酒樓和商家像雨後春筍。更讓我吃驚的是，這小鎮上不少人穿著名牌衣服，挎著名牌包，開著名牌車。看來，追逐名牌已是全國現象。變化不是不好，而是太雷同。中國人太容易一窩蜂。

　　吃完午飯，我上網訂了飛往廣州的機票，7 月 5 日走。

　　估計莫莉香很快就會被人發現，最遲也過不了幾天。到時警方肯定會在社區裡一一查線索。我打算到廣州後月底才打電話通知房東退房。現在就退，容易讓人有聯想和懷疑。我簽了一年房租合同，月底多給房東一個月的租金算是毀約費。至於汽車，那天見到老媽時我已跟她說好，先放在家裡大樓下的社區車庫，比較妥。萬一有人問起來，我是去讀博士研究生，這很正常。我跟老媽說了，這車送給小紅，如果她不要，就送給她家，算是我對她的另一個補償。

2.

　　2018 年 7 月 5 日。這是我在柳州的最後一天。

　　我開車把索菲婭帶到我領養她的動物收留中心。起初，那位負責收留的工作人員不肯收留。「你不是在這裡把她領走的嗎？怎麼又送回來了？」我只好解釋我要去讀博士研究生，沒時間照顧她了。「你家裡沒有人了嗎？」他又問。我告訴他，我是單身。

　　「你沒有父母嗎？」

　　我沒回答他，扭頭就走了。

　　回到公寓，把行李都收拾好了。我的目光，最後落在窗臺上

的那兩盆狗尾草上。自從搬進這公寓，它們便開始陪伴著我。每天早上醒來，我都會看到它們。它們給我帶來溫馨的氣息。

整個公寓，空蕩蕩的。我把不帶走的東西都扔掉了，只有這狗尾草。我心裡很糾結。我不想把它們帶到廣州去，但我又太喜歡它們。我想給老媽，但不知她會不會喜歡。在一般人眼裡，它們就是普普通通的草而已，太普通了。想來想去，我最後把它們扔進了垃圾桶，算是徹底和暗戀告別的最後一道儀式。

我把車開到我家大樓下的社區車庫。停好車後，我打電話給老媽，她沒接電話。我發了微信給她，把該交代都交代了，把汽車轉讓需要的文件都留在車座上，並把從網上汽車管理局網站下載了有關表格，簽好名字，夾在文件裡。家裡還有兩把汽車鑰匙，如果老媽找不到它們，我到了廣州後可以把我的鑰匙寄給她。

車庫裡很安靜很黑，給我很荒涼的感覺。牆上用來裝飾的斑斑點點鵝卵石在潮濕的空氣裡閃閃發亮，彷彿建築工人在完成建造車庫之前，把這些鵝卵石從柳江底下挖出時那些黏稠的河泥溢灑了出來。

坐在計程車上，我心裡開始又回到了莫莉香身上。非常奇怪，我心裡異常平靜，卻懷著強烈自責的犯罪感。

已是第三天了，沒有看到網上或電視披露她的消息。那些平時跟她香豔的男人都到哪裡去了？不跟她聯繫？假如聯繫不上她，這些人會找她嗎？就算上門找她，他們按電鈴敲門，她也聽不到了。再說，沒有主人同意，社區門衛也不會讓這些人進去。

我希望此事被人發現得越晚越好，等到莫莉香完全腐爛了，我被嫌疑的可能性就越小。我時刻關注著媒體報導，腦子裡想像這事被暴露後警方會如何偵查。

我不會再回到柳州，這塊養育我的地方。它留給我是一場夢。我必須跟它徹底告別。我在青少年時代就對自己的殘局有預感，可我絕沒有想到，我以莫莉香生命代價來結束這場夢，以美

好開始，以罪惡結束。

3.

　　到了白蓮機場。計程車司機問我：「你怎麼這麼多行李！不會是出差和旅遊吧？」我沒理他。可是他好像是警察似的，嘮嘮叨叨地問我，如同盤問。

　　「我去攻讀博士。」我沒好氣地告訴他，希望他快點把我的行李從車裡拿出來。他目不轉睛看著我，不相信我這樣子的人能攻讀博士。

　　這世界就是這樣，總是以貌取人。每個人都是持有雙重標準的虛偽者，心裡都明白人不可貌相，可都有意無意地說著做著南轅北轍的相反言行。

　　「哪方面的博士？」他問。

　　「科學哲學。」話一出口，我立刻意識到他哪裡懂科學哲學，接下來一定要問我一大推問題。我把手機的耳機戴上。果然，他又問我：「這能有什麼用？科學裡的哲學？將來畢業出來能做什麼工作？這玩意兒能賺大錢嗎？」我指指耳機，意思是我聽不清楚他說啥，等他把行李放進機場行李手推車，我把錢給他，推著行李車立馬就走。

　　到了候機大廳，周圍人很多。我剛摘下耳機不久，聽到背後有人叫我：「韋鋼，韋鋼！」

　　張曉丹站在我的背後。她身邊站著一個高大帥的老外，他懷裡抱著一個女孩。

　　看到她，王力成的影子立刻浮現在我的腦海。我眼睛濕潤，強烈控制住自己，但我內心在大聲哭泣。我在這世界上多麼孤獨！

　　她滿臉春風。我敢肯定她找到了屬於她的幸福，那老外一定是她現在的先生或男友。

「你好嗎？」她給了我一個擁抱。

我的眼淚終於止不住湧現在眼眶裡，從近視鏡片後滴下來，沿著我的顎部抖動著，就像屋簷的雨滴。「你怎麼了？」張曉丹吃驚地看著我。

「我情不自禁想起了王力成。對不起。」旁邊好幾個人盯著看我流淚，我不好意思很快地忍住了淚水。

「我理解你。你這是去哪裡呀？這麼多行李！」她右手指著我的行李車。

她很聰明，這麼自然輕鬆地就把話題給轉移了。當她聽說我要到華南師範大學去讀科學哲學博士研究生，更加吃驚。「啊！真的嗎？那你以後準備做一個哲學家？」

我苦笑不得。我自己也沒好好想過這個問題。以後？這是一個什麼概念？它對我很遙遠。

她把身邊的老外介紹給我，「這是我丈夫大衛。加拿大人。他在青島工作。」

又是一個大衛！我連「你好」都說不出口，彷彿他就是害死王力成的那位大衛。他跟我說「Hi」，我非常勉強地點點頭。他看我不打招呼，若無其事，一副瀟灑樣子，低下頭吻正在睡覺的孩子的額頭。

「我女兒坦坦。大衛很喜歡她。」張曉丹從大衛懷裡接過女兒給我看。簡直是王力成的翻版！而且像個男孩。除了眼睛像張曉丹，這女兒長得很像王力成。我一下子對大衛產生了好感。西方人對不是自己親生的孩子很有愛心，這點很讓我敬佩。

張曉丹說，這次到雲南去度假，特意先來柳州讓王力成的父親和家人見坦坦一面。「他爸爸見了坦坦很開心，昨晚把全家所有親戚朋友都叫來了，在麗笙酒店慶祝了一番。」

我用手機給坦坦拍了幾張照，留作紀念。往後思念王力成時，也可看看坦坦的照片。

廣播裡響起了提醒去昆明的旅客上飛機的聲音。我和張曉丹說再見。如果將來不再有偶遇，我是不會再見到她和坦坦了。我把坦坦的照片存在我的手機裡專門存王力成照片的相冊裡。

　　我琢磨為什麼張曉丹給女兒取名叫坦坦。想必與王力成隱瞞自己又彎又直有關。她一定是希望女兒長大後是一個坦坦然然誠實的人。我在心裡為她找到了她所愛的男人而高興。

4.

　　我的航班是 16 點 04 分起飛。我把所有的大件行李都驗關送走後，時間還早，我在機場餐廳吃午飯。說是午飯，已經三點鐘了。我又點了螺螄粉。我想，以後恐怕再也吃不到地地道道的新鮮螺螄粉了，尤其是西環路那家肥仔店的螺螄粉，肯定吃不到了。

　　我坐在候機大廳裡，每當一個美女走過時，聽到她高跟鞋把地踩得嗒嗒作響，或看到她著裝很像莫莉香，我就會浮想連翩。我應該念想莫莉香，但是我不敢想。誰能告訴我必須煎熬多久才能徹底忘記我把她致死的那幕慘劇呢？怎樣做才能從我的腦海中抹去那個記憶呢？那幕慘劇如鯁在喉，我必須將它咽下去。我會把莫莉香放在永恆的過去，視她為我過去完成式的暗戀情人，視為夜晚帶有燈亮的漂亮玻璃瓶裡的標本，將她冷藏，用回憶和香水填滿她。也許，我偶爾會把她拿出來清潔一下，再放回瓶裡去。她不再屬於塵世，不屬於我的現實生活。

　　我默默地看著一個個美女從我面前飄過，把她們想像成我未來可以暗戀的對象，又問自己：我會再次暗戀嗎？

　　我在餐廳裡選了一個旁邊無人的座位坐下了，要了一杯雞尾酒。一根點燃的香燭在角落櫥櫃上焚燒著，散發出濃郁香味，彷彿在訴說一段往事。我那長達十六年對莫莉香的暗戀，在氤氳氛

圍和黯淡色彩中，變成了一縷輕煙。

我拿出手機上網，看到一個贊助貧困地區孩子上學的報導說，中國有 350 萬流浪兒童。有這麼多嗎？旁邊有網站連結，是一家贊助貧困孩子上學的基金組織。贊助人可直接匯款到以這孩子名字建立的助學帳號，和這孩子保持聯繫，有照片，有電子郵箱和微信號。我覺得這比較靠譜，決定贊助一個孩子讀書，直到其大學畢業。我挑選了一個叫雪花的貴州山裡女孩，她小學畢業了，可家裡沒錢供她上初中。看了她的照片和她貼在網站上的留言，我很感動。我用微信直接先付了 500 元，這樣她九月就能上初中。我複製了她的照片和聯繫方式的連結，在微信上傳給老媽。她一直想要個女兒，不妨去看看雪花，或她自己再贊助一位女孩。老媽以前做過幼兒教師，如果她感興趣，以後可投入到這項贊助工程裡，既有意義，又有事幹而不寂寞。

我把這事弄完，一點擊新聞網，「莫莉香」三個字像閃電一樣突兀擊中了我！非常醒目的頭條出現在柳州新聞網上：「美女被奸殺在自家公寓裡！」我的心猛跳起來。

報導說，她的屍體今天被她母親發現。因為莫莉香三天不回電話不回微信，她母親中午 1 點多去莫莉香公寓查看，嚇得半死，打電話給家人，家人立刻報警。警方在 2 點 15 分對媒體宣佈她的案子。我看了一下，柳州新聞網是在 2 點 35 分刊登這新聞的。夠快的！二十分鐘。

我原以為自己能夠沉住氣。並非如此，我慌了神。螺螄粉，只吃了半碗，再也吃不下去了。跑到別的網站一看，柳州日報和柳州晚報的網頁上都轉載了這篇報導。我離開餐廳，在候機大廳裡坐下，在百度搜索。僅又隔二十幾分鐘，全國已有十幾家網站轉載！

我的初中同學群裡已有人貼了這篇報導。大家議論紛紛，都在猜測誰是兇手，誰都沒想到兇手就在群裡。猜測最多的是一種

說法是對方追她到不了手而採取了這種亡命之徒的鋌而走險。這說法很接近真實，起碼說對了一半。

好在我暗戀莫莉香這麼多年，除了王力成之外，我沒跟任何人透露過。王力成已不在人世。可是，他生前會不會對別人透露過？

我想到老媽。我想要和莫莉香結婚之事告訴老爸和她時，她應該看到過莫莉香的照片。不知她是否記得莫莉香的姓名。如果她看到這報導，會懷疑我是兇手嗎？自那次跟父母提結婚之事以後，我再也沒在老媽面前提起過莫莉香。小紅那事，已令老媽相信我不可能再做犯罪的事。「否則，你肯定吃不了兜著走」，這是她的原話。但願她把莫莉香的名字已徹底忘了。

透過候機室落地玻璃窗，我看到碧藍天空，沒有一片白雲。今天，猛烈陽光已持續了幾個小時，天空很乾淨。如果有來生，我的生命會有多少是天性的成分？我會選擇做一個很乾淨的人嗎？我會在這樣一個熱衷於高富帥顏值的時代裡仍然被窒息得畏畏縮縮而曲扭變態嗎？我望住窗外藍天，沒有答案。

我走到一個安靜角落，身體貼在落地窗玻璃上。我非常想打破玻璃而出神入化，像亨利‧波特那樣，穿越時空，到遙遠的地方去。身邊沒有人。我抬起頭，從玻璃窗裡看到了我自己。須臾間，我對自己無論從生理上還是從心理上都感到很噁心。我嘔吐起來，很難受，立即走到不遠的一個垃圾桶把胃裡的那半碗螺螄粉都吐了出來。

我舉起右手握緊拳頭對玻璃窗裡的自己擊去，玻璃毫無反應，那麼結實！連被擊聲音都小得可憐。我的右手很痛。我低下頭，向上帝懺悔。「親愛的天父，我一直是被欲望控制的罪人。我罪大惡極。我不知道自己會不會被發現……被抓……被判入獄。如果我被抓，就讓我被判死刑，這比坐牢強萬倍。千萬別讓我被判無期徒刑蹲監獄，這太難熬……。天父啊，人性自私自利，

唯有你可改變生命的程式……。讓我重新做人！」

　　機場裡的空調冷氣使我感到巨大寒意，向我內心襲來。我渾身發冷顫抖起來，像一個瘧疾者。舉目望去，機場遠處有一片殘垣斷壁。它們一定是被推倒的，那裡要改頭換面，建新的現代摩登大樓。我做出了決定，到了廣州後，先去韓國整容，整出一個面目全非的帥哥！高大帥裡，高大沒法通過整容而改變，但起碼有一個帥。

　　我站起身，背起背包，拉起隨身箱子，向剪票口走去。此時，那兩盆象徵著暗戀的狗尾草佔據了我的腦海，畫面越來越清晰，越來越大，以至於剪票員問我要登機票，我都發愣了好一會才把它給她。她不滿地瞪了我一眼，使勁撕著票。

　　拿著剪票員撕下的票根，我走向登機入口處。我再次看了一眼通向飛機過道玻璃窗外碧藍的天空。我就是這天空下隨遇而安的混蛋。青春的肉欲，是無處安放的洪荒之力。我對莫莉香全部的暗戀，經不起肉體快樂的誘惑。在過去十六年裡，我對暗戀的感覺，對莫莉香的念思，一經觸及我的肉體感受，便取得了蓬勃生長的活力，如電流傳遍我身體的神經末梢，使我的欲望再也沒有了控制的理由，一次一次被欲望所奴役。在肉體快樂之外，我沒有靈魂安居的淨土。

　　人們常說，凡在肉欲誘惑下的愛情，自始自終潛伏著致命的危險。我對莫莉香的暗戀不正是如此嗎？我問自己：這暗戀已去，我的未來是否還面臨著危險？

　　飛機起飛了。它帶著希望，把我帶向遠方。窗外，現實世界很模糊很遙遠。我看到無盡天空中厚厚的白色雲層。除了它們之外，我什麼也看不到，白得無法看透。突然，機窗外暴雨如注。這雨這麼大，是要沖洗掉我留在柳州這個城市的所有痕跡吧。

　　我把安全帶繫好，順手拿起飛機上的航空報，裡面有一首詩《哦，女郎》，吸引了我：

哦，女郎
灌入腦洞裡的雨，陌生的花朵
在某個沒有星座的夜裡
緩緩地流淌出來，開放
只兩個字，就呼出一聲問候
回憶起一段路，彷彿
踏上未懸掛號牌的公車
此刻款款道來，是如此多餘
總以為花樣年華的遇見
足以抵擋時光的塵埃
哦，女郎
你對我並沒有一見鍾情
我錯過車站，錯過鐘點，兩敗俱傷
如今那車燈的燦爛光芒
已成為風乾玫瑰，陰影如畫
以現代舞姿勢，搖擺起來
豈不像一個陳年老鐘
天天敲響，卻無人欣賞
這曇花一現的故事
說說也無妨。這種昂貴的舊車
依然有人還癡狂，精心保養
我們酒足飯飽後
會不會宛若新生，花落也暗香？

　　我很喜歡這首詩，把報紙放進了我的隨身背包。抬起頭，我看到兩位長相和穿著都十分帥氣的警察站在機艙門口。他們目光投向我，矯健敏捷昂首闊步向我的方向走來。

後記：地鐵火車上誕生的蘋果小說

　　《纏綿的狗尾草》，是我的第二部男性心理長篇小說。距離第一部長篇小說《背道而馳》的出版，已有十八年。

　　我的非文學專著《軟能力》在 2009 年出版後，我沒打算再寫長篇小說。原因之一是我全職工作，獨自養家糊口，創意寫作在時間上有難度。時間太寶貴。我的興趣愛好很多，除了寫作，我喜歡旅行周遊世界，徒步，划皮艇，酷愛攝影，喜歡逛博物館，看電影，欣賞現代舞和音樂，不想把有限的業餘時間都花在吭哧吭哧的寫作上。

　　2013 年底，我有了第一個 iPad。用了半年後，我卻在 iPad 上又開始寫長篇，因為 iPad 太方便可隨身攜帶在包裡，把零碎時間用寫小說連貫起來。iPad 又比手機大，讀寫起來不費勁。每天上班，我需要坐郊區火車到城裡再坐地鐵到公司上班，來回近三個小時。花了兩年，我在火車和地鐵上用 iPad 寫出了《纏綿的狗尾草》的初稿。

　　把初稿擱淺了兩年。2018 年夏天，我在城裡有了公寓，不再坐郊區火車，但只坐地鐵路上來回也要兩個半小時。我再次開始動手修改《纏綿的狗尾草》，主要也是靠在地鐵車廂裡碼字。

　　我要感謝蘋果公司生產出 iPad，讓我有了再寫長篇小說的欲望。我把這本書稱之為「地鐵火車上誕生的蘋果小說」。

　　我也要謝謝你讀我的書。如果你錯過前言，我建議你先讀讀它，也許能幫助你理解我為啥要寫這第二部男人性心理分析小

說，也許有助你對這部小說本身的閱讀。

此刻，當你打開這本小說時，不會也在地鐵火車裡吧。你會不會就是韋鋼或王力成？你的莫莉香或張曉丹是不是比小說裡的她們要幸運得多？

我不知你是否留心了最後一章裡的一段文字──「韋鋼看了一眼桌上自己的空酒杯，內心有一種想哭泣的強烈感覺，不僅為自己，為天下成千上萬的中國孩子哭泣，他們的父母實在不懂得多多讚美鼓勵自己的孩子！」他對母親說：「老媽，你從來就沒有表揚讚美過我。我就是這只空酒杯，你從來沒有往裡倒過美酒。」

我希望讀這本小說的你，不一定是年輕小夥子和美女。父母們都應該讀讀裡面的故事。無論是男性還是女性心理分析的故事，都是跨越性別而值得我們去閱讀去瞭解的，從而認知我們自己和認知孩子。

魯鳴

2023 年 2 月 8 日

國家圖書館出版品預行編目

纏綿的狗尾草：男性的另一種現實另一種青春 /
魯鳴著. -- 臺北市：獵海人, 2023.05
　　面；　公分
　　ISBN 978-626-97026-3-3(平裝)

857.7　　　　　　　　　　　　112004426

纏綿的狗尾草
——男性的另一種現實另一種青春

作　　者／魯鳴
出版策劃／獵海人
製作銷售／秀威資訊科技股份有限公司
　　　　　114 台北市內湖區瑞光路76巷69號2樓
　　　　　電話：+886-2-2796-3638
　　　　　傳真：+886-2-2796-1377
網路訂購／秀威書店：https://store.showwe.tw
　　　　　博客來網路書店：https://www.books.com.tw
　　　　　三民網路書店：https://www.m.sanmin.com.tw
　　　　　讀冊生活：https://www.taaze.tw

出版日期／2023年5月
定　　價／400元